人民共和國文化與文學叢書

二　編

李　怡　主編

第 **10** 冊

自戀時代：
大眾文化中的疾病隱喻研究

常　凌　著

花木蘭文化出版社

國家圖書館出版品預行編目資料

自戀時代：大眾文化中的疾病隱喻研究／常凌 著 -- 初版 -- 新
北市：花木蘭文化出版社，2015〔民 104〕
序 2+ 目 4+176 面；19×26 公分
（人民共和國文化與文學叢書 二編；第 10 冊）
ISBN 978-986-404-222-7（精裝）
1. 中國文學 2. 文學評論
820.8   104011325

特邀編委（以姓氏筆畫為序）：

ISBN- 978-986-404-222-7

吳義勤 孟繁華 張 檸
張志忠 張清華 陳思和
陳曉明 程光煒 劉福春
（臺灣）宋如珊
（日本）岩佐昌暲
（新西蘭）王一燕
（澳大利亞）鄭 怡

人民共和國文化與文學叢書
二 編 第 十 冊   ISBN：978-986-404-222-7

自戀時代：大眾文化中的疾病隱喻研究

作　　者 常 凌
主　　編 李 怡
企　　劃 北京師範大學民國歷史文化與文學研究中心
　　　　　四川大學現代中國文化與文學研究中心
總 編 輯 杜潔祥
副總編輯 楊嘉樂
編　　輯 許郁翎
印　　刷 普羅文化出版廣告事業
出　　版 花木蘭文化出版社
社　　長 高小娟
聯絡地址 235 新北市中和區中安街七二號十三樓
　　　　　電話：02-2923-1455 ／傳眞：02-2923-1452
網　　址 http://www.huamulan.tw 信箱 hml810518@gmail.com
初　　版 2015 年 9 月
全書字數 157922 字
定　　價 二編16 冊（精裝）台幣28,000 元

自戀時代：
大眾文化中的疾病隱喻研究

常 凌 著

作者簡介

常凌，女，河南人，1979 年生，首都師範大學博士，師從張志忠教授。現居綠城南寧，執教於廣西大學文學院戲劇影視文學專業，主要研究方向爲影視劇、新媒體文化、當代文學等，電子郵箱 changling813@126.com。

提　　要

　　當下大眾文化的疾病隱喻研究尙屬空白。疾病隱喻屬於人類最基礎思維方式之一，大眾文化則起著強大的意識形態作用，在二者的交叉帶蘊含著豐厚的研究價值。本文在梳理歸納疾病主題文本的基礎上，以症候閱讀方法分析疾病背後的道德、審美等方面的隱喻和隱喻發展形成的意識形態、美學風格，以及大眾對隱喻的態度和二者之間的互動關係。論文通過對疾病的文化隱喻解讀，總結時代人格的自戀主義特徵，觀照當代人的心靈迷宮，燭照辨識那些黑暗的歧路之處，以助困頓的靈魂找到出口。

　　在大眾文化產品中，常見醫與病現象有失憶症、多重人格紊亂、精神病患與醫生、精神病院、整容、暴食厭食症、解剖術、器官移植、殘障者、陽痿、變性、女性性畸、戀童癖、虐戀、戀屍癖、抑鬱症、自閉症、白血病等。總體來看，疾病隱喻可以從五個維度來總結：「自我」的虛幻與分裂、對自我鏡象的迷戀、性與愛的扭曲、侵凌性本質、對情感的過度需求，這些也正是拉康式自戀人格的本質特徵表現。因此，本文從這自戀的五個特徵出發設置了五個章節來論述，加上介紹拉康自戀學說的首章，本文共有六章：

　　首先介紹論文要使用的自戀理論。自戀是一種認同方式，主體誤認鏡象爲己身，對其進行想像的自戀認同，建構爲「自我」。主體與生俱來的殘缺和分裂決定了本質的侵凌性，侵凌性與自戀認同構成的張力關係推動人一生的心理發展。

　　以失憶症、多重人格紊亂、精神病現象來討論自戀人格的「自我」的虛幻和分裂，認爲「自我」因其建構性是一種機制。失憶症隱喻的是對「自我」虛幻性的猜疑和試探，也是對「自我」依賴性的體現。多重人格紊亂敘事以疾病爲掩護，對「自我」進行改寫。

　　討論自戀的突出特徵即對自我之「像」的關注，「像」指主體進行自戀認同的鏡中人像。整容術、暴食厭食症是對「像」的迷戀，大眾自身的誤讀對瘦身狂熱應負有責任；另一面則是對分裂和變形之「像」的恐懼情結，解剖、移植的非正常人形意象成爲刻畫驚悚的手段。

　　通過性畸變、性變態來研究自戀時代的性和愛的變動。陽痿體現了超我中傳統權威的消失，作爲女性性畸的陰齒則是女性自我畸形的體現；戀童癖敘事暴露了自戀者的「自我」虛弱本質；虐戀與戀屍癖並非低級色情，而是以另類方式探討了愛欲從異化中解脫的可能。

　　解讀了言情作品中的殘障者與無條件之愛的一體化現象，指出背後蘊含的自戀主義的侵凌性本質。殘障者的言情事是一種隱蔽性很強的權力話語。「色情」電影以對殘障者愛欲的直率描述對此進行了反撥。

　　分析自戀主義者出於侵凌性本質而產生普遍焦慮感，渴求過度關愛，以情感消費爲療慰手段得到滿足。大眾文化對抑鬱症、自閉症、白血病的編碼製造的情感消費產品，和各種醫與病美學風格的個性商品成功迎合了自戀大眾的消費需求。

世界知識、地方知識
與人民共和國文學研究

李　怡

　　無論我們如何估價近 30 年來的中國文學研究成果，都不得不承認這樣一個事實，即當代中國文學研究的發展演變與我們整個知識系統的轉化演進有著密切的聯繫，這種聯繫不僅勾畫了迄今爲止我們文學研究的學術走向，而且也將爲未來的學術前行提供新的思路。

　　回顧近 30 年來的中國文學研究的知識背景，我們注意到存在一個由「世界知識」與「地方知識」前後流動又交互作用過程。考察分析「知識」系統的這些變動，特別是我們對「知識系統」的認識和依賴方式，將能折射出我們學術發展過程中的值得注意的重要問題，促使我們作出新的自我反省。

一

　　在對人民共和國文學的研究之中，「世界」的知識框架是在新時期的改革開放中搭建起來的。「世界」被假定爲一個合理的知識系統的表徵，而「我們」中國固有的闡釋方式是充滿謬誤的，不合理的。新時期當代中國文學的研究是以對「世界」知識的不斷充實和完善爲自己的基本依託的，這樣的一個學術過程，在總體上可以說是「走向世界」的過程。「走向世界」代表的是剛剛結束十年內亂的中國急欲融入世界，追趕西方「先進」潮流的渴望。在中國現當代文學研究界乃至中國學術界「走向世界」呼籲的背後，是整個中國社會對衝出自我封閉、邁進當代世界文明的訴求。在全中國「走向世界」的合奏聲中，走向「世界文學」成了新時期中國現代文學研究的「第一推動力」。

　　在那時，當代中國文學研究是努力以中國之外「世界」的理論視野與方法為基礎的。以國外引進的自然科學的研究方法——「三論」（系統論、信息論、控制論）為起點，經過 1984 年的反思、1985 年的「方法論年」，西方文學理論與批評得到了到最廣泛的介紹和運用，最終從根本上引導了當代中國文學批評的主潮。

　　人民共和國文學的研究也是以中國之外的「世界」文學的情形為參照對象的，比較文學成為理所當然的最主要的研究方式，比較文學的領域彙集了當代中國文學研究實力強大的學者，中國學術界在此貢獻出了自己最重要的成果。新時期中國學人重提「比較文學」首先是在外國文學研究界，然而卻是在一大批中國現代文學研究者介入，或者說是在中國現代文學研究界將它作為一種「方法」加以引入之後，才得到長足的發展。正如王富仁先生所說：「我們稱之為『新時期』的文學研究，熱熱鬧鬧地搞了 10 多年，各種新理論、新觀念、新方法都『紅』過一陣子。『熱』過一陣子，但『年終結帳』，細細一核算，我認為在這十幾年中紮根紮得最深，基礎奠定得最牢固，發展得最堅實，取得的成就最大的，還是最初『紅』過一陣而後來已被多數人習焉不察的比較文學。」〔註1〕

　　這些文學研究設立了以「世界」文學現有發展狀態為自己未來目標的潛在意向，並由此建立著文學批評的價值取向。曾小逸主編《走向世界文學》一書不僅囊括了當時新近湧現、後來成為本學科主力的大多數學者，集中展示了那個時期的主力學者面對「走向世界」這一時代主題的精彩發言，而且還以整整 4 萬 5 千餘字的「導論」充分提煉和發揮了「走向世界文學」的歷史與現實根據，更年輕一代的學人對於馬克思、歌德「世界文學」著名預言的接受，對於「走向世界」這一訴求的認同都與曾小逸的這篇「導論」大有關係。一時間，僅僅局限於中國本身討論問題已經變成了保守封閉的象徵，而只有跨出中國，融入「世界」、追逐「世界」前進的步伐，我們才可能有新的未來。

　　進入 1990 年來之後，我們重新質疑了這樣將「中國」自絕於「世界」之外的思想方式，更質疑了以「西方」為「世界」，並且迷信「世界」永遠「進化」的觀念。然而，無論我們後來的質疑具有多少的合理性，都不得不承認，

〔註1〕王富仁：《關於中國的比較文學》，見王富仁《說說我自己》125 頁，福建人民出版社 2000 年。

一個或許充滿認知謬誤的「世界」概念與知識，恰恰最大限度地打破了我們思維閉鎖，讓我們在一個全新的架構中來理解我們的生存環境與生命遭遇。這就如同 100 多年前，中國近代知識分子重啟「世界」的概念，第一次獲得新的「世界」的知識那樣。「世界」一詞，本源自佛經。《楞嚴經》云：「世為遷流，界為方位。」也就是說，「世」為時間，「界」為空間，在中國文化的漫長歲月裏，除了參禪論道，「世界」一詞並沒有成為中國知識分子描述他們現實感受的普遍用語。不過，在近代日本，「世界」卻已經成為了知識分子描述其地理空間感受的新語句，當時中國的知識分子在談及其日本見聞的時候，也就便將「世界」引入文中，例如王韜的《扶桑遊記》，黃遵憲的《日本國志》，20 世紀初，留日中國知識分子掀起了日書中譯的高潮，其中，地理學方面的著作占了相當的數量，「大部分地理學譯著的原本也是來自日本」。〔註2〕隨著中國留學生陸續譯出的《世界地理》、《世界地理誌》等著作的廣泛傳播，「世界」也才成為了整個中國知識界的基本語彙。世界，這是一個沒有中心的空間概念。

「世界」一詞回傳中國、成為近現代中國基本語彙的過程，也是中國知識分子認知現實的基本框架——地理空間觀念發生巨大改變的過程：我們所生存的這個世界並非如我們想像的那樣以中國為中心。是的，在 100 年前，正是中國中心的破滅，才誕生了一個更完整的「世界」空間的概念，才有了引進「非中國」的「世界」知識的必要，儘管「中國」與「世界」在概念與知識上被作了如此不盡合理「分裂」，但「分裂」的結果卻是對盲目的自大的終結，是對我們認識能力的極大的擴展。這，大概不能被我們輕易否定。

二

1990 年代以後人們憂慮的在於：這些以西方化的「世界」知識為基礎的思想方式會在多大的程度上壓抑和遮蔽了我們的「民族」文化與「本土」特色？我們是否就會在不斷的「世界化」追逐中淪落為西方「文化殖民」的對象？

其實，100 餘年前，「世界」知識進入中國知識界的過程已經告訴我們了一個重要事實：所謂外來的（西方的）「世界」知識的豐富過程同時伴隨著自我意識的發展壯大過程，而就是在這樣的時候，本土的、地方的知識恰恰也

〔註 2〕鄒振環：《晚清西方地理學在中國》244 頁，上海古籍出版社 2000 年版。

獲得了生長的可能。

　　100餘年前的留日中國學生在獲得「世界」知識的同時，也升起了強烈「鄉土關懷」。本土經驗的挖掘、「地方知識」的建構與「世界」知識的引入一樣的令人矚目。他們紛紛創辦了反映其新思想的雜誌，絕大多數均以各自的家鄉命名，《湖北學生界》、《直說》、《浙江潮》、《江蘇》、《洞庭波》、《鵑聲》、《豫報》、《雲南》、《晉乘》、《關隴》、《江西》、《四川》、《滇話》、《河南》……這些本土的所在，似乎更能承載他們各自思想的運動。在這些以「地方性」命名的思想表達中，在這些收錄了各種地域時政報告與故土憂思的雜誌上，已經沒有了傳統士人的纏綿鄉愁，倒是充滿了重審鄉土空間的冷峻、重估鄉土價值的理性以及突破既有空間束縛的激情，當留日中國知識分子紛紛選擇這些地域性的名目作為自己的文字空間之時，我們所看到的分明是一次次的精神的「還鄉」。他們在精神上重返自己原初的生存世界，以新的目光審視它，以新的理性剖析它，又以新的熱情激活它。

　　出於對普遍主義與本質主義的批判立場，美國著名的文化人類學家克利福德·格爾茲教授（Clifford Geertz）提出了「地方性知識」這一概念，在他的《地方性知識》一書中有過深刻的表述。「所謂的地方性知識，不是指任何特定的、具有地方特徵的知識，而是一種新型的知識觀念。而且地方性或者說局域性也不僅是在特定的地域意義上說的，它還涉及到在知識的生成與辯護中所形成的特定的情境，包括由特定的歷史條件所形成的文化與亞文化群體的價值觀，由特定的利益關係所決定的立場、視域等。」它要求「我們對知識的考察與其關注普遍的準則，不如著眼於如何形成知識的具體的情境條件。」〔註3〕作為後現代主義時代的思想家，克利福德·格爾茲強調的是那種有別於統一性、客觀性和真理的絕對性的知識創造與知識批判。雖然我們沒有必要用這樣的論述來比附百年前中國知識分子的「地方意識」的萌發，但是，在對西方現代化的物質主義保持批判性立場中討論中國「問題」，這卻是像魯迅這樣知識分子的基本選擇，當近現代中國知識分子提出諸多的地方「問題」之時，他們當然不是僅僅為了展示自己的地方「獨特性」，而是表達自己所領悟和思考著的一種由特定區域與「特定的歷史條件」所決定的價值追求。而任何一個不帶偏見地閱讀了中國現代文學作品的人都可以發現，這些價值追求既不是西方文化的簡單翻版，也不是地方歷史的簡單堆積，它們屬於一

〔註3〕盛曉明：《地方性知識的構造》，《哲學研究》2000年12期。

種建構中的「新型的知識觀念」。

所以我認為，近代中國知識分子這種依託地方生存感受與鄉土時政經驗的思想表達分明不能被我們簡單視作是「外來」知識的移植和模仿，更不屬於所謂「文化殖民」的內容。

同樣，在新時期的當代中國文學批評中，在重點展示西方文學批評方法的「方法熱」之同時，也出現了「文化尋根」，雖然後來的我們對這樣的「尋根」還有諸多的不滿；1990 年代以降，文學與區域文化的關係更成為了文學研究的重要走向。竭力倡導「走向世界」的現代學人同樣沒有忽視中國文學研究的地方資源問題，在「後現代主義」質疑「現代性」、後殖民主義批判理論質疑西方文化霸權的中國影響之前，他們就理所當然地發掘著「地方性」的獨特價值，1989 年的中國現代文學研究會蘇州年會就以「中國現代作家與吳越文化」議題之一，在學者看來：「20 世紀中國新文學是在西方近代文學的啓迪下興起的。但就具體作家而言，往往同時也接受著包括區域文化在內的中國傳統文化的影響——有時是潛移默化的濡染，有時則是相當自覺的追求。」〔註 4〕為 20 在中國當代批評家的眼中，引入「地方性」視野既是一種「豐富」，也是一種「尊嚴」，正如學者樊星所概括的那樣：「在談論『中國文化』、『中國民族性』、『中國文學的民族特色』這些話題時，我們便不會再迷失在空論的雲霧中——因為絢麗多彩的地域文化給了我們無比豐富的啓迪。」「當現代化大潮正在沖刷著傳統文化的記憶時，文學卻捍衛著記憶的尊嚴。」〔註 5〕在這裏，「地方性」背景已經成為中國學者自覺反思「現代化大潮」的參照。

三

重要的在於，「世界知識」與「地方知識」完全可以擺脫「二元對立」的狀態，而呈現出彼此激發、相互支撐的關係，中國文學從晚清到人民共和國的演化就說明了這一點。

在「世界知識」與「地方知識」相互支持的關係構架中，起關鍵性作用的是中國知識分子的自我意識的成長。對於文學批評而言，自我意識的飽滿

〔註 4〕嚴家炎：《二十世紀中國文學與區域文化叢書‧總序》，《二十世紀中國文學與區域文化叢書》，湖南教育出版社 1995 年版。

〔註 5〕樊星：《當代文學與地域文化》21 頁，華中師範大學出版社 1997 年版。

和發展是我們發現和提煉全新的藝術感受的基礎，只有善於發現和提煉新的藝術感受的文學批評才能推動人類精神的總體成長，才能促進人生價值新的挖掘和發揚。在我們辨別種種「知識」的姓「西」姓「中」或者「外來」與「本土」之前，更重要是考察這些中國知識分子是否將獨立人格、自由意志與人的主體性作爲了自覺的追求，換句話說，在「知識」上將「世界」與「本土」暫時「割裂」並不要緊，引進某些「外來」的偏激「觀念」也不要緊，重要的在於在這樣的一個過程當中，作爲知識創造者的我們是否獲得了自我精神的豐富與成長，或者說自我精神的成長是否成爲了一種更自覺的追求，如果這一切得以完成，那麼未來的新的「知識」的創造便是盡可期待的，從「世界知識」的引入到「地方知識」的重新創造，也自然屬於題中之義，而且這樣的「地方知識」理所當然也就不是封閉的而是開放的。

從「世界知識」的看似偏頗的輸入到「地方知識」的開放式生長，這樣的過程原本沒有矛盾，因爲知識主體的自我意識被開發了，自我創造的活性被激發了。

在晚清以來中國的思想演變中，浸潤於日本「世界知識」的魯迅提出的是「入於自識，趣於我執，剛愎主己」，即返回到人的自我意識。〔註6〕

在1980年代，不無偏頗的「方法熱」催生了文學「主體性」的命題：「我們強調主體性，就是強調人的能動性，強調人的意志、能力、創造性，強調人的力量，強調主體結構在歷史運動中的地位和價值。」〔註7〕雖然那場討論尚不及深入展開。

過於重視「知識」本身的辨別和分析，極大地忽略了「知識」流變背後人的精神形態的更重要的改變，這樣我們常常陷入中/外、東/西、西方/本土的無休止的糾纏爭論當中，恰恰包括中國文學批評家在內的現代知識分子的精神創造過程並沒有得到更仔細更具有耐性的觀察和有說服力量的闡釋，其精神創造的成果沒有得到足夠的總結，其所遭遇的困難和問題也沒有得到深入細緻的分析。

在這個意義上，我們也可以認爲，現當代中國文學研究與「世界知識」、「地方知識」的關係又屬於一種獨特的「依託——超越」的關係，也就是說，

〔註6〕 魯迅：《文化偏至論》，《魯迅全集》1卷50頁，人民文學出版社1981年版。
〔註7〕 劉再復：《論文學的主體性》，《文學主體性論爭集》3頁，紅旗出版社1986年版。

我們的一切精神創造活動都不能不是以「知識」爲背景的，是新知識的輸入激活了我們創造的可能，但文學作爲一種更複雜更細微的精神現象，特別是它充滿變幻的生長「過程」，卻又不是理性的穩定的「知識」系統所能夠完全解釋的，對於文學創作與文學研究的考察描述，既要能夠「知識考古」，又要善於「感性超越」，既要有「知識學」的理性，又要有「生命體驗」激情，作爲文學的學術研究，則更需要有對這些不規則、不穩定、充滿偏頗的「感性」與「激情」的理解力與闡釋力。

人類不僅是邏輯的知性的存在物，也是信仰的存在物，是充滿感性衝動與生命體驗的複雜存在。

自晚清、民國到人民共和國，中國文學現象的發生發展，不僅是與新「知識」的輸入與傳播有關，更與「知識」的流轉，與中國知識分子對「知識」的「理解」有關。我們今天考察這樣一段歷史，不僅僅需要清理這些客觀的知識本身，更要分析和追蹤這些「知識」的演化過程，挖掘作爲「主體」的中國知識分子對這些「知識」的特殊感受、領悟與修改，換句話說，我們今天更需要的不是對影響中國文學這些的「中外知識」的知識論式的理解，而是釐清種種的「知識」與現代中國人特殊生存的複雜關係，以及中國知識分子作爲創造主體的種種心態、體驗與審美活動，所謂的「知識」也不單是客觀不變的，它本身也必須重新加以複述，加以「考古」的觀察。這就是我們著力強調「民國歷史文化」、「人民共和國文化」之於文學獨特意義的緣由。

所有這些歷史與文學的相互對話，當然都不斷提醒我們特別注意中國知識分子的自由感受、自我生成著精神世界，正如康德對文藝活動中自由「精神」意義的描述那樣：「精神(靈魂)在審美的意義裏就是那心意付予對象以生存的原理。而這原理所憑藉來使心靈生動的，即它爲此目的所運用的素材，把心意諸和合目的地推入躍動之中，這就是推入那樣一種自由活動，這活動由自身持續著並加強著心意諸力」〔註8〕

〔註 8〕康德：《判斷力批判》上卷第 159～160 頁，宗白華譯，商務印書館 1964 年版。

自　序

　　本書來源於我的博士學位論文，因爲一直偏好有關失憶、人格分裂的黑色電影，萌發了研究精神疾病隱喻的想法。涉及記憶迷失的影視劇無數，有嚴肅深刻之作，也有俗套連篇，卻都能扣動我心裏的一根弦，顯然這無關藝術質量，而是心理情結導致。我是誰？我從哪兒來？我要到哪兒去？「我」正是由記憶構成。記憶構成了人的精神、人格和靈魂，失憶意味著自我的迷失，這種有關身份、認同的「迷失感」正是現代人普遍的感覺。美國學者凱博文說，症狀並不只是個體的不適表達，也可能成爲一種表達集體性不適的合法語言。本書正是通過大眾文化裏的流行症狀去描繪一種自戀的時代人格。

　　寫作時有個饒有意味的噩夢，夢中被一個變態殺人狂追殺，理由是我寫錯了他名字，一身冷汗的驚醒，起來打開電腦翻文稿，還好沒錯，複又沈沈睡去。命名是身份確認的第一步，錯誤的名字無疑對自我的錯認，這正是給本書影響甚大的心理學家拉康的觀點：自我是一種誤認，「自我」注定是主體從預先不足奔向匱乏的一場悲劇。悲劇在所難免，不如平心靜氣以待。我的確也常感到迷失，曾經惶恐於這種負面情緒，會努力去尋找自我的坐標、人的定義或人生的意義來對抗它。時日過去，現在的我已不再恐懼迷失，記憶是「習得」的產物，自我亦是，迷失或許可以更好地體會原初的空。在那一刻，我什麼身份都不是，這也是另一種自由和解放。

　　謹以此書獻給那些有過「我是誰？」之問的人。

目次

引　論

引論之一：疾病與隱喻

傳說鬼在日光下是沒有影子的，活人則永遠有影子拖在後面。如果把活人擴大爲人類，把影子替換成疾病，那麼這則傳說就是人類與疾病之間關係的形象說明。疾病是生命之樹投下的濃重陰影，與人類存在的終極恐懼——死亡相連，是生命的敵人，更是對生命存在的有力證明。

疾病不以悲歡好惡爲轉移而客觀存在，它本身沒有任何道德或審美意義。但是，疾病帶來肉體的衰弱、不適、疼痛，使外表受損、醜陋、肢體殘缺，甚至帶來生命的消亡，這注定了人類對它產生厭惡和恐懼的情緒。隱喻是人類賴以認知交流的重要方式，簡單來說就是以一種事物來說明另外一種事物。於是，人們從最容易感受的方面出發，用疾病來隱喻某事物的衰弱、惡化等不好的改變，用痊癒來隱喻事物好的改變；健康意味著好、善、正確、和諧，疾病意味著壞、惡、錯誤、紊亂。概括意義上，各民族大致都以這個二元對立方式來使用疾病隱喻。至於疾病在何時披上隱喻成爲反面角色，確切時間雖不可考，但自遠古文化始中西皆有充足實例可證。如中國成語「含垢藏疾」、「出醜揚疾」等把疾病和麻煩、骯髒、缺點聯繫在一起；西方文化中《聖經》多次出現這樣的故事：上帝把疾病作爲對不潔、縱慾、不忠的罪人的懲罰，當人重新變得純潔虔誠的時候，上帝則將人治癒。疾病與懲罰、不公平、不潔、罪惡具有了某種相似性。

疾病作爲一個龐大的家族，每一種具體的病所承擔的隱喻是不一樣的。隱喻不再是能用一系列二元對立面詞彙來總結的單純體，而是繁雜隱晦並富

於變化的意義叢林。「隱喻具有某種『家族相似性』，家族內部的個體間雖不無相似性，但總體上缺乏作為恒定本質的共同點。家族相似性這個隱喻暗示了隱喻本身是某種不斷轉換生成的生命機體。生命體的特點是它能夠在變化中保持自身；同理，隱喻生命體的存在狀態不斷發生變化而展開自身所蘊含的多種生成潛能，這種變化著的自身同一性在一定程度上拒斥著『標準』，但它同時又充當了某種『終極標準』或『絕對標準』」〔註1〕。具體病症的隱喻也不例外，它是具有多重潛能的生命體，具有相似性卻缺乏固定的共同點，另外，它除了變化還有衰落、死亡。疾病的隱喻並非虛無縹緲的空中樓閣，而是一個實在頑固的龐大王國。

「疾病的隱喻」這一概念作為文化研究的一個重要視角則開始於美國學者蘇珊・桑塔格（Susan Sontag，1933～2004）的那本著名著作——《疾病的隱喻》（Illness as Metaphor）。桑塔格本人曾患癌症，在承受肉體上痛苦的同時，她更加敏銳的感受到「癌症」作為一種人為建構的隱喻修辭帶給患者精神上的加倍的恐懼和折磨，癌症患者被蒙上不必要的污名，那些癌症病友「一致表露出對自己所患癌症的厭惡，並引以為恥。他們似乎深陷在有關他們疾病的種種幻想中而不能自拔」〔註2〕。「我發現，其中一些觀念無非是現已完全失去可信度的那些有關結核病的看法的翻版。結核病曾一直被情感化地加以看待，被認為是對個性的一種提升，而人們看待癌症時卻帶著一種非理性的厭惡感，視之為對自我的一種貶損。加諸於癌症之上的，還有一些類似的有關責任與人格構成的不實之詞：癌症被認為是這麼一種疾病，容易換上此病的是那些心理受挫的人，不能發泄自己的人，以及遭受壓抑的人——特別是那些壓抑自己的肝火或者性欲的人，這就正如結核病在整個十九世紀和二十世紀（事實上是直到發現治療方法前），一直被認為是那些感覺超群、才華出眾、熱情似火的人易於感染一樣。」〔註3〕桑塔格充滿焦慮和衝動地寫了目標為「平息想像」〔註4〕的《作為隱喻的疾病》（Illness as Metaphor）一文，1978

〔註1〕 張沛，《隱喻的生命》，北京：北京大學出版社，2004年，第4頁。
〔註2〕 〔美〕蘇珊・桑塔格：《疾病的隱喻》，程巍譯，上海：上海譯文出版社，2003年，第89頁。
〔註3〕 〔美〕蘇珊・桑塔格：《疾病的隱喻》，程巍譯，上海：上海譯文出版社，2003年，第89頁。
〔註4〕 〔美〕蘇珊・桑塔格：《疾病的隱喻》，程巍譯，上海：上海譯文出版社，2003年，第90頁。

年以連載形式發表於《紐約書評》。1989 年，針對新出現的艾滋病隱喻，出版《艾滋病及其隱喻》《AIDS and Metaphors》。1990 年兩部著作合集《Illness as Metaphor and AIDS and Metaphors》出版，中文譯爲《疾病的隱喻》。作者考察了歷史上豐富細緻的資料，將肺結核、梅毒、癌症、艾滋病的隱喻抽繭剝絲，把眞實的疾病與疾病隱喻分隔開來，「不是去演繹意義，而是從意義中剝離出一些東西」〔註5〕。

　　摘述桑塔格的主要觀點不難看出，桑塔格的疾病隱喻批評深受福柯的知識考古學影響，屬於西方激進運動反主流文化思潮的具體實踐。她飽含激情卻又細緻的思辨解構了文化強加給患者的罪名。疾病隱喻在被桑塔格批判的時代作爲一種大敘事，在看似冠冕堂皇的合法性下，是以強行把它者排入不合法的位置爲代價的，它以自己的清白去論證它者的罪惡，這是一種單極化世界沿用許久的做法。疾病隱喻修辭不僅是道德審美評判壓力的來源，還通過權力集團的各種教育、宣傳、說服、制度、甚至暴力強制而成爲人們不假思索接受的合理物，繼而潛移默化成一種潛意識，一種頑固的成見，一種出自本能的直接反應。因此桑塔格堅決反對給疾病賦予隱喻意義繼而蒙受恥辱，她堅持「要擺脫這些隱喻，不能僅靠迴避它們。它們必須被揭露、批判、細究和窮盡。」

　　鑒於桑塔格的切身之痛，我們可以理解桑塔格對於疾病附加的隱喻的牴觸，但是隱喻不是那麼輕易能擺脫的，籠罩在肺結核和癌症上的迷霧散去，又一種隱喻降落在其他病症上，如癌症和艾滋病。桑塔格也意識到了這一點，指出：「然而，要居住在有陰森恐怖的隱喻構成道道風景的疾病王國而不蒙受隱喻之偏見，幾乎是不可能的。」〔註6〕，而且「並非所有用之於疾病及其治療的隱喻都同等地可憎，同等地扭曲。」〔註7〕日本學者柄谷行人（Karatani Kojin，1941～）在 80 年代初在《日本現代文學的起源》中也對疾病隱喻做了去魅性的工作，他批評結核與文學的聯姻是一種令人羞恥的結合，它把疾病和痛苦幻化爲審美和愉悅，表現的是人類文化機制和價值體系中的某種倒錯

〔註 5〕　〔美〕蘇珊・桑塔格：《疾病的隱喻》，程巍譯，上海：上海譯文出版社，2003年，第 90 頁。

〔註 6〕　〔美〕蘇珊・桑塔格，《疾病的隱喻》，程巍譯，上海：上海譯文出版社，2003年，第 5 頁。

〔註 7〕　〔美〕蘇珊・桑塔格，《疾病的隱喻》，程巍譯，上海：上海譯文出版社，2003年，第 161 頁。

性。他最後重申的觀點是：「並不是因爲有了結核的蔓延這一事實才產生結核的神話化。結核的發生，與英國一樣，日本也是因工業革命導致生活形態的急遽變化而擴大的，結核不是因過去就有結核菌而發生的，而是產生於複雜的諸種關係網之失去了原有的平衡。作爲事實的結核本身是值得解讀的社會、文化症狀。」〔註8〕可以這麼說，進入人類文化中的疾病再也不是單純的病理學意義的疾病了，它們作爲隱喻注定負擔了各種深淺不一的意義。

　　文化賦予疾病各種隱喻意義，疾病自身的改變會引起所負擔隱喻的改變。疾病隱喻與文化難解難分，但，即使如此，也還有其它很多意象都擁有深厚隱喻，爲什麼一定要選擇疾病作爲關注對象？這一對象有什麼特殊的意義嗎？回答是肯定的。身體是我們存在的本原的本原。活著就意味著存在於一個身體。意識思想出自最基礎的身體。奧尼爾（John Oneal）指出：「人類首先是將世界和社會構想成一個巨大的身體。從此出發，他們由身體的結構組成推延出了世界、社會以及動物的種屬類別。」〔註9〕普遍看法認爲身體的正常態是健康狀態，非常態就是疾病狀態。當世界、社會或其他任何事物脫離常態（這個常態僅僅是我們「認爲」的常態）時，我們會說社會病了、病態的世界、某某病了。這個原初的思維模式使疾病隱喻成爲一個理解我們整個社會文化生活的基本意象。這一點在多方面可以找到例證。比如，許多已經有了千年歷史的疾病隱喻成語：病入膏肓、蠹政病民、切中時病、諱疾忌醫、沉痾宿疾、死馬當活馬醫、心病還須心藥醫等等；還有早至春秋戰國時期，人們已經嫻熟熨貼的以疾病修辭來討論政治、學問道理，如《國語‧晉語八》中：「文子曰：『醫及國家乎？』對曰：『上醫醫國，其次疾人，固醫官也。』」歷代文論詩詞曲賦小說中，疾病作爲思維方式更是數不勝數。如唐代聶夷中《詠田家》一詩：「二月賣新絲，五月糶新穀；醫得眼前瘡，剜卻心頭肉」等。疾病隱喻屬於人類觀照萬物與自身的基本性思維方式，它的確具有不可替代的地位。

　　疾病隱喻在從古至今的中國文化中一直保持著繁盛發展綿延的態勢，但疾病隱喻的研究卻集中於文學史尤其是現當代文學史，古代文學史比較少，

〔註8〕　〔日〕柄谷行人，《日本現代文學的起源》，趙京華譯，北京：三聯書店，2006年，第108頁。

〔註9〕　〔美〕約翰‧奧尼爾，《身體形態：現代社會的五種身體》，張旭春譯，遼寧：春風文藝出版社，1999年，第27頁。

而當下的大眾文化領域就幾乎沒有〔註 10〕。集中於文學作品原因容易理解，1993 年〔註 11〕之前，文化產品還主要集中於詩詞歌賦小說劇本等文學作品，其它一些文學性較弱的史書類則因使用的隱喻內涵不夠豐富而被關注不夠。那麼，爲什麼研究者會忽略大眾文化呢？這個現象本身就是一個比較弔詭的症候。

譚光輝在其博士論文《症狀的症狀》中統計出「病」字的出現頻次在現代小說中比十七年時期的紅色小說中要多得多，紅色小說中的「病」字極爲稀少，由此得出一個有意味的論點：「符號的不在場並不意味著它意義的不在場。恰恰相反，正是因爲疾病的不在場，才使疾病的意義在這個『不在場』之中顯現。」譚還引用福柯的權力話語理論認爲判斷正常還是不正常是受某種權力話語左右，譚光輝對此思考得非常深入：「弗蘭克爾說：『可怕的並不是疾病本身，而是人們對疾病的理解和態度。』同樣，可怕的不是『非正常』本身，而是人們對『非正常』的態度。當我們正視『非正常』現象的時候，我們是正常的，當我們不正視『非正常』的時候，那我們就是病態的。當一種文學有意迴避不應迴避的問題的時候，當一個群體對不正常的現象熟視無睹的時候，我們有什麼理由認爲它們是正常的呢？當然，問題的癥結還不在這裡，反駁者盡可以說，你所說的正常又是以什麼爲標準呢？你能保證你所說的『正常』就是絕對的正常嗎？這確實是一個難於回答的問題，因爲一切問題只要反問到自身，那它一定是一個難於解決的問題。」

這個疑問同樣適用於上面提到的症候。大眾文化中疾病隱喻的使用幾乎到了泛濫的地步，病與醫衍生出各種周邊文化產品，已構成了大眾文化中一個龐大主題。但是，爲什麼研究者卻忽略不見呢？是出於對大眾文化格調不高的偏見還是認爲大眾文化的疾病隱喻沒有意義？視而不見是否是一種政治無意識支配下的不正常？大眾文化在十數年間攻佔了人們生活的方方面面，已成爲任何一個當代人都難以忽略的龐然大物。不管研究者抱著否定、支持還是調和的態度，不管身處精英群體還是普通大眾，大眾文化都浸潤到了幾乎每個人的周邊，任何在現實中生活的人都會感受到這一點。更重要的一點

〔註 10〕具體研究成果梳理參見後文頁。
〔註 11〕1992 年鄧小平「南巡」講話發表、市場經濟體制確立後，1993 年年初的有王蒙的《躲避崇高》一文，年中有折射出精英文化的焦慮的人文精神大討論，這一年純文學期刊大面積衰退紛紛轉向，文化市場初步出現，因此將 1993 年定位大眾文化的開始年。

是，大眾文化不只是娛樂休閒的工具，還是一種對其潛移默化進行規訓、說服、誘導、召喚的意識形態，人們還通過大眾文化進行認同自我、表達願望、建構生活、區分他人。正如有學者所言：「有人會認爲 MTV 比探測火星對人類生活有更大的意義嗎？如果有，大概也很少。但是要知道，當前世界上有數以億計的青少年正是沉浸在 MTV 構成的音像夢境中認識生活，在其中形成有關美醜對錯的價值觀念，從而以這樣輕鬆快樂的方式，確立自己與當代社會秩序和體制的關係。」〔註12〕

　　在屬於人類基本思維方式之一的疾病隱喻和起著強大現實能動作用的大眾文化的交叉地帶，蘊含著重要的研究價值。因此，本論題將疾病隱喻這一研究角度轉向現實中的大眾文化，討論疾病在大眾文化敘事文本中如何被賦予隱喻，賦予什麼樣的隱喻；隱喻作爲一種意識形態在塑造什麼價值觀，又由當下社會的什麼因素所決定；大眾對於疾病隱喻的接受態度是認同還是抵制，還是如波德里亞所說是清醒又無奈的認同；大眾自身對於疾病隱喻起的實際影響等等。

引論之二：大眾文化與疾病隱喻

一、大眾文化

　　文化，廣義指人類在社會時間過程中所獲得的物質、精神的生產能力和創造的物質、精神財富的總和。狹義指精神生產能力和精神產品，包括一切社會意識形式：自然科學、技術科學、社會意識形態。〔註13〕對於文化中的大眾文化的定義和區別，有學者認爲當前中國文化可劃爲四個層面。第一、主導文化。這是以群體整合、秩序安定和倫理和睦等爲傳播核心的文化過程。第二、高雅文化。這是滿足占人口少數的知識界的理性沉思、社會關懷和個性探索旨趣的文化過程。第三、大眾文化。這是滿足普通市民的日常感性愉悅需要的文化過程。第四、民間文化。這是由普通民眾自發的和主要由口頭傳承的自娛性通俗文化過程。〔註14〕四種文化是在不斷的融合、混雜的動態

〔註12〕陳昕，《救贖與消費》，《大眾文化批評叢書》，李陀主編，南京：江蘇人民出版社，2001 年，第 2 頁。

〔註13〕夏徵農主編，《辭海》（1999 年版縮印本），上海：上海辭書出版社，2000年，第 1858 頁。

〔註14〕王一川主編，《大眾文化導論》，北京：高等教育出版社，2004 年，第 9 頁。

過程中，大眾文化的大眾也是多重身份並且不斷變動的，大眾文化本身又是最熱衷於自由拼貼取用自各種文化形式成分的文化。因此本文傾向一個較爲簡潔、突出以工業文明爲原則性的定義：大眾文化是與現代工業文明相伴生的，以現代大眾傳播媒介爲製作手段和載體，具有明顯的商品消費特點的文化。大眾文化最早是 20 世紀 30 年代在西方發達資本主義國家產生，對中國當下來說應該是在 1993 年〔註15〕之後至今。

大眾文化研究屬於文化研究。文化研究（Cultural studies）並非傳統學術領域中對於文化的研究（the study of Culture），而是「一個專門術語，它主要是指二次世界大戰後在英國興起，爾後擴展到歐美等西方國家的一種學術思潮與知識傳統，文化研究在本質上是反定義的。」〔註 16〕正如有學者所說：「顯然，任何給文化研究『定義』的努力都會頃刻陷入困境之中。並沒有一個文化研究主張，無論是歷時的還是共時的；總是有多個的、疊合的、變化的投向、所執和矢量，它正是依此來不斷地重新闡發。……文化研究總是在斷裂和遊走中向前推進的，不斷地拼力重新安排和重新界定工作平臺本身的理論差異，以回應特定的歷史問題和事件。」〔註 17〕「如果要用簡單的詞語來概括 20 世紀的文化究竟發生了什麼，那麼一個可能的答案就是批判和解構霸權或權威。而這裡霸權和權力的內涵是多義性的，它既包括現代性所激烈批判的霸權，同時又包括後現代主義所要解構的霸權，更包括『文化研究』所要抵抗的文化霸權或權力話語。」〔註 18〕反霸權的批判性是文化研究最有價值的內涵。對於大眾文化研究來說，先不論對大眾文化的持基本肯定還是否定的態度（其實這也是一種骨子裏的二元對立的中心論思想），從最早的英國的 F.R.利維斯（F.R.Leavis）在《大眾文明和少數人文化》（1930 年）中以否定的立場要求用文學、文化的力量來遏制大眾文化和市儈價值觀對傳統文化的侵害爲文化研究的萌芽開始，大眾文化研究就始自對那些異化人類之物的批判、超越態度，這種態度就是大眾文化研究一直保持生命力的原因之一。

〔註15〕參見本文第 3 頁。對分期的論述。
〔註16〕于文秀，《「文化研究」思潮中的反權力話語研究》，黑龍江大學 2002 年博士學位論文。
〔註17〕〔美〕勞倫斯‧格羅斯伯格：《文化研究的流通》，《文化研究讀本》，北京：中國社科出版社 2000 年，第 70 頁。
〔註18〕于文秀，《「文化研究」思潮中的反權力話語研究》，黑龍江大學 2002 年博士學位論文。

　　20 世紀以技術理性主導的工業文明爲人類開拓了從未想像過的疆域、製造了無以倫比的物質財富的同時也使人類自身陷入困境，帶來了對人的壓迫和異化。1947 年，德國法蘭克福學派的霍克海默（M. Max Horkheimer）與阿多諾（Th. W. Adorno）的《啓蒙辯證法》提出對啓蒙異化的批判，突出針對的是已經深入各方面領域的技術異化，並以此開始對異化啓蒙的再啓蒙，視以往的拯救者爲被拯救者。然而，法蘭克福學派浪漫的烏托邦思想和救世情懷被後來的後現代主義者亦當作一種宏大敘事進行批判。在大眾文化研究領域，法蘭克福學派認爲提出文化工業的概念，認爲文化工業代表著啓蒙理性盲目發展的典型後果，「通過標準化和圖式化、通過操縱消費者的心理結構來對消費者的思考能力施加影響，從而維護當前社會狀況。」〔註 19〕20 世紀 50 年代開始，英國學者雷蒙德・威廉斯（Raymond Williams）、E.P.湯普森（Edward Palmer Thompson）、理查・霍加特（Richard Hoggart）進行了反法蘭克福學派的研究，代表著作有《文化與社會》、《識字的用途》、《英國工人階級的形成》等，認爲文化是全部生活方式，大眾文化也承載意義和價值觀，在社會變革中作用不可低估。1964 年當代文化研究中心在英國伯明翰大學成立，是文化研究發展的一個重要里程碑。

　　60、70 年代西方激進文化運動中後現代主義開始浮現，主要理論包括有福柯（Michel Foucault，1926～1984）的權力話語學說，德勒茲（Gilles Louis Réné Deleuze）的欲望的微觀政治學，德里達（Jacques Derrida）的延異學說和利奧塔（Jean-Francois Lyotard）的差異拜物教等。後現代主義突出的是對中心的解構、對權威的消解，標榜差異和多元。後現代主義和文化研究有著分不開的聯繫，前者爲後者提供了理論來源，後者是前者的應用延伸。

　　後現代的文化研究者布爾迪厄（Pierre Bourdieu）說：「我的許多研究策略總是從這樣的一種關注中獲取靈感的，即關注對一種總體性的野心的拒絕，而這一野心通常被等同於哲學，同樣地，我同法蘭克福學派總有一種很矛盾的關係：我們之間的親密關係是顯而易見的，然而當我面對他們那總體性批判的貴族式行爲時，我又感到惱怒，這種總體性批判保持了宏大理論的所有特徵，毫無疑問它是不想在經驗主義研究這個骯髒的廚房裏弄髒自己的手。阿爾都塞式的批判也可以歸入此類，哲學的傲慢往往使人作出既過分簡單，

〔註19〕凌海衡，《文化研究關鍵詞・文化工業》，汪民安主編，南京：江蘇人民出版社，2007 年，第 348 頁。

又特別獨斷的干涉。」〔註 20〕在反對總體性的後現代主義思想的影響下，許多文化研究學者進入微觀政治和話語層面研究，桑塔格的對疾病的隱喻，福柯對醫學、對紀律、對規訓，薩義德（Edward Wadie Said）對東方主義等都屬於這個領域。正是這些無數微觀的解構敘事使單一的宏大敘事再難以支撐。微觀政治學研究主要致力於「從微觀層次上解構現代社會的霸權，以便把人從制度、結構、實踐、話語等微觀的政治和壓制中解放出來，它把話語和知識領域看作是權力和意識形態生成與爭奪的重要場所。」〔註 21〕

　　總的看來，「大眾文化研究沿著兩種理論範式進行，一種是側重於對觀眾的研究，也就是從積極的意義上來研究大眾接受中所表現出抵制甚至對立的解碼能動性；另一種是側重對大眾文化傳播中所表現出的媒體和符號霸權，即大眾媒介對現實社會和其它文化（如藝術、科學、哲學和法律）所構成的巨大威脅──解構與重構，它自身已成為一種權力符號或『符號暴力』。前一種範式對法蘭克福學派的文化精英主義傳統上表現的更多的是在斷裂意義上的突破，後一種範式則更多的表現為在繼承上的超越。前者表現出的更多是肯定態度，後者則更多的是批判，兩種範式聯合構成文化研究派大眾文化理論的大廈。」〔註 22〕

　　本論題是對大眾文化具體作品中的疾病隱喻研究，屬於微觀政治學研究。思路上同時借鑒了上述兩種理論範式，力求在實際研究論述中既注重對大眾文化圖式化、強權性的批判和大眾的自身易被誘導特點，也高度尊重大眾自身對異化性質的文化產品的抵制、能動性。

二、大眾文化中的疾病隱喻

　　在觀察大眾文化中的疾病現象時，很容易看出的特點是疾病名稱比之古代常出現的模糊的「絕症」、「癆病」、或者現代的「肺結核」「梅毒」等，顯得專業細化許多，如「多重人格紊亂」、「邊緣人格」、「身體健全認同障礙症」，電影《妄想》甚至還有一段專門介紹「妄想狂」精神疾病症狀及治療方法的環節。這與中國乃至世界範圍的醫療產業化有關，龐大的醫療產業與社會各

〔註 20〕　《布爾迪厄訪談錄・文化資本與社會煉金術》，包亞明譯，上海：上海人民出版社 1997 年，第 23 頁。

〔註 21〕　于文秀，《「文化研究」思潮中的反權力話語研究》，黑龍江大學 2002 年博士學位論文。

〔註 22〕　于文秀，《「文化研究」思潮中的反權力話語研究》，黑龍江大學 2002 年博士學位論文。

方面相互滲透，例如，政府衛生部門採取強制手段推行的醫療檢測預防政策，學校、公司對必須資格之一的「某種健康」的量化要求，普遍推行的醫療保險制度從經濟角度起的決定作用，基礎教育和大眾傳媒則爲人們提供了醫學、生物學的初步知識，這些因素決定了文明社會的絕大部分人們的一生都與醫療掛鉤。如，孕初期的進行醫學檢查，生育分娩時要在專業醫院大夫和護士的幫助下才能完成，新生兒要經過醫院出示的出生證明才能獲得社會身份，嬰幼兒期的強制的疫苗注射，貫穿整個教育制度的健康教育和檢測，婚前體檢，在購買健康保險和醫生診療時都需要人們復述自己的家族病史，醫學對心理學、美容、健康鍛鍊和兒童教育多個領域的滲透結合，日漸老化過程中的各種不適都要經過醫生的診斷等等。醫學化浪潮幾乎淹沒了個人生活的方方面面。更重要的還有，醫療科學被默認爲爲教育方面的普及常識甚至作爲某種眞理性化身存在。這些都是大眾文化產品嫻熟使用大量專業化的疾病隱喻並爲大眾認可理解的現實背景基礎。

大眾文化中的疾病現象第二個突出特點是分佈極不均衡。它們集中在殘障、失憶症、多重人格紊亂、白血病、抑鬱症、精神分裂、暴食厭食症、陽痿、性變態等疾病上，另外對屬於醫療行爲的整容術、精神分析的心理治療法等和作爲醫療機構的精神病院也存在著反常的集中。每一種主題涉及的作品數量都有幾十或上百部，相比之下，關於其它疾病如現代文學中的常見疾病肺結核就非常少。承擔隱喻的疾病變動折射著時代癥結的變動。殘障者的無條件之愛隱喻背後是強烈的侵凌性；失憶症和多重人格紊亂是關於對人類「自我」的虛幻分裂進行懷疑和探究的隱喻；暴食厭食症和整容術涉及到人們尤其是女性的自我認同、渴望承認的問題；陽痿和性變態表達了當下人們親密關係的惡化，從整體上觀察這些疾病隱喻時，可以發現它們清晰明顯的構成了對一種病態時代人格的指向：自戀主義（Narcissim）。因此，本論題名爲《自戀時代：大眾文化中的疾病隱喻》。

在當下中國，的確存在著有利於自戀人格增多的社會背景條件：1，作爲全民信仰的烏托邦夢想破碎、階級鬥爭意識弱化的寬鬆氛圍對個體的解放。2，精英知識分子從泛道德主義立場撤退、獨立性弱化、犬儒思想興起對使社會輿論對道德價值觀持寬容態度。3，安貧樂道、禁欲少求不再爲人所譽，官本位、金錢、性特權代表的成功成爲最高目的對人們欲望的激發。4，獨生子女政策，筆者認爲這個因素對於 80 後的人群人格的深層影響非常重要。在以

往研究中，它的作用沒有得到應有的重視。80 後獨生子女易於自戀的因素
有：①與父母的代溝嚴重深化，與其他國家、時代子女不同的是，80 後人群
與父母的成長時代幾乎天地之別。②80 後人群成長中失去了以往可靠的預測
和經驗，是摸索著自我完善的一群，對於他們來說，「自我」分外重要。③獨
生子女大多享有相對於其他家庭成員不平等的物質供應，部分撫養者對不合
理欲望的縱容出現合理挫折不足，儒家負面精神制約的以「愛」之名的過分
約束干涉，父母拒絕與子女心理分離造成子女依賴性過強，社會養老福利不
完善使父母與子女的經濟聯繫強化。最後，「天下沒有不是的父母」、「養兒方
知父母恩」等特有的中國百善孝為先的傳統價值觀已變成負面影響遠超正面
價值的腐朽意識形態，在絕大多數人群中被接受為「天賦真理」，其惡果就是
導致子女獨立人格的嚴重缺失，更為糟糕的是，這是一個難以割斷的惡性循
環。

　　上文陳述中，依賴性強、獨立人格缺乏和「自我」分外重要這兩種表現
似乎是矛盾的。自戀在很多人心中就是自私自利、以自我為中心、自尊心強、
特別注意自身形象等，這些的確是自戀的表現，但是，這些遠不是本質和全
面表現。本論題所說的自戀概念界定為，一、來源於嚴格的心理學定義的自
戀，並不是簡單的自私與否的道德評價。二、在本文具體論述中，自戀是一
種認同方式，與「自我」結構中心的侵凌性形成張力關係，生發出來的力量
和方向推動人一生的心理發展。自戀認同的概念來自拉康（Jacques Lacan）的
鏡象學說。主體對想像中的「自我」進行的自戀式認同，從而獲得統一完善
的「自我」來掩飾主體的與生俱來的分裂。所以，「自我」給予主體的是虛幻
的統一滿足感，並且，「自我」的開端就潛伏著虛幻性和分裂性。

　　大眾文化中較多出現而且隱喻意義較為豐富的疾病有：自閉症、暴食症、
白血病、抑鬱症、失憶症、多重人格紊亂、精神分裂症、陽痿、性畸變、性
變態、殘疾殘障，醫療/人員/行為/醫療機構有：精神分析醫生、精神病院、解
剖術、整容術。它們的隱喻基本可以歸納為了五個自戀本質特徵表現：「自我」
的虛幻與分裂、對自我鏡象的迷戀與對非正常人形意象的恐懼、性與愛的扭
曲、侵凌性本質、對情感的過度需求，這正是拉康式自戀人格的本質特徵表
現。

　　在本文的具體章節論述中，第一章「回到拉康：自戀的心理學定義」將
詳細界定自戀在本文的心理學定義。第二章「自戀人格的『自我』探析」，抹

消自我的失憶症和分裂人格的多重人格紊亂都屬於對「自我」的同一性（縱向時間上）和統一性（橫向空間上）的嚴重挑戰。可以稱之為「自我」之病，這也是自戀人格「自我」的虛幻性、分裂性的表現。但是本文認為「自我」是作為一種機制存在的，無論對主體的異化還是主體反抗異化都要通過這個機制來完成。因此，在本章除了研究了失憶症作為對「自我」機制的探尋之外，還探討了多重人格對「自我」改寫，以及對精神病人與惡魔一體化現象進行了反思。

第三章「『像』的迷戀與恐懼」，「像」指拉康鏡象理論中主體把它當成自我進行自戀認同的鏡中人像。追求在鏡中那個完美無缺的形象，是主體的首要任務，為此，主體把自己從芸芸眾生中抽離出來進行美化、雕琢和讚揚，因此，整容術、暴食症是作為對「像」的推崇和迷戀出現的。另一方面是對「像」的恐懼，主體用「像」——他人的衣裝作為自己存在的記號，意為著主體的喪失或者說是被「像」所剝奪，主體的反抗也從此開始。「自我」的同一性是壓制自我裂縫的元兇，因此，對於自我來說，以分裂和變形為特徵的非正常人形也是自我恐懼情緒的發源地。因此，本文將大眾文化產品中塑造驚悚、恐懼的手段的非正常人形意象做為「自我」對「像」的另一面感受來處理。

第四章「自戀時代的性與愛」，當同為自戀主義者的男性和女性相遇，兩性關係出現了和以前時代的不同的情形，沒有想像中的去掉性背負的約束之後的幸福，而是親密關係的扭曲和兩性戰爭的加劇。大眾文化中大量存在著陽痿、閹割、女性性畸形和各種性變態如戀童癖、虐戀、戀屍癖，這些關於兩性關係的陰暗面和禁忌是一個探討親密關係變動的有效方式。

第五章「殘障之愛與侵凌性」，是指殘障者在大眾文化言情敘事中與無條件之愛的一體化現象是健全者為多數的大眾的深層侵凌性表現，體現了健全者對殘障者的權力話語。侵凌性是自戀主義者人格結構的中心，拉康指出不同的情緒狀態如拒絕、否認、恐懼、精神疲乏、焦躁等歧視都含有一個共同的意義：侵凌性傾向。該章第三節討論了色情對權力話語的反撥。

第六章「消費主義下的情感滿足」，當下時代同時也是消費時代，自戀主義者表現在情緒障礙是焦慮感和無意義感的侵襲。焦慮和無聊是作為對侵凌性的一種防禦機制出現的。焦慮作為心理能量累積到一定程度同樣必須要通過一定方式轉移出去。於是人們經常用情感消費來獲得焦慮緩解的心理滿

足。在白血病主題模式的言情劇暢銷景象和抑鬱症演化爲一種非常成功商業化的寫作風格背後，存在的就是自戀認同市的情感消費。醫療文化和工業合作產出了大量醫與病風格的商品，如傷痕妝、傷口圖案 T 恤作爲凸顯個性的符號消費、情感消費對象存在，青少年通過消費進行認同和個性區分和獲得對日常生活的疏離感。

從大眾文化的疾病隱喻歸納出的整體指向是自戀主義，這一方向決定了以上的分類以自戀的特徵進行區分。但事實上很多疾病隱喻都存在交叉，其隱喻是豐富多面的。本文爲了突出主要特徵的目的和篇幅限制，放棄了對隱喻多義性的全面展示，不能不說是一個遺憾。

引論之三：概念、對象、方法、前人成果綜述及創新點

縱向來看，相對於對當代文學文本（詩歌、小說、戲劇等文字印刷品）進行的政治學、社會學、傳統文化學、美學等傳統文學研究，本論題不管研究對象還是引用的理論資源都屬於文化研究；橫向而言，本文借鑒了比較文學的平行研究思路。

一、關於重要概念的界定

大眾文化的英文表達爲 mass culture，mass 作爲形容詞意思是「大批的」、「廣泛的」，the masses 作爲名詞有烏合之眾之義，因此批判大眾文化使大眾變得愚昧無知的法蘭克福學派用 mass culture 來指大眾文化。英國學者雷蒙・威廉斯說：「popular 是從普通百姓而不是欲博取他人好感或追逐權力的人的角度做的認定」，因此「受到許多人喜愛的」、「受歡迎的」這一義項是 popular「現代的主要意涵」。〔註23〕因此，對大眾文化持較正面評價的伯明翰學派用 popular culture（流行文化）一詞來取代 mass culture（大眾文化）。本文對大眾文化的研究是基於具體文本實踐出發的，這些文本除了來自於的確受很多人歡迎、喜愛的電視劇、電影和網絡小說等作品之外，還有很多來自於針對小眾邊緣文化作品，而大眾文化研究反對中心論話語的批判性本意就包括了對亞文化、邊緣文化、群體的關注之意，因此，本文選用大眾文化（mass culture），但是捨棄了法蘭克福學派的對大眾文化的精英目光角度。大眾也許

〔註23〕〔英〕雷蒙・威廉斯，《關鍵詞：文化與社會的詞彙》，劉建基譯，北京：三聯書店，2005 年，第 355～356 頁。

表面上是「烏合」之眾，但正是「烏合」裏面的寬容、溫和和開放態度，給了大眾文化中那些富有批判性、生命力的新興力量成長的可能和空間。

大眾文化的定義外延在不斷擴張，學界通常將大眾文化分爲「文本」和「生活中的文化（lived culture）或文化實踐（cultural practice）」兩類〔註24〕。因此，舉凡 DVD、MTV、卡通、各種電視劇、流行音樂、各種電視專欄、商業片、暢銷小說、時尚散文、廣告軟文、漫畫、美術招貼、時裝、美容化妝、電子遊戲、旅遊、體育競賽、跳舞、購物、建築景觀、泡吧等等，無不歸屬於大眾文化。本論題十分贊同大眾文化的内涵廣泛性，但是在論題内考察的較爲偏重前類即「文本」，文化實踐則佔有少量部分，具體内容爲除了影視劇，商業化的小說，還包括了網絡小說、動漫作品、媒體新聞報導、影評交流、流行妝容、T 恤圖案等作爲研究的對象文本。時間範圍界定爲學界普遍認爲的大眾文化興起時間即 1993 年〔註25〕至今。

疾病的概念是隨著歷史情景不斷改變的，例如瘋癲在中世紀並不是一種病，但在現代社會它不僅成爲一種病，還細分出不同類型，已經是一門專門學科了；再如古代人不認爲肥胖、纏足、口臭、失眠是病，但是現在它們都普遍被人們認爲是病。鑒於論文是文化研究而不是醫學史考證，一切歷史都屬於當代史，本文中採用的「病」還是主要以具體作品中常見的稱呼來判斷，比如現在醫學界很多人認爲中國所說的神經衰弱大致上就是西方所說的抑鬱症，只是由於精神病的污名化使人們還是願意稱之爲著重軀體症狀性質的神經衰弱，那麼我的論文選取材料就不會把涉及稱作「神經衰弱」疾病的作品當成抑鬱症的來處理。但是，基本都會參考醫學界的普遍定義來做腳註，因爲有的疾病需要以醫學角度來判斷它是否涉及意識形態性質的隱喻，比如自閉症患者不能關懷他人是性格、道德原因還是疾病原因。在必要時候，論文也會根據具體情況適量引入醫學上疾病概念變動，例如牽涉到隱喻意義的改變的「愛滋病」改稱「艾滋病」就體現了去道德化、白血病本是一種癌症但因癌症的陰沉人格隱喻則在言情敘事中很少稱之爲血癌等。

二、本文的研究對象

本書的研究對象除了中國大陸本土生產的大眾文化產品外，還包括了從

〔註24〕〔英〕約翰·斯道雷，《文化理論與通俗文化導論》，楊竹山譯，南京，南京大學出版社，2001 年，第 15 頁。

〔註25〕可參考前文對分期設置的原因討論。

少數歐美、日韓、港臺等地進入的大眾文化產品。這是文化研究的特點和中國大眾與大眾文化的現實決定的。正如有學者所言，文化研究「不能局限於專門實踐、特殊文類或通俗消遣」〔註26〕，「開放性和包容性特徵是文化研究的最突出的特徵。文化研究的論題上是動態的，它的視域立足當代並無限地面向未來，任何將其論題與視域固定化的企圖都是徒勞的。」〔註27〕文化研究「不僅是跨越現存的學科疆界，而且更迫切的是拆解學科化的知識方式，對學科疆界本身提出質疑。」〔註28〕文化研究「不是與其他學科相似的學院式的學科，它既不擁有明確界定的方法論，也沒有清楚劃定的研究領域。」〔註29〕文化研究者有一個比喻非常貼切：「歇腳的地方數不勝數，其中許多都可以用做文化研究的作坊」〔註30〕。「如果非得需要對文化研究的論題和視野作出總體性和同一性概括，那麼也許問題意識可以作為一個答案。因為文化研究正是以鮮明的問題意識來面對現實政治社會的。」〔註31〕

　　本文納入國外進入的大眾文化作為研究對象除了文化研究本身的開放性、包容性外，還有更重要的現實原因：一、在全球化和信息化的背景下，中國大眾文化一直和諸國的大眾文化相互纏繞雜糅，共生共存，很難分離出完全脫離外來因素的純粹的中國大眾文化，比如，大陸歌手張靚穎的歌曲《Heroes》，作曲是韓裔美國人 Jae Chong，作詞是臺灣人三角 Cool，好萊塢電影《無間行者》劇本完全來自於香港電影《無間道》。第二個原因，也是更關鍵的原因，從大眾的切實接受角度來考慮論題研究範圍的方式決定了這一點。本書的目的很重要的一點就是探討大眾對疾病隱喻的具體解讀態度。那麼，在外來大眾文化產品的確被相當比例的中國大眾接受，而且它們的影響

〔註26〕〔英〕理查德・約翰生：《究竟什麼是文化研究》，《文化研究讀本》，北京：中國社科出版社，2000 年，第 13 頁。

〔註27〕于文秀，《「文化研究」思潮中的反權力話語研究》，黑龍江大學 2002 年博士學位論文。

〔註28〕〔美〕科內爾・韋斯特：《少數者話語和經典構成中的陷阱》，《文化研究讀本》，北京：中國社會科學出版社，2000 年，第 206 頁。

〔註29〕于文秀，《「文化研究」思潮中的反權力話語研究》，黑龍江大學 2002 年博士學位論文。

〔註30〕〔英〕理查德・約翰生：《究竟什麼是文化研究》，《文化研究讀本》，北京：中國社科出版社，2000 年，第 9 頁。

〔註31〕于文秀，《「文化研究」思潮中的反權力話語研究》，黑龍江大學 2002 年博士學位論文。關於文化研究的研究領域和方法的判斷參考了于文秀博士的 2002 年博士學位論文的相關論述，此處予以特別致謝。

並不亞於中國的大眾文化產品的情況下，排除它們的話，這個論題研究得出的結果就不能保證眞實、全面。另外，除了那些公開引進公映的電影、電視劇、小說和動漫之外，還有一些亞文化產品也通過各種渠道被中國大眾接受，本書涉及的一些 Cult 電影就屬於此類。Cult 電影〔註32〕，多爲低成本，先鋒、前衛、誇張的影像風格，融入色情、科幻、恐怖、怪誕、動畫、喜劇等多種元素。電影中一般都有一個完整獨立的世界體系，有無數的細節可供引申，這些細節多半具有強烈的暗示意義。它的愛好者們通過不斷的細化尋求，強化了影片，使它越發的完整準確，就如同眞正存在一樣。例如《大話西遊》的愛好者們脫口而出裏面的每一句臺詞，對「水簾洞」、「紫霞仙子」、「盤絲洞」的詳細考證等等。愛好者將 Cult 電影譯爲「邪典電影」，這個稱呼突出了這些電影異質另類、自成體系、愛好者狂熱的特徵，因此筆者在後文會沿用「邪典電影」來指這一類型電影。「culture」一詞即來源於 Cult，亞文化與大眾文化之間的關係是變形蟲和伸出的偽足的關係，邪典電影已是不可低估的重要亞文化之一。下面就國外大眾文化在中國大眾的確有一定接受度提出數據爲論證。

中國大眾接受的外國大眾文化產品集中在影視劇和動漫。下面首先以主要功能爲成員交流影視書籍文化信息爲主的豆瓣網（www.douban.com）做一個樣本例證，從 05 年 3 月至 07 年 11 月，該網註冊用戶已超過 100 萬，這個數字不包括重複地址用戶。當然 100 萬針對全國來說是太少了，但是本文只是選取一個接受大眾文化產品的樣本，以寬泛看電影的群體和喜愛看國外電影的群體的比例來作爲參考例證。作爲一個靠註冊會員經過豆瓣爲平臺去其

〔註32〕Cult 電影低成本，精髓則在於異質性。邪典電影有不少屬於粗製濫造的作品，但是經過時間的清洗，一些優秀的影片以強大的生命力和藝術價值一直保持了經典地位，如《暗花》、《大話西遊》、《發條橘子》等等。歷史上的邪典電影較少公映或短暫公映後轉入錄像帶/VCD/DVD 租借出售。隨著邪典電影漸成氣候，一些優良製作並且色情、暴力因素不誇張的作品進入了主流範圍的公映，但並不作爲邪典電影來宣傳，因此普通觀眾並不知道一些所謂的科幻片、藝術片、喜劇片也屬於邪典電影，例如《黑客帝國》《搏擊俱樂部》、《大逃殺》、《喋血雙雄》等等。這些電影題材極爲廣泛，想像力縱橫，畫面個性十足，情節意外奇崛，不和諧的刺目色彩搭配，怪異的布景道具，這種反叛和對體制的牴觸正是 Cult 電影的首要特徵，而不是以暴力與色情的偏見爲判斷標準。

它購物網站購物的利潤分成來盈利〔註33〕的網站，豆瓣成功模式〔註34〕充分體現了用戶數據的眞實性，而且成立共同愛好的小組是免費的，參加、退出小組也無需費用，小組負責人沒有做廣告權，是一個相對眞實的交流空間，數據較有說服力。在豆瓣網的電影類小組中，依照人數多少排名如下：

1「愛看電影小組」97981 人。2「經典・電影・臺詞小組」44798 人。3「岩井俊二小組」26890 人。4「IMDB〔註35〕250 部最佳影片小組」19580 人。5「Very CD〔註36〕小組」14729 人。6「Cult Film 邪典電影小組」12173 人。7「Gossip Girl 小組」12061 人。8「臺灣・電影・往事小組」9810 人。9「法國電影小組」9447 人。10，「恐怖電影小組」8887 人。（截止到 2009 年 3 月 25 日）

「Cult Film 邪典電影小組」排第 6 名，對比人數名列第一且範圍最寬泛的「愛看電影小組」人數，Cult 電影愛好者佔了電影愛好者的 12%。第三名岩井俊二是日本導演，第四名是國際影視範圍內的影片推薦表，第 7 名《Gossip Girl》是美國電視劇，臺灣電影、法國電影、恐怖電影分列 8、9、10 名。中國大眾接受國外大眾文化是的確存在的。還有一項調查可以互相佐證，如「西南師範大學劉帆調查重慶數所高校的大學生的結果表明，大學生觀眾中只有 12.5%的人進電影院，絕大多數人是上網看電影。橫店集團影視娛樂有限公司一份調查表明，目前中國電影觀眾的核心人群是 18 歲～24 歲的年輕人，他們看電影的主要途徑是通過網絡。」〔註37〕這個數據和豆瓣的數據可以互證出，高等教育背景的青年人群上網看國外電影的比例不應被忽視。

另外，還有兩個有力數據：

〔註33〕 比如，一個註冊會員登陸後，看到別人對一本書的書評，決定購買，從豆瓣頁。面轉去淘寶、易趣等購物網產生成功交易，豆瓣網從這次交易中提成作爲收入，並不直接出售商品。

〔註34〕 豆瓣網的快速增長和保持盈利在慘淡電子商務界非常令人矚目，有許多討論，可直接搜索「豆瓣模式」。

〔註35〕 Internet Movie Database（互聯網電影數據庫），是一個關於電影、電視節目及其他相關資料的在線數據庫。它是目前全球互聯網中最大的一個電影資料庫，裏面包括了幾乎所有的電影，以及 1982 年以後的電視劇集。

〔註36〕 Verycd 是一個中國大陸用戶爲主免費下載影視、音樂的門戶網站。

〔註37〕 張先國、黃會清、姜雪城，《網絡盜版異軍突起成爲電影票房頭號殺手》，新華網 2004 年 9 月 23 日

一、和韓國電視劇相關的調查數據。問「韓國電視劇接觸與否」，「是」的比例：

《星夢奇緣》60.0%　　《醫家兄弟》38.8%　《女主播的故事》47.5%

《藍色生死戀》68.4%　《冬日戀歌》40.3%　《順風婦產科》29.3%〔註38〕

二、當問及「你最欣賞以下哪個國家的文化產品」時，31%的青少年第一選擇是中國，其次則分別是美國28%，韓國22%，日本16%，西歐3%。〔註39〕

針對國外最新的連續電視劇產品，由於大量免費字幕網站存在，基本上周四晚上美國一集電視劇播完，周六周日就可以在專門的字幕網站如「風軟（www.1000fr.com）」、「人人（www.yyets.com）」免費下載到附有中文字幕的劇集，速度之快令人驚歎。下載率舉例為「風軟」網站關於美劇《犯罪心理》最新一集的字幕下載總次數為142049次，考慮到其中還有其它轉載網站產生的的下載，實際次數會更高。此外，各種傳播工具提供了足夠的硬件支持：中國網民1.3億用戶中寬帶用戶1億〔註40〕，硬盤、可寫入光碟的容量提高、價格相對低廉〔註41〕，錄播視頻功能普遍在手機、PSP 的集成帶來的便攜，這些都是對通過網絡得到國外大眾文化產品的基礎保障。因此，國外影視的實際影響範圍不應被低估。

綜上所述，把進入中國大眾接受範圍的國外文化產品納入研究對象是非常有必要的。考察一樣事物，最好觀察它的原生態狀況，而不是不顧事實閉門造車。因此，本論題考察的大眾文化除了土生土長的我國文化產品，還包括那些不管產自何地，以各種方式進入我國，存在於中國大陸的大眾接受視野中的文化產品。

三、本文使用的方法

本文採用文本細讀的方式，借助症狀閱讀（Lecture Symptomale）這一方法展開。症狀閱讀概念來自於法國學者阿爾都塞（Louis Althusser, 1918～

〔註38〕張秀賢：《「韓流」與文化的溝通》，當代文化研究網，2005年11月11日。

〔註39〕張亞鵬：《當文化成為消費品調查城鄉居民文化消費狀況》，《浙江日報》，2005年12月10日。

〔註40〕中國互聯網絡信息中心（CNNIC），2007年1月數據。

〔註41〕200G 移動硬盤350元左右，空白光碟4.7G～16G，3元～10元左右，1部高清電影大約1.2G大小。

1990）的理論學說。「這是一種反經驗主義的閱讀方法，一種精神分析意義
上的穿刺工作，對象是現代型的知識型。」〔註42〕阿爾都塞認為「概念」、
「知識」的形成都是一種生產，沒有「清白的閱讀」，也沒有「清白的」認
識，每個主體總是在「既有的」意識形態環境構造現實的。在阿爾都塞的學
說中，作為閱讀對象的「知識型」分科學和意識形態兩種，後者永遠是一種
誤認。這一點筆者不能贊同，意識形態的確是一種誤認，但是科學也存在異
化為一種意識形態的事實，並且因其隱蔽而更有力。「難題（Problem）」是理
解症狀閱讀的關鍵概念，「是哲學家在其哲學構造之前就存在於其潛意識之
中的一個沒有答案的問題。這個沒有答案的問題歸根結底到底是由經濟基礎
決定的特定意識形態所決定的，哲學家在組織他的哲學時知識圍繞這個難題
提出許多答案先定的問題（Questions），並且在回答完所有這些問題的「沉
默」中，給出那個未被表述就預先勾銷的難題的可能解答。」〔註43〕因此難
題就在表露在那些「缺席」、「空白」和「沉默」。從這裡可以看出，阿爾都
塞借鑒拉康的鏡象理論中的誤認學說，對人類對外界和自身所有的「知識」、
「意識形態」或「文化」的虛構性有著深刻批判性的認識。本文的研究對象
正是那些具有誘人迷惑性表象的隱喻，要想分析出可能與表象南轅北轍的真
實面目，症狀閱讀是最合適的方法。在症狀閱讀看來，文本與意識形態之間
存在著一種張力，一方面，作為能指的敘事，文本一定程度上確定著所敘之
事的意義，具有意識形態功能。另一方面，文本對自身的追求（即文學性）
又可能突破意識形態的獨白陷阱，成為特定意識形態的離心力量。文本固有
的多義性、虛構性常常超越特定的意識形態預設。藝術通過形式的專制對抗
意識形態的專制，通過服從自身的規則打破意識形態的幻象，申說自己的真
實。症狀閱讀，在操作方法上，力圖在文本與作者之間、文本與文本之間尋
找隱匿的症狀，它從來也沒有把自己局限在可見的顯性文本範圍之內；在閱
讀理念上，它試圖揭示意識形態的功能及其局限，從未把自己定位為一種純
審美閱讀。運用症狀閱讀就意味著將文本再度語境化，把文本放置在具體的
社會歷史語境之中加以考察，揭示症狀的成因，充分發掘文本的深層結構與

〔註42〕趙文，《西方文論關鍵詞‧症狀閱讀》，趙一凡主編，北京：外語教學與研究
　　　　出版社，2006年，第849頁。
〔註43〕趙文，《西方文論關鍵詞‧症狀閱讀》，趙一凡主編，北京：外語教學與研究
　　　　出版社，2006年，第852頁。

意識形態功能。

　　對大眾文化的疾病現象進行症候式閱讀的重點並不是要討論疾病隱喻講述背後的眞相（疾病隱喻與疾病眞相是醫科學話語與文化的關係），而是疾病隱喻文本敘事本身（即形式）的眞相。敘事背後的眞相是一堆醫學教科書，但敘事本身卻有複雜得多隱蔽得多的眞相：這些病爲什麼出現在當下的時代；爲什麼敘事選擇這幾種病而不是那幾種；選擇用這樣的語言、情節、形象來敘述這種病是什麼目的；敘事中的空白、沉默、斷裂、縫隙等症候又隱藏了什麼的深層結構；這些敘事和它們的傳播方式之間的關係；大眾在敘事中接受了什麼，敘事本身如何確立它們的可信性；講述如何成爲一種隱喻，大眾又是怎麼接受解讀這種隱喻等等。

四、前人成果綜述

　　談論大眾文化的疾病隱喻，必先說明它的前身和出處，有得當的背景，研究對象才會顯示出它的重要性和獨特性。下文以古代、現代、當代的時間分期簡要梳理前人對以文學爲主的中國文化的疾病隱喻研究成果。

　　本論題的已有研究成果狀況非常薄弱，筆者所檢索正規學術成果範圍包括國家圖書館博碩士學位論文庫、中國期刊網、臺灣博碩士論文數據庫，時間範圍則以各資源所能提供的最早年份爲上限，各資源所能提供的 2007 年或 2008 年爲下限。特別指出一點，由於收錄時間比發表時間滯後，這個收集存在著一定遺漏。在中國期刊網，碩博士論文庫 1979 年～2008 年的時間範圍內，搜關鍵詞或摘要中含有「流行文化」或「大眾文化」的結果有 1891 篇文章、243 篇碩士論文、34 篇博士論文，但經過瀏覽，幾乎沒有涉及到疾病主題/意象/敘事/隱喻方面的。臺灣博碩士論文數據庫、萬方數據資源系統經搜索大眾/通俗/流行文化等關鍵詞也是沒有涉及疾病方面的。因此，論題不單是新穎，同時是一項填補空白的工作。

　　國內嚴格契合本論題方向的研究僅有蘇珊・桑塔格《疾病的隱喻》一書中，譯者程巍在大約 700 字腳註中對亞洲一些電視劇中出現的白血病和桑塔格提到的文學作品的白血病進行了初步比較。還有暨南大學吳巧鳳的一篇碩士學位論文《論當代西方電影中的瘋癲隱喻》，運用細讀的方法，分析了《飛越瘋人院》、《沉默的羔羊》、《阿甘正傳》和《美麗心靈》這四部電影。從它們身上概括出當代西方電影對瘋癲隱喻傳達的四種常見模式：1、瘋癲是自由與反叛的先鋒；2、瘋癲是變態與欲望的化身；3、瘋癲是質樸與信念的呼喚；

4、瘋癲是天才與激情的閃耀。這篇論文論述中重點是電影媒介和瘋癲隱喻的矛盾衝突，即電影媒介對瘋癲隱喻的逃避和消解。這篇論文僅涉及了四部西方電影，範圍是非常窄的。將不同病症主人公的病發時的瘋狂總結出來，有助於統一文章主題，但是也忽略了四位主人公病症的不同，以及所負擔隱喻意義的區別。

國內對大眾文化興起前即大約 1993 年前的中國藝術文化（含美術、文學、音樂）尤其是文學的疾病隱喻研究是較爲全面的，集中成果體現在現當代文學方面。

一、期刊學術論文和學位論文綜述如下：

從總體角度上泛談疾病與藝術關係的論文共計 4 篇，爲張巧鳳的《論疾病對患病作家創作的影響》、鄒忠民《疾病與文學》、任芳的《文學與疾病的神秘鏈接》、田喜娥、賀本才的《疾病隱喻與文學》，觀點較爲一致，基本上認爲疾病帶來的情感是一種根植於人類生存本能並沉澱下來的文化經驗，和作家的心態及創作關係有著深厚的關聯，在作品中形成象徵和隱喻世界。論述較簡略，採用實例散佈於中西古今文學史。

西方文學範圍內，共計 6 篇（含有 1 篇碩士論文）。王予霞《西方文學中的疾病與恐懼》所討論的是疾病呈現出的隱喻使得對病的恐懼成爲一種集體無意識。王愛英《外國文學活動中身心疾病的影響與表達》闡述了身心疾病對創作主體產生了深遠影響，而且也成爲文學的表現對象。孫燕在《「反對闡釋」的文化批判向度》中介紹了桑塔格的觀點。王健則在《疾病的附魅與祛魅》中探討桑塔格觀點其積極意義與局限性所在。藍藍的《被冰雹打過的嘴》對詩人格林貝恩的詩歌中出現的疾病意象進行討論。范煜輝的碩士學位論文《癲癇症和陀思妥耶夫斯基的小說創作》認爲陀氏對瘋癲人物的刻畫，反映了西方現代社會中人類生存境遇的普遍悖謬性和悲劇性。國內對於西方文學的疾病角度研究與國內文學相當類似。理論研究則限於桑塔格和柄谷行人的去魅化評述。

古代文學範圍內，共計 3 篇（含 1 篇博士論文）。2 篇關於《紅樓夢》中的疾病主題，1 篇關於唐代涉醫文學。限於篇幅，不再詳細述評。

現代文學範圍內（包括晚清民初），共計 22 篇（含 6 篇碩士論文、2 篇博士論文）。其研究狀況具體分佈範圍如下：對於現代文學奠基者魯迅，有 5 篇論文（含 2 篇碩士學位論文）進行了研究。3 篇論文（含 1 篇碩士學位論文）

對描述疾病的大家巴金的作品進行了研究。2 篇論文（含 1 篇碩士學位論文）分析了郁達夫作品。3 篇論文（含 1 篇碩士學位論文）從女性主義角度出發研究現代文學的疾病隱喻。還有 9 篇論文（含 2 篇碩士學位論文、2 篇博士學位論文）則在多作家多作品多角度的範圍內討論了現代文學史的疾病現象。限於篇幅，不再詳細一一述評。這些針對現代文學的論文基本都在病重的中國、病重的國民性上和疾病的現代性作為主旨研究，也發現了一些作家如張愛玲某些作品中疾病隱喻的異質性。挖掘比較深入，範圍相當廣闊，理論思辨也較為深入。相當全面的展示了現代文學的疾病隱喻的方方面面。對於我要進行的當代流行文化的疾病隱喻的考察是一面非常好的鏡子，借鑒並且對照。

當代文學範圍內，共計 7 篇（含 2 篇碩士論文）。宮愛玲在《病痛的抒寫與病房的隱喻》裏討論了新時期文學的病房寫作從宏大主題的批判走向了平常百姓病痛的抒泄。王應平以《沙床》為例在《疾病、愛欲與文學生產》一文中闡述了疾病、愛欲在文學生產中的結合，可以迎合受眾的消費需求，同時使文本體現嚴肅的生命意義。孫海芳《論新時期女性文學對疾病主題的表現》發現女性作家作品中的疾病主題與男作家有著本質的區別。沈杏培、姜瑜在《苦難與焦慮生存中的自我救贖》中對小說《猛虎》裏的疾病症候和病態人格進行了簡要解讀。葛紅兵在《作為隱喻的疾病》中以小說《21 克愛情》為例分析出疾病應被看作是身體的常態在世處境，疾病勾帶著存在的政治處境。金昕的碩士學位論文《文學的白醫天使 —— 淺談畢淑敏小說的醫學內容和敘事》認為畢淑敏以文學化的「醫學」的內容及其敘事表現獨樹一幟；獲得了哲學意義和審美意義上的超越。林清華的碩士學位論文《疾病隱喻：蔡明亮電影研究》的第一部分討論了臺灣導演蔡明亮電影中的身體疾病隱喻，描述蔡明亮用鏡頭語言訴說著這個時代的的病症，呈現出一種卡夫卡式的荒蕪絕境。

美術領域的論文共計 3 篇，均為碩士學位論文。均為討論藝術家與瘋癲之間的關係。音樂領域暫無。

二、專著類

國內對於中國藝術文化的疾病隱喻角度的學術專著有新史學方面的楊念群的《再造「病人」—— 中西醫衝突下的空間政治》。這是一本側重政治和中西醫衝突的優秀之作。探討晚清以來的中國人如何從「常態」變成「病態」，又如何在近代被當做「病人」來加以觀察、改造和治療的漫長歷史。「東亞病

夫」的稱謂既是中國人被欺凌的隱喻，也是自身產生民族主義式社會變革的
動力，在這個意義上，「治病」已不僅僅是一種單純的醫療過程，而是變成了
政治和社會制度變革聚焦的對象，個體的治病行爲也由此變成了群體政治運
動的一個組成部分。作者以新穎獨特的敘事手法，在一種「情境化寫作」的
狀態中充分展示近現代政治演變與傳統醫療因素之間複雜的互動博弈關係。
美國學者凱博文（Arthur Kleinman）在 1980 年在中國湖南進行「文革」中創
傷所造成的精神后果的田野調查的成果 2007 年譯爲《苦痛和疾病的社會根源
——現代中國的抑鬱、神經衰弱和病痛》在中國出版。在這本書中作者認爲
不管是「神經衰弱」還是「抑鬱/焦慮障礙」都應被理解爲一種文化概念，而
文化概念形塑著眞實的生理體驗，建立了區隔正常與病態的界限。文化概念
影響著專業診斷系統；專業診斷系統也有著歷史學、社會學、政治學和經濟
學背景。這些文化概念也是理念、產品和人的跨國家流動的一部分，也就是
全球化，並且這些文化概念是存在於個人和集體意涵網絡中的，這種意涵網
絡把人們與制度、社會事件以及壓力問題相互聯繫在一起。凱博文將它稱之
爲社會——軀體關係（sociosomatic relationships）。凱博文對病痛和文化的意
識形態性之間的糾纏討論的非常紮實深入，有大量的醫學實踐訪談作爲論據
基礎。凱博文還富有洞察例的提出，在 2007 年的時間點看來，當下中國與激
進的毛澤東時代關聯的確比 1980 年少的多，但是，1980 年的被訪問的中國人
群在自己不同的道德體驗中感覺到的迷失（disorientation）仍然存在當下的中
國人體驗中，因爲當下中國人身處其中的道德體驗仍在經歷變化。筆者非常
贊同這一點，自從 1980 年至今，中國社會各種形式表現出來的意識形態在不
停的動盪變化，「迷失」的確是當下中國人的突出心理體驗。

　　非學術意義的一些介紹性文化著作有：黃黌、王旭東《醫史與文明》、林
石《疾病的隱喻》、劉翔平《尋找生命的意義：弗蘭克爾的意義治療學說》、
王文芳《醫院心理文化》、余鳳高《飄零的秋葉：肺結核文化史》和《天才就
是瘋子》等等。因其知識性、隨筆性較強，學術性較弱，其內容恕不一一評
述。

　　五、創新點
　　一、通過拉康鏡象學說對自戀的定義，即自戀是一種認同方式、自戀認
同與「自我」結構中的侵凌性（主體誕生的生物現實決定了侵凌性的先在）
構成的張力促使主體心理發展，對大眾文化言情敘事中的殘障者進行了創新

的深入分析，剝離出這種殘障者與無條件之愛一體化隱喻背後的侵凌性本質，從而得出結論這是一種健全者對殘障者的權力話語，是一種不平等，更是一種非常隱蔽的歧視。在一些「色情」意味的作品中，通過坦率真實的「性」描寫對這種權力話語進行了反撥。對大眾文化的關於殘障者言情敘事的深入剖析和批判其權力話語、指出「色情」敘事的抵制力量，這些是前人未曾做過的。

二、指出「自我」是一種機制，對主體的異化和主體反抗異化都要通過「自我」來進行，前人對「自我」的獨立性的過分美化和對「自我」的過分批判都漠視了「自我」的機制性質，論文在一點上為「自我」做了創新性的揭示。同時指出「自我」因其本質屬於想像性關係，並且在主體無意識之中被誘導形成，因此必須對它往往以理性表達非理性的方式和裝扮成主體需求的偽裝性持警惕謹慎態度。通過大眾文化作品敘事的失憶症隱喻和多重人格紊亂隱喻分別對「自我」機制的進行的猜疑和改寫，指出當下人們對「自我」的複雜態度：覺醒與蒙蔽共存，對「自我」的改寫往往以「疾病」出現，這是「自我」的強大奴役力量的表現。這些通過大眾文化的疾病隱喻對「自我」的探討和以此為徑去對當下人們現實狀態進行反思是創新所在。

三、對 80 後商業化寫作中的憂鬱自賞趣味提出創新性的批評。通過大眾文化對自閉症、抑鬱症的隱喻建構梳理描述，指出兩種隱喻的合二為一繼而被 80 後作家進行去苦澀化處理，轉化為一種勢利本質的憂鬱自賞趣味。這種趣味的寫作迎合了青少年讀者的自戀人格傾向而大獲成功。然後，以網民對該種趣味寫作的戲仿作品，分析了另外一種「惡搞」風格的解碼過程，並對「惡搞」風行背後的虛無和犬儒主義進行批判。

四、對中、日、韓言情電視劇的白血病隱喻的主要意義、建構過程、大眾的接受態度進行了創新的全面分析。指出白血病隱喻與桑塔格提出的肺結核隱喻的繼承之處和變化所在，更重要的是分析大眾媒體（新聞）敘事對白血病隱喻的建構的巨大力量，以現實的慘劇來批判隱喻的不當運用和大眾的過分接受態度。

第一章　回到拉康：自戀的心理學定義

　　當下時代是一個具有強烈的自戀主義特徵的時代。這個特徵在各方面表現爲：中國當下社會的歷史虛無感和時間終結感、政治淡漠和政治活動「秀」化、極權主義以專業技術官僚的溫和面貌滲透一切、青少年對政治活動的自我化和激情化、對未來的盲目樂觀、推崇人類自我而對其它生物和自然環境的侵凌和踐踏、衰老的恐懼如「中年危機」作爲問題出現、生育技術使父母有了對下一代的主動選擇、對虛假「個性」的推崇；數碼相機、數碼錄像機與廉價手機的結合、網絡的普及使「像」成爲風行的表達方式；情感消費、符號消費的發展；暴力色情產業的出現；內心生活理性化；懷舊成爲商品；大眾對成功者、尤其是成功者形象的推崇；明星崇拜的登峰造極；草根英雄快速起落；文學作品中的自白、半自白風格；兩性關係的扭曲和兩性戰爭的加劇；子女教育的功利化方向等等。

　　之所以說這些特徵是屬於自戀主義時代社會而不是所有時代共有，是因爲心理學對自戀的精確界定決定了這一邏輯結果。自戀在心理學上的定義是非常重要的基礎，這是從病理心理學到社會心理學擴展過程中避免變形、倒置的保證。如果僅從世俗道德評價出發，很容易把自私自利當成自戀的主要特徵，而導致自戀主義社會淹沒在其它時代社會之中，無法把握它的本質結構進行準確的反思和批判。本文所使用的「自戀」概念，主要以法國拉康（Jacques Lacan, 1901～1981）的精神分析學說所使用的自戀概念爲基礎，另外借鑒了美國卡倫・荷妮（Karen Horney, 1885～1952）、奧地利梅蘭妮・克萊因（Melanie Klein, 1882～1960）對兒童心理發展的觀點和美國海因茨・科胡特（Heinz Kohut, 1913～1981）的提出的「自客體關係」概念。提出自戀的心理學定義回到拉康，並不意味著排除其他心理學派對自戀研究的合法性，而

是因爲拉康的自戀理論對於當下時代已經充分隱藏、溫和和常態化的自戀是一劑強有力的顯影劑。拉康基於精神分析實踐經驗的鏡象學說對自戀的想像性、虛幻性、分裂性、悲劇性；自戀之愛的本質是激情和欲望；自戀人格的侵凌性中心與自戀認同的張力結構等分析徹底瓦解了「自我」的理性和同一。也正是這一點從最基礎上拆解了作爲邏各斯中心主義之根的「我思故我在」的理性之「思」的源頭。

第一節　「自我」的虛幻與自戀人格的侵凌性中心

自戀（Narcissim），《精神分析詞彙》將其解釋爲一種指向個體自身的形象的愛。Narcissim 一詞則來源於古希臘 Narcissus 的神話。古羅馬詩人奧德維的《變形記》有記載：Narcissus 是一位美色著稱的少年，山林女神 Echo 愛上了他，而 Narcissus 卻無動於衷。Echo 心碎而死，死後僅餘一些回聲。報復之神 Nemesis 憤怒不已，令 Narcissus 愛上泉水自己的倒影，Narcissus 臨水對影唏噓迷戀不已，最終爲擁抱水中的愛戀鏡象而投水身亡，死後當諸神來送葬之時，發現 Narcissus 的屍體已化爲一株水仙。

1898 年，英國艾理士（Havelock Ellis, 1859～1939）最先借用 Narcissim 一詞來概括病理性的自戀。1910 年弗洛伊德（Sigmund Freud, 1856～1939）在出版的著作《達芬奇及其童年的回憶》中說到：「至於 Narcissus，按照希臘傳說，是一個喜歡自己的倒影勝過喜歡其它任何東西的年輕人，變成了同樣名字的可愛的花（水仙花）。」直到 1914 年，弗洛伊德在《論自戀》中系統建立了自戀理論。他認爲病理性自戀即繼發自戀是由於幼兒在力比多傾注自身的原初自戀階段後，開始向客體如母親進行投射遭遇了挫折而折返自身的原因。弗洛伊德的自戀理論在後來有所修正，「他拋棄了簡單的本能和意識二者對立的看法，認識到自我和超我中含有的無意識成分，認識到非性欲衝動即侵略性或死本能的重要性，認識到到超我和本我之間，超我和侵略性之間的聯合。這發現促使他重新界定客觀關係在自戀發展中扮演的角色，從而使他揭示了自戀主義在根本上是對侵略本能的防衛而不是自戀自愛這一道理。」〔註1〕必須提醒的一點是，自戀主義雖然根本上不是自戀自愛，但

〔註1〕〔美〕克里斯多夫・拉斯奇，《自戀主義文化》，陳紅雯、呂明譯，上海：上海文化出版社，1988 年，第 37 頁。

它包括對自我的自戀式的認同。

拉康作為提出「回到弗洛伊德」口號的精神分析學家，通過分析實踐經驗提出了鏡象階段主體通過自戀認同建立自我的理論。拉康的理論認為自戀與侵凌性的兩極張力是人類社會的衝突來源。他於 20 世紀四十年代末發表的兩篇重要著作《助成「我」功能形成的鏡子階段——精神分析經驗所揭示的一個階段》（簡稱《鏡象階段》）和《精神分析中的侵凌性》，前者分析了「自我」來自於自戀認同，「自我」是虛構的、異化的，後者提出了一個重要概念——發生於構建「自我」的自戀認同模式中的侵凌性，認為自我的自戀與侵凌性之間的張力構成了妄想狂結構，完成了對笛卡爾的「我思故我在」的理性自我觀的解構。拉康的自戀理論已經超越了經驗的現象學，實現了向元心理學的飛躍，稱為哲學也非常得當。

拉康在《鏡象階段》中通過對 6～18 個月的幼兒在鏡子面前的自我辨認認同行為的研究，認為鏡象階段體現了一種人類世界的本體論結構。先解釋一個拉康理論常用的概念：主體。拉康認為精神分析是通過語言交流來進行的，也就是要通過對意義的辯證掌握來進行，這就意味著有一個主體存在，並且這個主體引發對方的注意。主體是拉康一個重要的構思，主體是語言學上所有言說的主動因素（例如英文句式中的 I...），是提供認知心理境界時的主動性視點。在現象學上主體被理解為意向性 Intentionality，Paul Ricoeur 在其論著《Rule of Metaphor》也提出和拉康理論類似的說法。工具智慧還比不上黑猩猩的幼兒主體已經能在鏡中分辨出自己，並保持著一系列的動作玩耍，幼兒從鏡中形象的動作和幼兒自己的身體、其他人、周圍環境的關係來確認自我，而黑猩猩在剛開始的興奮之後很快對鏡子喪失興趣。

鏡象階段的自戀認同模式中的「自我」注定是主體從預先不足奔向匱乏的一場悲劇，因為：

1、出生相對於子宮的自足狀態對嬰兒主體來說是第一個挫折和對被強迫拋入的體驗。嬰兒剛出生時身體和心理發育極度不完善，神經學研究支持了對 6 個月以前的嬰兒的神經系統的不連貫和紊亂性，心理學研究支持了 6 個月之前的嬰兒心理感受是零碎和片段的，弗洛伊德所說的破碎的軀體階段也是指的這一階段，嬰兒不存在統一感和整體感，對外界的感受也是消極被動的，這些決定了只有母親的幫助才能生存下去。但是，與其他能力的不完善

和破碎相比，嬰兒對人臉、人形的視覺能力是早熟而敏感〔註2〕的。人類早期的視覺與其它能力的矛盾導致了不完善、破碎、障礙、受挫的身體經驗和鏡中那個統一視覺形象的不一致。這個不一致同時是組成侵凌性最早萌芽的主要因素，其它構成早期侵凌性的因素還有在嬰兒誤認母嬰一體時期母親不能及時滿足己身需要導致重複體驗的受挫感和破碎感、分辨出母親在己身之外時期對母親不能及時滿足需要引起的憤怒和攻擊；父親和兄弟姐妹對母親的分享和競爭引起的嫉妒和獨佔欲，這些最初的侵凌性分別通過自戀式的鏡象認同、母親認同、俄狄浦斯情結（男女嬰兒主體的認同是有區別的）昇華來對父親的認同來對這些侵凌性進行超越。

2、在拉康看來，「在六個月到兩歲半之間，正是這種對人的形體意象的迷戀，而不是幼兒早期並不存在的移情作用支配著幼兒面對與他相似者時的行爲的全部辯證法。在整個這一時期，我們都會記錄到一種常見的轉移性的情緒反應和敘述。打人的幼兒卻說自己被打了，看見別人跌倒自己卻哭起來。」〔註3〕這種「轉移」基於一種無法改變的現實：建構自我、認同鏡中形象的行爲是異化的，幼兒「認爲」的鏡中自我並不是幼兒主體己身。同時，幼兒在認同過程還會把形象類似的他人認作是自己，這也是一種幻覺。

3、幼兒把他人的欲望當作自己的欲望，這裡發生了再次分離。幼兒不一致的困惑轉移成爲侵凌性的來源，並隨著認同他人欲望爲己身欲望產生的渴望他人欲望對象的爭奪而加強指向他人。侵凌性，尤其是轉移指向他人的侵凌性正是幼兒與鏡象自戀認同而成的自我的中心。拉康還從他對2～5歲孩子自己編的故事和玩的遊戲（比如把娃娃分解、砍頭）的觀察中得出侵凌性在幼兒想像中是個自然的主題的觀點。

拉康從精神分析實踐中具有象徵意義的「症狀」體驗到的侵凌性以「意圖」（intend）表現，比如主體行動的失誤否認、遺忘和錯覺、停頓和遲疑、規則應用的不一致、恐懼和憤怒、偏好的幻想和夢幻中不可思議之事。這些

〔註2〕 早在上個世紀 60 年代，研究者們就對嬰兒的面孔偏好進行了研究。在 30 多年的研究中，研究者對以下兩個問題取得了基本一致的看法：1.出生幾小時甚至幾分鐘的嬰兒就能夠表現出面孔偏好；2.面孔偏好在嬰兒 1 歲以內，隨著年齡的增加呈現類似「U」型的發展曲線。（陳桄、朱莉，《嬰兒面孔偏好理論模型述評》，《心理科學進展》，2006 年，第 4 期）

〔註3〕 〔法〕拉康，《拉康選集》，褚孝泉譯，上海：上海三聯書店，2000 年，第 110 頁。

意圖都傾向於分離破壞人，也就是使人趨向無機性和死亡。侵凌性除了意圖之外，也可以表現為「意象」，同樣可以顯示效能。之所以稱為意象，而不是形象，是因為意象是指形象的精神現象。舉一個簡單的例子，女孩被蛇咬過而恐懼蛇，當一條玩具蛇放在她面前的時候，她同樣感到恐懼，但玩具蛇並不會咬她，只是一個「意象」。他認為：「經驗中的侵凌是以侵凌的意圖和肢體分離的形象而體現在我們身上的。侵凌性是一種與自戀認同有關的傾向，自戀認同決定了人的自我結構也決定了人的世界特有的記存事物的結構。這個將侵凌性看作為特別與空間範圍有關的人的自我的意願坐標的觀念使我們得以理解它在現代神經症及在對文明的「不滿」中的作用。」〔註4〕

　　人與他的身體之間有一種特殊關係，這些關係從原始社會的紋身、穿孔、割禮表達出來，也就是人對所處世界、社會的本質性想像關係以身體來表達。「殘體意象」（截肢、閹割、肢解、脫臼、剖腹、吞噬、裂開等）也就是侵凌性作為本質的意象表達。額外的一點，拉康特別指出歸納侵凌性意象不能走向行為主義研究，最重要的是偏好的妄想，那才是能夠構成「意象」的真正來源，也是侵凌行為的格式塔的原始素材。意象永久存在於我們稱之為主體的無意識的那個象徵性的超決定層面。

　　拉康還對侵凌性有過形象的論述：

> 　　在這兒有一個結構上的十字路口，如果我們要理解人的侵略性的本質以及它與人之自我及其對象的形式關係，就必須使自己的思維適應這個十字路口。正是在這種愛欲關係中——在其中人類個體把一個使他與自身異化的形象凝固於自己身上——產生了個體會稱之為自我的那種激情組織所基於的活力和形式。這種形式將定形於主體內在衝突的張力中，此張力決定了他對他人欲望的對象生發出欲望。〔註5〕

異化、虛構和分裂使原初的和諧演變為侵凌性的爭奪，他人、自我和對象成為張力關係。「主體否定自己的時刻和主體指控他人的時刻混同一體，人們於此可發現自戀的妄想結構」〔註6〕。自戀的妄想結構包含了個人、他人和欲望

〔註4〕　〔法〕拉康，《拉康選集》，諸孝泉譯，上海：上海三聯書店，2000年，第99頁。

〔註5〕　〔法〕拉康，《拉康選集》，諸孝泉譯，上海：上海三聯書店，2000年，第110頁。

〔註6〕　〔法〕拉康，《拉康選集》，諸孝泉譯，上海：上海三聯書店，2000年，第

對象，而個人的內在衝突就是主體與自我的衝突，主體與自我既被自戀認同牢固地強行黏合在一起，又因為不一致、虛幻而互相背離。因此，想像的自我與處在想像界之外並被自我所異化的主體之間的存在著永恆的衝突，拉康也因此將侵凌性界定為「主體生成過程中自戀結構的相互張力」〔註7〕。

拉康認為，在「正常的」道德中，侵凌性常常與力量這一優點混淆，從而造成侵略性在現代文明中的突出地位。人們以為，侵凌性表現了自我的發展，因而在社會中必不可少，並在道德實踐中被廣泛接受。但是，按照拉康的說法，達爾文的生存鬥爭理論之所以大獲成功，是因為它反映了維多利亞社會的弱肉強食和經濟興旺，而這種興旺認可了這個社會在全球範圍內進行的社會破壞，而且，這個社會是以不干涉最強悍的捕食者為獵物而競爭的自由形象來為弱肉強食辯護的。在拉康看來，這種被自由競爭所掩蓋的個體主義的膨脹在社會中導致了一系列的心理後果，它既可以表現為「激情的『民主』混亂，也可以表現為自戀性暴政這只『大黃蜂』對這些激情的拼命壓制」。因此，「當今時代對自我的推崇 —— 與強化它的關於人的功利主義概念相一致 —— 最終會進一步使人淪為個體，也就是說，最終會造成一種近似於他的原初被拋棄狀態的靈魂孤立狀態。」〔註8〕

拉康並非對侵凌性有什麼「壞」的看法，而是對社會對人的心理影響提出批判。侵凌性是主體心理發展超越的動力源泉，弗洛伊德曾疑惑那個服務於「現實的原則」的自我是從何處得到動力的，拉康認為這個動力就是「自戀的激情」。侵凌性是主體成長過程中與自戀結構有關的張力〔註9〕，這個張力促使主體去自戀認同進行超越。但是，在現代社會中「正常」的道德中侵凌性常常被認為是力量的表現，是自我發展的表達。儘管拉康非常推崇中國太極八卦文化中「陰」「陽」學說中「陽」的實際意義和道德意義，但是比較我們的現存社會秩序現實，自戀的侵凌性亦經常被理解為個體自我的覺醒標誌、力量表現和持續發展，而不是如拉康所想像那樣。拉康對自戀的侵凌性

---

111 頁。

〔註7〕〔法〕拉康，《拉康選集》，褚孝泉譯，上海：上海三聯書店，2000 年，第113 頁。

〔註8〕〔法〕拉康，《拉康選集》，褚孝泉譯，上海：上海三聯書店，2000 年，第119 頁。

〔註9〕〔法〕拉康，《拉康選集》，褚孝泉譯，上海：上海三聯書店，2000 年，第113 頁。

實質的強調和愼重定義，免於和弗洛伊德的死本能之說混淆，也推翻了淺薄的從道德出發認爲對自戀本質是自愛自私的誤解。

第二節　自戀之愛、客體小 a 和象徵界的調節作用

　　下面我們先來討論拉康理論中自戀力比多的概念。力比多的概念在弗洛伊德那裡也是分階段而不同的，早期把自戀認爲是主體對自身或自身軀體作爲愛的對象，處於自發性欲到對外界對象之愛的對象之愛的中間階段。後來在《論自戀》中引入了力比多投射概念，把性欲力比多分爲自我力比多和對象力比多，指出自我力比多是對象力比多的來源，是力比多的儲存大水庫。這裡的自我力比多不等於自發性欲。因爲自我在人剛誕生的時候是不存在的，是後期形成的。在後期的弗洛伊德關於自我的理論中，又把本我作爲利比多的儲存之處，由此劃分了第一自戀和第二自戀。拋棄了早期《論自戀》中對原初自戀和繼發自戀（病理自戀）的說法。第一自戀是說在自我形成之前，力比多和外界沒有任何投射，第二自戀是說力比多投射從對象返回到自我。晚期的弗洛伊德又把自我視爲力比多的來源，但是這個自我是出於最開始自我本我沒有分化時候的自我。拉康的自戀力比多概念則是認爲整體性自我是後來形成的，那麼自我力比多引起的自戀也是後來形成的，不存在先於自我存在的第一自戀之說，但是拉康在自戀階段也劃分了第一自戀和第二自戀，拉康的第一自戀是指與母親的認同，第二自戀是與母親之外的他人、他者認同。關於力比多是否全部與性欲關聯，弗洛伊德自己的看法也是有變化的。榮格曾提出中性力比多的說法，去除了性欲涵義。拉康的觀點則是從兒童「自發性欲」的存在爲證明認爲力比多始終與性有關，但是應該分爲性欲力比多和與性有關的自我（自戀）力比多。自我力比多不僅儲存力比多，也可以投射力比多，不是純性欲的，而是與性有關也就是說拉康的自我（自戀）力比多也就不再局限於性欲對象，而是可以投射到人類世界一切事物，把自我的想像關係投射到一切事物。強調一點，由於拉康的自我本質是他人，說自戀是自我（自戀）力比多對自我的投射也就不是對主體的投射而是對他人、他者的投射。

　　拉康認爲自戀認同是「人被其奴役的那個根本性幻覺，它對人的奴役遠遠超過了笛卡爾意義上的那些『身體的激情』，那只是人的激情。而這個幻覺

是典型的靈魂的激情：自戀。它將自己的結構加之於所有的欲望，即便是最崇高的欲望。」〔註 10〕這也是拉康之所以稱自戀之愛是想像的激情的原因。與自戀之愛相對比，他還提出一種積極之愛，在象徵層面存在，朝向被愛者的主體性、特殊性存在。而自戀之愛是要求被愛者的愛，是想要把他人捕捉在物化客體的愛。如果說欲望是一個換喻，因爲欲望的是他人的欲望，愛就是一個隱喻，一個替代，被愛者取代愛者，如果主體想成爲被愛者，就要讓自我替換他人。這也可以說明爲什麼說自戀是一種自殺和對別人的謀殺。主體自我否定與主體替代別人兩個過程是同時發生的，自戀認同通過自殺否定自己，通過對別人的謀殺來取代他人而獲取他人的形象完成這一過程。「中世紀的理論家表現了另一種洞察力。他們從兩個出發點來討論愛的問題，一個是從「體格」理論出發，一個是從「狂喜」理論出發。兩者都含有吸收掉人的自我的意思：或是通過再結合到宇宙之善中去，或者是通過主體融流到無差異的客體去。」〔註 11〕

　　拉康認爲柏拉圖《會飲》對話中美少年阿爾基比亞德對蘇格拉底的愛就是一種自戀之愛。阿爾基比亞德認爲蘇格拉底身上有一種無人擁有的珍寶，有著巨大的吸引力，就像林神肚子內的 Agalma 神像。拉康認爲 Agalma 代表就是不存在之物，是一種缺乏。對於蘇格拉底來說，它也是不存在的，而無法給出。阿爾基比亞德愛的是不存在之物，那麼他愛上蘇格拉底就是把蘇格拉底當成一種不存在之物，阿爾基比亞德自戀認同蘇格拉底，也就是認同作爲缺乏的 Agalma，從而 Agalma 就取代了阿爾基比亞德，鑒於力比多的流動，Agalma 就取代了阿爾基比亞德的自我，於是阿爾基比亞德就成了 Agalma，也就是阿爾基比亞德愛上了自我。

　　從 Agalma 我們再引入拉康的另外一個重要概念：客體小 a（法語：objet petit a）。Agalma 就是客體小 a，代表一種永遠不可能存在的東西，同時客體小 a 又是填補由最早母親不在場造成的裂縫的替代品，之所以說替代品，是因爲時光不能倒流裂縫是永遠不能填上的，但是主體又迫切渴望填上，因此有了客體小 a。在拉康學說中借用了弗洛伊德提到的纏線板遊戲來說明裂縫

〔註10〕　〔法〕拉康，《拉康選集》，褚孝泉譯，上海：上海三聯書店，2000 年，第195 頁。

〔註11〕　〔法〕拉康，《拉康選集》，褚孝泉譯，上海：上海三聯書店，2000 年，第116 頁。

的替換性填補。纏線板遊戲是弗洛伊德觀察自己的孫子經常在母親外出時常玩的遊戲。兒童一手拿線，一手拿線板，把線板拋到看不見的地方，嘴裏說「Fort！（兒語大意爲不在啦）」，然後又拉到可以看見的地方，興奮的說「Da！（大意爲出來啦）」，這個 Fort 代表母親的不在場，Da 代表母親在場，通過主動控制線軸出現消失的遊戲，兒童坦然接受了母親不在場的分離狀態。線軸扮演了一種替代物來填補母親不在場的裂縫，是一種永遠不可能存在的東西，對於這種東西，但不是線軸本身，拉康稱之爲客體小 a。對於客體小 a 的替代性，還有一層含義，即欺騙性，客體小 a 填補了裂縫也就是缺乏，但是是以欺騙方法填補了裂縫，而不是眞正的填補。所以拉康稱客體小 a 是引起欲望的原因，而不是欲望的對象。拉康還將客體小 a 這種欺騙性的缺乏分爲四類：乳房（吮吸的對象）、大便（排泄的對象）、注視和聲音。

　　在自我與他人之間想像自戀性關係中，處於一種你死我活的境地，這樣的人類無法共存，之所以能夠共存，是因爲象徵界的調節作用。想像界（Imaginary Order）、象徵界（Symbolic Order）、實在界（The Real）是拉康學說體系的比較玄奧的概念，我在這裡只以自戀認同爲中心重點在於說明象徵的調節功能。主體通過鏡象階段，促進了自我原型的誕生，還把主體和外部世界之間建立了一種「像」的關係，外部世界成了一個「像」的世界。也就是想像界，這個世界和現實世界有很大關係，但是如果沒有象徵切入的話，就和動物世界一樣。舉例在電影《妮爾的芳心》中，妮兒是野外類似於狼孩的人，在被警察帶回城市後，她掙脫逃跑，但是在警局像不存在一樣乾淨的玻璃門上撞得頭破血流。妮兒眼中的世界就是純想像世界，沒有象徵界侵入的世界。對於人類個體而言，象徵界先主體而存在，是語言世界對主體心理的塑造，語言在拉康看來不僅是交流方法，還包含所有以語言符號維繫、創造、建構的現境，它是沒有物質性的外相。不過，對於拉康來說，語言的眞實性並不重要，重要的是語言對於主體產生了無限的意義網絡，當中包念了認知、規則、家庭關係、朋友關係、感情表達、工具科學、社會制約、歷史時空、意識形態，是主體存在最重要的一部份。想像界受到象徵界界定的部分就是現實，由於象徵界的引入與嬰兒的挫折體驗有關，因此現實總與挫折相連。象徵的調節就是在想像的你和我之間引入一個第三者——他者，他者被認可，主體自身才能被認可，進而以他者作爲共同的第三者，通過他者爲中介，主體被另一主體認可，主體與主體之間建立的信任關係，並不是自我

與他人之間想像的相互承認的關係，而是通過他者間接成人的關係。象徵通過間接性破除了想像迷惑。

第三節　其他心理學家對自戀的重要界定

　　卡倫‧荷妮繼承了弗洛伊德的潛意識學說基礎上，認爲人類的神經症之一自戀是由外部文化及環境造成的。荷妮認爲「童年時代，父母過分貶低孩子，損害了孩子的安全感，孩子會採取自我膨脹（自戀傾向）即用幻想的自我意念代替了他受損的自尊，成爲眞實的自我，從而帶來補償性的滿足。最後，自我膨脹表現出同他人建立良好關係的企圖，但他無法理解客觀的評價也是善意和關愛的一種表現。這是一種基本的自戀傾向。如果後天的環境變的有利，這種基本的自戀傾向可能克服，但是與日俱增的徒勞感，對周圍世界的過分期待，人際關係的惡化這三種因素可能使基本的自戀傾向得到加強，最後向病態的自戀轉化。」〔註 12〕荷妮指出自戀者毫不懷疑他的權力，他期待他人「無條件」愛他，這使他在與他人的關係上產生困難。因此荷妮不認爲自戀包含有健康的自尊自愛，她認爲建立於自我幻想之上的自戀者實際上已失去了自我，所以自戀的人不能健康正常愛自己和他人。

　　梅蘭妮‧克萊因的兒童精神分析學集中在 3 歲以前也就是前俄狄浦斯時期的幼兒，通過遊戲分析，她認爲作爲兒童心理發展動力的潛意識幻想很早就出現並普遍存在，由自我的衝動、防禦和客體關係共同產生，是兒童與整個世界保持聯繫的紐帶，影響著兒童所有的知覺和客體關係。克萊因派學說的三大特點是：一、認爲幼兒內心存在兩大發展結構，即「妄想 —— 分裂位（paranoid-schizoid position）」和「抑鬱位（depressive position）」，並且這兩個結構貫穿人的一生的對象關係、焦慮和防禦。兩種心理結構在此後發展中波動出現，成爲一個結構概念而非線性發展式的概念；二、引入「客體（object）」概念；三、繼承了弗洛伊德的死本能學說。「妄想 —— 分裂位」和「抑鬱位」並不是指心理病態，而是對於心理發展階段的一種稱呼。幼兒的妄想 —— 分裂位，大約開始於 0～4 個月時，此時，幼兒內心充滿了死本能引起的攻擊性、受到迫害的焦慮，爲了處理焦慮，幼兒會使用分裂的防禦

〔註12〕秦向榮，《心理學中自戀理論述評》，《四川精神衛生》第 17 卷第 4 期，2004年

機制，分裂好壞客體同時自我也是分裂破碎的。然後將那些恐怖幻想、自身不好的部分和軀體產物（如大便）通過投射性認同投射到到壞客體上，並對之攻擊以維護自我的安全；同時也把自身好的部分投射到好客體身上。幼兒幻想的首要客體就是母親的乳房。乳房有時候給他或她帶來餵奶的舒適——則成爲好乳房、好客體，獲得安全和溫暖感；有時又成爲分裂焦慮、攻擊的客體對象——壞乳房、壞客體，以進行各種口欲和肛欲的發泄。在該階段，幼兒的焦慮是恐懼壞客體會消滅自我和 「好客體」的共同體，因此通過內投並認同自我中心式的、全能的好乳房、好客體，幼兒克服他的分解和消亡恐懼。

表1　妄想——分裂位和抑鬱位及其客體關係〔註13〕

階　段	時　間	客體及客體關係	焦慮形式	防禦機制	自我狀態
妄想～分裂位	0～4個月	部分客體，分裂的和自我中心的客體關係	迫害性焦慮	分裂	分裂、未整合
抑鬱位	5個月～1歲	整體客體，矛盾的客體關係	悲哀、犯罪感	修復	整合

從 5 個月開始，幼兒的心理結構會逐漸發生變化，這一時期他的心理能力發展到可以與一個完全客體如一個完整的乳房或者母親相聯繫。幼兒愈來愈感受到愛的客體在自我之外。那個好乳房與那個壞乳房可能同屬一個母親。在幼兒心中各種分離的內在形象開始整合成一個同一的對象，它既有幼兒感到滿足的好的部分，又有使幼兒感到挫折的壞的部分。這代表幼兒在對於好乳房和壞乳房的整合上出現進展，開始更適應現實的狀態。但該階段的感受就開始複雜和矛盾，並感受抑鬱焦慮。因爲，當好壞客體整合時，幼兒就會感到，他自己在幻想中對「迫害者壞客體」的攻擊，也會攻擊他所喜愛的、依戀的好客體，先前的攻擊記憶和依戀喜愛的感受之間產生了衝突，這使幼兒感受到內疚、絕望等，而意欲要對先前所攻擊的乳房客體做出修補。於是產生了罪惡感形成一種新的焦慮，出現了抑鬱位。「抑鬱位可以通過躁狂性防禦機制來克服，就是否認自己的攻擊性心理事實，否認對客體的依賴和客體的矛盾性，因此客體的喪失將不再引起痛苦。與此同時或與之交替地，

〔註13〕王國芳，《克萊因的兒童心理結構觀述評》，《南京師大學報（社會科學版）》，2001 年第 1 期

或許還存在向著理想化內部對象的逃避，否認任何破壞性和喪失感。幼兒克服抑鬱位時的核心任務是在他自我的核心建立足夠好和安全的整體內部對象。……破壞好客體的犯罪感引起了保存和復活所愛客體的渴望，由此驅動了修復的願望和修復好的內部客體的幻想。好的內部客體的建立正是以這種願望為轉移。在修復的過程中，兒童獲得責任感，克服焦慮安定下來，從而與母親建立了愛的客體關係。這種內部統一性的黏合劑就是兒童在他的愛的補償性能力中成長著的自信心。抑鬱位是一種發展的普遍現象，抑鬱位中客體關係被整合的方式是人格結構的基礎。隨著開始於抑鬱位的整合過程的繼續發展，焦慮減少了，而修復、昇華和創造性傾向逐漸取代精神病和神經症的防禦機制。」〔註14〕

　　克萊因學派認為自戀是一種對自我的情感保護，是自戀者將自我完全投射到他所關注的客體，拒絕承認自我與客體有區別，這也使自戀者否認自己有任何對外在客體依賴的需要，因為內投自體是自我中心的全能式的自體，這種扭曲誇大是由於自戀者嬰幼時期的生活經歷形成的，比如在幼兒的妄想——分裂位時期作為防禦而向好客體認同的誇大幻想的自我中心的全能自體形成（也就是原初自戀）後，母親沒有給予合理挫折讓幼兒明白好壞客體的同一，或者挫折後沒有共情能力給幼兒補償的愛以幫助他建立自信心造，就使幼兒為了抵禦壞客體，通過幻想把自身與好客體的混合內在體無限誇大來進行防禦。因此自戀者有極為完美的理想自我，拒絕任何對完美自身形象的詆毀。由於自戀者把壞的部分和恐怖幻想都投射於外在客體並認為它是壞客體（事實上這裡面包括了好的外在客體），導致他拒絕所有外在客體包括拒絕部分自身對好的客體的依賴需要。

　　海因茲‧科胡特在克萊因學派的客體心理學基礎上發展了自體心理學。他採用了一個相對於客體的自體（self）概念，認為自體是自我（ego）內的心智表徵所引發出來的，有自己的發展路徑，而且本身已經包括了本能願望與防衛機制。自體心理學認為自戀是由於在早年父母共情缺失的影響下，自體沒有完成將誇大性的自體與理想個體整合成為現實取向的自我結構的結果。科胡特認為心理發育是從自戀與客體關係這兩條線索開始的。自戀的線依賴於早期父母對孩子共情的反應，能否允許幼兒展現無所不能的自身，和允許

〔註14〕王國芳，《克萊因的兒童心理結構觀述評》，《南京師大學報（社會科學版）》，
　　2001 年第 1 期

理想化，隨後，幼兒正常的自尊、自信和自我理想開始發展，並能夠區分幻想與眞實的部分。這個發展階段如果被打斷被損害，就會導致正常心理發展必須的誇大自體和理想父母的缺失。成年之後，殘留的未滿足的原始需要開始蠶食正常的自我來補償早年的不滿。科胡特總結自戀型人格障礙的臨床表現有：自體與客體一體化；無限完美的自身；不停需要讚美；無法共情。科胡特注意到自戀者與客體之間存在的一種特殊關係，把它稱爲自客體關係，即自戀者把別人作爲自身的一部分——自客體（self-object）來體驗。自客體是解釋自戀的核心概念，自客體就是被體驗爲自體的一部分、或爲自體提供一種功能，以保持由於創傷、損害或侵犯導致的發展過程中自戀的失衡的人或客體。自戀的人將他人潛意識地作爲一個自客體，來維護自戀的目的。

綜合上述各派心理學對自戀的研究，歸納自戀者的行爲有以下幾個關鍵特徵：自我結構以侵凌性爲中心；對理想自我的過分誇大迷戀；對讚美和注意的無限需要；自我本質的虛幻與分裂；無法擺脫的焦慮；追求親密關係卻恐懼親密關係中對他人的依賴而事實上則沉溺於淺薄暫時的欲望衝動與滿足；在人際關係中剝削控制他人；無意義感的困擾等等。把握自戀主義的關鍵之處在於自戀的本質是被拒絕的愛化爲仇恨回到自我身上。自戀主義並不是眞正的獨立性，而是依賴性在人類心理的反應，儘管自戀者認爲自己無所不能，但是他卻要依賴別人才能感到自尊，因此依賴性而不是獨立性才是自戀者的特徵，這也是不同於個人主義的關鍵。認爲個人主義造就了自戀者就翻下了顚倒是非的錯誤。自戀者的自我中心意識產生於不可調和的侵凌性和絕望，而不是自滿。自戀是自愛的對立面。其中，拉康的鏡象學說對自戀的根本危害性批判力度較強，主要是表現在論證自我的本質是一個他人，自我是虛幻性、分裂性和異己性，所以他聲稱自戀是一種自殘或謀殺，自戀作爲認同方式和自我結構的侵凌性中心構成的張力關係是人發展的動力來源。

從以上研究來看，自戀總是在一種人與人之間的關係下影響發生的，家庭、社會和文化因素起的作用非常重要。或者也可以這麼表述：精神障礙本質是一種文化所凸顯出來的病，即使是極其重視生物本能的弗洛伊德學說也認爲精神疾病是由於本能被社會文化、內心道德檢查過分壓抑而來。在弗洛伊德時代診治病例數目比較多的精神疾病代表是維多利亞時期性欲被壓抑的歇斯底里症。隨著時代朝寬鬆氛圍的發展，弗洛伊德時代的典型精神症狀大幅減少，但焦慮症、恐懼症、自戀症和抑鬱症等情緒障礙開始大幅增加。正

如卡倫‧荷妮所說，「同一文化中的大多數人都不得不面臨同樣的一些問題，這一事實表明了這樣的一個結論，既這些問題是由這個文化中存在著的特定生活環境造成的」〔註15〕，那麼這個漂浮在表面的問題只是龐大冰山的一角。本文將在後續節裏以微觀政治學態度去細緻清理疾病隱喻背後的自戀人格，揭開溫情脈脈的面紗，梳理再現隱喻的生成和發揮作用的過程，並對其危害性進行批判。

〔註15〕〔美〕卡倫‧荷妮，《我們時代的病態人格》，陳收譯，北京：國際文化出版社，2000年，第23頁。

第二章　自戀人格的「自我」探析

第一節　「自我」作爲一種機制

　　別告訴我你期待什麼/我不會跟從/自己知道該往哪走/我才會像我/不要盲從忠於自我/我就是我/複製不得/我最獨特

　　　　　　出自歌手蕭亞軒的歌曲《我就是我》，作詞：姚謙，作曲：深白色

　　曾經想遠走曾經想低頭/我還是無法眞灑脫/我就是我敢愛敢做/不怕受傷不怕痛/這就是我/我就是我

　　　　　　出自歌手王杰的歌曲《我就是我》，作詞：林美杏，作曲：黃中原

　　i feel so high/i feel so good/你要想清楚/如果選擇了我/就要接受我/這樣子的我/這就是我

　　　　　　出自歌手戴佩妮的歌曲《我就是我》，作詞/作曲：戴佩妮

　　上文是隨手摘來的三首流行歌曲的歌詞，同名爲《我就是我》。不少人可以隨口唱上幾句。流行歌曲是愛情爲王的地界，在這個領域出現爲數不少強烈表達「我就是我」的歌曲說明作爲「人」的「自我」意識對於當代人來說似乎是一個無可置疑的「與生俱來」之物。然而，福柯的《詞與物》宣佈了人之死和人的虛幻性。他說：「對於人類知識來說，人既不是最古老的問題也不是最常見的問題。……正如我們思想的考古學很容易證明的，人是一個近期的發明。而且他或許正在接近其終結。如果說（以前）那些（知識）格局既然會出現也必然會消失，……那麼我們可以斷言，人將會像海邊沙灘上畫

的一幅面孔一樣被抹掉」〔註1〕。福柯宣稱「在古典知識中不存在人。在我們發現人的那個地方存在的是表現事物秩序的話語的權力，或者說表現事物秩序的詞語秩序的權力」〔註2〕。他對「自我」的評判是：「我們的自我是面具的差異。」〔註3〕「自我」是面具的差異意味著「自我」對他人的依賴和與己身的分離性、虛幻性。

「自我」的確是建構出來的，「自我」也是各個領域形成權威、霸權的最早最深層的源頭機制。賽義德所說：「我們這個世紀的主要知識活動之一就是質疑權威，更遑論削弱權威了……不但對於什麼構成客觀現實的共識已經消失，而且許多傳統的權威……大體也被掃除了。」〔註4〕賽義德是出於理論的看法比較樂觀，對於現實生活中大眾文化的具體實踐來說，從微觀層次上解構現代社會的霸權，以便把人從制度、結構、實踐、話語等微觀的政治和壓制中解放出來並不是一個已經完成的任務。「20世紀的異化現象與19世紀的異化現象已有很大不同，現代人所面臨的根本問題已不只是由於具體勞動產品對人的異己統治而引發的經濟和政治困境，而且越來越表現為由技術、意識形態等普遍的文化力量對人的異己統治所導致的文化 —— 歷史困境。」〔註5〕技術、意識形態等文化力量對人的異己統治是內化於「自我」之中完成的。通過作為個體自覺主動進行思考、行動的動力源泉的「自我」發生異化的機制是彌漫無形的，像一個看不見的巨大磁場 —— 或者說是無數分散變動的小磁場更為恰當。「自我」是時代自戀人格的核心，這也是美國學者克里斯多夫·拉斯奇（Christopher Lasch）批評自戀主義社會的危害不在於它的反動性而在於它的腐朽性，不在於它的攻擊性，而在於它的迷幻性的原因。但是，這裡也要為「自我」正名，儘管經由「自我」機制完成了很多對主體的異化，但是這不意味著「自我」沒有存在的必要，是要進行完全否決的，「自我」也是主體通過反抗起作用的機制，「自我」更像一個場所，

〔註1〕 劉北成，《福柯思想肖像·初版序言》，上海：上海人民出版社，2001年，第164頁。

〔註2〕 劉北成，《福柯思想肖像·初版序言》，上海：上海人民出版社，2001年，第165頁。

〔註3〕 劉北成，《福柯思想肖像》，上海：上海人民出版社，2001年，第198頁。

〔註4〕 〔美〕艾德華·薩伊德，《論知識分子》，單德興譯，臺北：麥田出版社，1997年，第130頁。

〔註5〕 于文秀，《「文化研究」思潮中的反權力話語研究》，黑龍江大學2002年博士學位論文。

各種力量進行爭奪較量的場所。但是，「自我」的貌似理性、貌似天然合法性、隱蔽性和強烈剝奪性，尤其是在「自我」形成時就存在的異化性使它極其容易被權威深層佔據，加上對於每一個個體主體來說，先主體存在的已經異化的技術、意識形態等文化力量從主體幼年就開始起作用，所以辨析「自我」的中立很難，「自我」具有很強的傾向性，因此，儘管理論上不能否定「自我」，具體分析實踐上須以批判態度爲主，謹慎細緻的來考察「自我」的深層力量流動和那些隱蔽、變形的主體抵抗力量的表現。

本節的目的正是以大眾文化中關於失憶症〔註6〕和多重人格紊亂〔註7〕爲主題的影視劇、動漫、小說敘事文本爲具體對象進行對「自我」的描述、勾勒、剖析和批判。首先簡單介紹失憶症和多重人格紊亂。

與影視劇中失憶症的泛濫現象不同，現實生活中比較尋常的是健忘症，失憶則很罕見。一般心理學認爲，記憶是既往事物經驗的重現，是一種非常基本的精神功能。俗稱的失憶症在醫學上稱爲記憶障礙，分爲器質性和心因性兩種病因。在近期熱播的中國電影《深海尋人》、《門》、中國電視劇《情深深雨濛濛》、《仙劍奇俠傳》、《熱血兵團》，香港電影《異度空間》、香港電視劇《創世紀》等作品中，主角患有程度不同的失憶症，在臺灣電視劇《王子變青蛙》甚至一而再再而三的重複失憶。失憶的泛濫讓人聯想起榮格有關「集體無意識」的哲學和精神病理學分析，失憶症是對自我空虛性的猜疑，是身份認同危機的徵兆。在以自戀爲社會心理特徵的後現代時代，人們對於自我認同有著難以擺脫的深重焦慮。

俗稱多重人格、人格分裂的多重人格紊亂是大眾文化作品的疾病新貴。生活中經常有人感覺到自己或別人有雙重人格表現，但是眞正的多重人格紊亂病例非常罕見，遠沒有患病的角色多。由於描寫該病的作品數量相當多，大眾對這個神秘的病症認識反而比較清楚：一、每個人格有不同的名字、年齡、性別、身份和價值觀，每個人格都是完整的，有自己的記憶、行爲、偏

〔註6〕記憶的神經生理基礎涉及皮質的感覺聯絡區、丘腦和整個大腦皮質，這些部位受損可引起器質性記憶障礙；心因性記憶障礙通常是當人遭受到重度心理衝擊的時候，經由個人意識、認同或行爲協調突然的改變，造成身心崩潰、意識發生改變，記不起來重要的個人事件信息，但往往保留著認知記憶和學習能力，這就是心因性失憶障礙。

〔註7〕醫學上界定爲在個體內存在兩個或兩個以上獨特的人格，每個人格在特定時間占統治地位。這些人格彼此之間是獨立的、自主的，並作爲一個完整的自我而存在，是由心理因素引起的人格障礙。

好，可以獨立地與他人交往；二、有一些人格知道其它人格的存在並能進行溝通，有一些則各行其事毫無察覺。特定時間段內，至少有一個人格處於「值班」狀態，很少出現多個人格爭奪控制權的情況。三、人格轉換時，受環境衝擊影響很大，充滿戲劇色彩，轉換後伴有記憶空白現象出現。這裡對失憶症和多重人格轉換的記憶空白作一區分，心因型失憶症患者喪失的都是和自我身份相關的記憶比如心理創傷、姓名、父母、愛人、同事，但是不會忘記認知方面的開車、騎車、語言和生活能力，也正如此一些作品有失憶症患者發現自己的拳腳功夫而嚇了一跳的情節，而且失憶後發生的事情是正常被記憶機制處理的。多重人格轉換的時候是抹去一切記憶，一個人格學會了開車，轉換的下一個人格會一無所知，只是感到那段時間是空白中止的。多重人格大多起因於嚴重的創傷比如病人在孩童期曾遭受身體虐待或性虐待，當患者承受不了痛苦時，會幻想「這件事不是發生在我身上」，從自己身上分裂出另一些「自我」來承擔。這些分裂的人格像一個個單獨的「人」，患者以此營造出不同的假想世界，來保護受傷害的自我不至於崩潰。一般通過催眠和精神分析，以主人格為基礎合併其他人格來進行治療，難度、風險度很高。這種奇特的疾病本身就如同一齣跌宕多姿的戲劇。因此，多重人格往往和神秘、恐怖氣氛聯繫在一起，成為大眾文化作品如影視劇、小說、遊戲中製造恐怖懸疑風格的重要手段。

失憶症、多重人格紊亂都是出於心理方面的障礙，心理學認為這類疾病本質上都是「自我」出現了不正常導致的，即後天的心理類疾病都是關於「自我」之病，和原生家庭的童年時代緊密相關，儘管某些心理疾病如精神分裂症可以源於遺傳，但是患有精神疾病的父母的撫養方式無疑加重了子女的疾病傾向。美國自體心理學家海因茨・科胡特曾形象的定義、區分過精神障礙疾病和情緒障礙疾病：前者的核心自體沒有成形，中心空虛但卻有完整周邊防禦結構，這類疾病包括精神分裂症和嚴重的邊緣人格障礙等；後者是核心自體發展比較完全，但有缺陷的人格或行為障礙，例如自戀人格障礙、焦慮症等。自體（self）是科胡特自體心理學的提出重要概念〔註 8〕，他認為自體是自我（ego）內的心智表徵所引發出來的，有自己的發展路徑，而且本身已經包括了本能願望與防衛機制。從心智表徵、連續發展特點可以明白自體和「自我」在很大程度上相同。

─────────

〔註 8〕可參考本書第一章第三節的《其他心理學家對自戀的重要界定》的論述。

　　大眾文化熱衷以屬於「自我」之病的失憶症、多重人格紊亂的主題敘事無疑是內投於「自我」的關注和疑問。這並非與社會環境脫離，「在它最無意討論社會時，正是它最多地說明社會的問題的時候。」〔註9〕那麼，這些只關注「自我」挫折、喪失和錯亂的現象，恰恰是時代癥結的突出表現。我們時代的自戀人格核心——「自我」本質的虛幻性就是癥結所在。

　　拉康的鏡象學說從精神分析的基礎論證了「自我」的妄想狂結構。自戀的妄想結構包含了個人、他人和欲望對象，而個人的內在衝突就是主體與「自我」的衝突，自戀認同把主體構造成與「自我」爭奪的對手。拉康形容為「鏡象階段是一齣悲劇，對於受空間確認誘惑的主體來說，它策動了從身體的殘缺形象到我們稱之為整體的矯形形式的種種狂想——一直達到建立起異化著的個體的強固框架，這個框架以其僵硬的結構將影響整個精神發展。」〔註10〕與鏡象認同之前的嬰兒處於無法分清自身和外圍世界的狀態中，正是鏡象讓嬰兒主體確立「自我」的同時，還發現自身和外界存在著差異，因此主體才需要借助「自我」的統一感來抹去差異。鏡象的虛幻性和根本上是作為他人存在的特點決定了基於鏡象的「自我」本質是虛幻性和他人性。這意味著鏡象階段不僅建立了統一性的「自我」，更體現了「自我」從開始就存在著向他人的異化、分裂性，與此同時還建立了「自我」與外界的關係，這個關係建在虛幻的統一鏡象之上，因此也是虛幻的。從此，虛幻性、破碎性、異化性作為永恆的威脅存在於「自我」的統一性之下。

　　「自我」的統一性和虛幻性構成了一種基礎權力關係，在這個關係之上，「自我」成為各種元素發生矛盾、爭奪、對抗、平衡、波動進而產生現實影響的場所。前文提到技術、意識形態等文化力量對人的異己統治是內化於「自我」之中完成的，這種統治就是借助「自我」的統一性對主體的剝奪完成的，主體是天然破碎、殘缺的，它必須以完整的「自我」為衣裝才能現身，主體既需要「自我」的統一給予完整感，但由於「自我」的他人性、剝奪性，作為本質是破碎之物、是永遠不能得到滿足的欲望的主體又在進行著永恆的對抗。在這裡，「主體」這一概念與許多學者說的人的非理性一面和

〔註 9〕　〔美〕克里斯多夫‧拉斯奇，《自戀主義文化》，陳紅雯、呂明譯，上海：上海文化出版社，1988 年，第 39 頁。

〔註 10〕　〔法〕拉康，《拉康選集》，褚孝泉譯，上海：上海三聯書店，2000 年，第 93頁。

眞實的發自內心的需求、本能感受接近。如某學者說：「批判理論家認識到，在 20 世紀被管理的噩夢中社會總體的力量是如此強大，眞正的主體性和自由的力量已分崩離析，……一切合理的要求只能以緘默的否定形式出現，理論是向誠實的人們敞開著的實踐的唯一形式」。

主體對「自我」的抵抗正是通過「自我」行動的失誤和口誤、緘默脫落、否認拒絕、遺忘和錯覺、停頓和遲疑、敘述的失實處、規則應用的不一致、遲到和故意的缺席、指責和批評、恐懼和憤怒、偏好的幻想和夢幻中不可思議之事流露出來，這些抵抗同時也是自戀結構的侵凌性中心的表現。因爲，主體與「自我」既被自戀認同牢固地強行黏合在一起，又因爲不一致、虛幻而互相背離。因此，想像的「自我」與處在想像界之外並被「自我」所異化的主體之間的存在著永恆的衝突，拉康因此將侵凌性界定爲「主體生成過程中自戀結構的相互張力」〔註11〕，也是主體心理發展進行超越的動力源泉。關於時代自戀人格的侵凌性中心研究本文的第一章第一節已進行討論。本節的著重點爲「自我」研究。

第二節　失憶：對「自我」機制的猜疑

失憶症是人們對「自我」存在著難以擺脫的焦慮體現。如果說耽溺於回憶是因爲對過去的迷戀，那麼多到泛濫的失憶症主題敘事意味著我們對那個認同的「自我」有了懷疑和不信任感，但又無從分別哪些是「自我」，哪些是主體自身，從而渴望在徹底喪失「自我」的場景中獲得認同自由；也是對社會文化給定的環環相扣變化而來的邏輯因果的缺乏信心，所以渴望徹底切斷和歷史的聯繫，在這一點上，是自戀主義者缺少延續的時間感的典型表現，「當前的時尚是爲眼前而活 —— 活著只是爲了自己，而不是爲了前輩或後代」〔註12〕。失憶症是對「自我」虛幻性的猜疑，更是對「自我」依賴性的體現。下文將以敘事程序分析展開對失憶症隱喻對「自我」機制進行剖析。總體來看，失憶症在大眾文化的具體敘事情節中表現爲兩種功能：在懸疑作品中是推進尋找「自我」的動力來源；在言情作品中是考驗愛情的試金

〔註11〕〔法〕拉康，《拉康選集》，褚孝泉譯，上海：上海三聯書店，2000 年，第 113 頁。

〔註12〕〔美〕克里斯多夫‧拉斯奇，《自戀主義文化》，陳紅雯、呂明譯，上海：上海文化出版社，1988 年，第 4 頁。

石。下面就兩種功能分別進行敘事程序歸納。

一、尋找「自我」的敘事程序

以 21 個影視劇〔註13〕中的失憶症主題敘事情節作為歸納程序的樣本：

1. 丹克因車禍而嚴重失憶，找回記憶卻發現一切都不是原來所想。
2. 簡則因車禍而失憶症慢慢痊癒，發現原來的自己只是個犧牲品。
3. 約翰找到記憶才知道一切記憶都是外星人胡亂拼湊的，自己追尋的都是徒勞。
4. 傑克恢復記憶後發現自己被利用。
5. 下山豹在力圖找回自己失去的記憶時，發現真實的自己遠不是記憶中那樣。
6. 阿琳的失憶被冒充丈夫的人利用，卻難以說清是失憶是有心還是無意。
7. 阿萊追尋記憶和殺害妻子的兇手時發現，記憶全不可靠，兇手可能是自己。
8. 大衛最後明白失憶症是自己委託夢境公司刪除自己的記憶所致，找到記憶的時候，大衛決定不再繼續夢境，寧可自殺得到真實。
9. 貝蒂開始時幫助失憶並被人追殺的麗塔尋找記憶，這其實只是兇手戴娜的夢境，戴娜在夢中化為貝蒂，麗塔就是她殺死的同性戀人米娜，戴娜夢醒的時候自殺。
10. 彼得因失憶被當成魯克，當他作為魯克生活幸福的時候，失憶痊癒，回到彼得的身份，卻令所有人受傷害。
11. 失憶的間諜伯恩找回身份時發現自己做過許多不道德的事情。

〔註13〕1，1991 年美國電影《愛人別出聲》2，1996 年美國電影《失憶女特工》3，1998 年美國電影《移魂都市》4，1998 年香港電影《我是誰》5，1999 年香港電影《半支煙》6，1999 年日本電影《雙生兒》7，2000 年美國電影《記憶碎片》8，2001 年美國電影《香草天空》9，2001 年美國電影《穆荷蘭道》10，2001 年美國電影《忘我奇緣》11，2002 年美國電影《諜影重重》12，2003 年美國電影《記憶裂痕》13，2004 年美國電影《機械師》14，2004 美國電影《諜網迷魂》15，2004 年美國電影《蝴蝶效應》16，2004 年韓國電影《靈》17，2004 年加拿大電影《最終剪接》18，2005 年日本電影《霧》19，2006 年中國電影《陶器人形》20，2006 年美國電影《玩命記憶》21，2008 年中國電影《深海尋人》

12. 詹寧找到記憶的時候也發現自己是個爲錢不顧一切的貪欲者。

13. 失憶的查沃總認爲有人要殺他，找到的記憶告訴他他是個殺害孩子的兇手。

14. 記憶錯亂的馬克最終發現自己過去一直被腦中的芯片控制。

15. 失憶的伊萬恢復全部記憶時明白自己是個根本不該出生的人而自殺。

16. 患有失憶症的志遠找到記憶後發現自己曾葬送好友的生命。

17. 阿倫負責剪接人死後的記憶，他發現自己曾害死過朋友，女兒被人侵犯過，最大驚恐是自己也被植入記憶芯片。

18. 男人發現自己在地獄般的地方醒來並失憶，幻覺消失後明白自己殺妻後自殺。

19. 失憶的富明一直覺得自己害死好友，恢復後明白好友背叛過自己，並被自己另外的背叛者所殺。

20. 五個陌生人在陌生地醒來並都已失去記憶，恢復記憶後他們明白自己是綁匪和人質，綁匪中的臥底警察發現自己因和人質之妻子通姦而想借機害死人質。

21. 失憶的高靜恢復記憶後明白自己誤殺了男友。

O 代表失憶後的失憶者，A 代表無辜受迫害的失憶者，B 代表有過錯的不道德的失憶者。21 個敘事中，第 6 個的結構沒有推進，主人公沒有進行尋找；第 19 個的結構是 O→追尋 B→A，剩餘 19 個的結構都是 O→追尋 A→B。那麼，O→追尋 A→B 是尋找「自我」的典型敘事程序

失憶後的當事人處於眞空狀態，沒有記憶、身份、只有生物學意義上的一副肉體，漸漸的從自己的殘存的夢境碎片、別人的評價和遺留的一些物品構建出一個想像中的自我即理想自我 A，在不斷求證 A 對 A 的追溯認同中，眞相顯露，發現眞實自我 B 與理想自我 A 是完全相反的。在親身感受鏡象自我和眞實自我的分裂時，人物往往因爲身份認同危機往往跌入黑暗深淵。

二、作爲愛情試金石的敘事程序

以 25 個 [註14] 影視劇、網絡小說的失憶症言情敘事情節爲歸納程序的樣

[註14] 1，1993 年新加波電視劇《雙天至尊 1》2，1997 年香港電視劇《刑事偵緝檔案 3》3，1999 年香港電視劇《創世紀》4，2001 中國電視劇《情深深雨濛濛》

本：

1. 其芳失憶前已婚，失憶後與他人相愛，恢復記憶後發現還是最愛丈夫。

2. 高潔失憶前愛張大勇，失憶後沒遇到其他人，恢復記憶後更加愛他。

3. 田寧失憶前愛自力，失憶後愛志強，恢復後選擇志強。

4. 可云因被男友拋棄失憶，失憶中還在愛男友，恢復記憶後不再愛了。

5. 俊相失憶前愛柔眞，失憶後愛上別人，恢復後選擇柔眞。

6. 有女友的道明寺失憶後愛上別人，恢復記憶後還是愛女友。

7. 阿旺失憶前有未婚妻，失憶後娶別人，恢復後誰也沒有選。

8. 月娥失憶後不再愛丈夫季常，恢復記憶後選擇丈夫。

9. 有妻子的葛朗患有短期記憶症，還是愛上伊蓮，靠筆記本保持記憶，在筆記本丟失後，葛朗忘記了一切，妻子愛上別人，依蓮選擇了葛朗。

10. 阿當失憶前深愛女友，失憶後一次次忘掉她，但最終還是愛上女友。

11. 張三豐失憶前與小蓮相愛，失憶後愛上別人，恢復記憶後說只愛小蓮一個人。

12. 程顥失憶前與雪結婚，失憶後愛上冰，恢復記憶後回到雪身邊。

13. 露西失憶前愛上男友亨利，失憶後亨利靠每天錄像維持著愛情。

14. 博史與女友遭遇車禍而失憶，後來解剖死去女友的屍體時恢復對女友的記憶。

15. 克萊和約爾因吵架都選擇清除記憶，失憶後的他們還是重新相遇相愛。

16. 秀眞失憶後忘了男友，男友費盡心機安排重遇，秀眞恢復了記憶認

5，2002 韓國電視劇《冬日戀歌》6，2002 臺灣電視劇《流星花園 2》7，2002 香港電視劇新劇《戇夫成龍》8，2002 香港電影《河東獅吼》9，2002 年法國電影《忘記我是誰》10，2003 香港電影《我的失憶男友》11，2003 香港電視劇《少年張三豐》12，2004 中國電視劇《蒲公英》13，2004 美國電影《初戀 50 次》14，2004 年日本電影《死亡解剖》15，2004 年美國電影《美麗心靈的永恒陽光》16，2004 年韓國電影《我腦中的橡皮擦》17，2005 年日本電影《明日記憶》18，2005 中國電視劇《仙劍奇俠傳》19，2005 年臺灣電視劇《王子變青蛙》20，2005 年韓國電影《長腿叔叔》21，2006 年韓國電視劇《跨越彩虹》22，2006 年中國電視劇《熱血兵團》23，2006 年《我愛我夫我愛子》24，2006 年加拿大電影《柳暗花明》25，2008 年汨泉的網絡小說《失憶新娘》。

出男友。

17. 雅行得了阿茲海默症，最終記憶完全消失，妻子選擇一直陪在他身邊。

18. 李逍遙失憶前已婚，失憶後愛上月如，恢復記憶後還沒選擇月如就死了。

19. 均昊失憶前有女友，失憶後愛上天渝，恢復記憶後忘記天渝選擇女友，但最終對天渝的記憶恢復，而選擇天渝。

20. 俊浩慢慢失憶，忘記愛了十年的女友，忘記後又重新愛上。

21. 吉書失憶後努力尋找失憶前的愛人，最終發現就是陪自己尋找的女孩永荷。

22. 柳月失憶後愛上別人，數十年後又愛上失憶前的戀人自勝。

23. 昭順失憶前有老婆心蘭，失憶後愛上別人，恢復後選擇心蘭。

24. 結婚 50 年的菲娜得了失憶症，一個月內忘記丈夫並愛上了別人。

25. 禪心失憶前嫁給陵聽鸞，失憶後忘記後，恢復記憶後選擇陵聽鸞。

用 I 代表失憶前的失憶者，O 代表失憶之中的失憶者，O→H 代表在失憶時間段失憶者 O 慢慢具備新「自我」意識而成為 H，A 代表 I 的所愛，B 代表 H 所愛，IH 代表恢復記憶同時又保留新「自我」的失憶者。總結 25 個敘事中，第 4 個被男友拋棄而失憶 I－A，失憶中愛著 I＋A，失憶後不再愛男友 I－A。第 7 個失憶前愛妻子 I＋A＝IA，失憶後娶別人 B（O→H）＋B＝HB，恢復後誰也沒有選 IH。第 9 個失憶前愛上依蓮 I＋A＝IA，失憶中完全停滯 O，失憶後依蓮選擇失憶者 I＋A＝IA。第 24 個失憶前有丈夫 I＋A＝IA，失憶後愛上別人（O→H）＋B＝HB，沒有恢復。剩下 21 個全部是失憶前 I＋A＝IA，失憶中（O→H）＋B＝HB，恢復失憶後（IH－H）＋A＝IA。

失憶前、中、後依次為 I＋A＝IA，（O→H）＋B＝HB，（IH－H）＋A＝IA。這是失憶症的典型言情敘事程序。

失憶症是自戀主義式愛情的試金石，失憶症除了測試失憶者愛情的「忠貞」與否外，還可以探測失憶者是否存在自戀人格。言情劇中絕大多數失憶症患者在恢復記憶後，在同時記得自己兩段戀愛生活的情況下，選擇失憶前愛的 A。在這個結構中，記憶的回覆使 H 被壓抑了，也就是失憶者向 H 方向的發展的新的自我被壓抑了。在 I 變成 O 又發展成 H 的時候，原本的 A，已

經和 I 關係分離成爲獨立的 A。新的自我 H 選擇的是 B，當原自我 I 回歸的時候爲何會壓抑掉 H 而選 A？這並非是簡單的道德問題，而是自戀主義者的自戀之愛的結構決定了這種行爲。就像前面第一節談到阿爾基比亞德對蘇格拉底的愛一樣，自戀主義者的愛本質是一種出於匱乏的欲望，被愛的人是填補欲望的對象，自戀之愛是以佔有欲望對象從而滿足自己的匱乏爲目的的。這意味著自戀主義者把愛的對象視爲自我匱乏的填補之物也就是自體的一部分來體驗、來愛的。原自我 I 回歸的時候，作爲自我 I 一部分的 A 也必然一同回歸。A 本身的意願並未被 I 考慮，自戀主義者 I 認爲 A 就是自我的一部分，是同體而不可分割的。自戀主義者是病態固著於自我 I 的，沒有自我就等於空無，因此對自我沒有抵抗力，也包括對作爲自我一部分的 A 沒有抵抗力。恢復了記憶的自我 I 依賴於 A 的存在，沒有 A，I 就成了半路起家沒有歷史身份的 H。

三、失憶症隱喻與「自我」機制

　　尋找「自我」敘事程序和愛情試金石敘事程序是一枚硬幣的兩面，兩種隱喻都是關於「自我」機制的僞裝。正如德里達所說：「解構不是，也不應該僅僅是對話語、哲學陳述或概念以及語義學的分析；它必須向制度、向社會和政治的結構、向最頑固的傳統挑戰。」〔註 15〕「自我」機製作爲現代人賴以生存的基石擁有最爲狡猾的僞裝異化性、虛構性、分離性的手段。然而，「除了我們，誰會對『我』的客觀地位提出質疑呢？我們文化的歷史演化又趨向於將它與主體混同。」〔註 16〕要想把將「自我」與主體分開，首先要把「自我」所排斥、拒絕、矯飾的種種傾向重新縫合進來，把「自我」的暗面形狀暴露出來。

　　第一，尋找「自我」敘事程序中當事人南轅北轍的結局是對「自我」異化、虛構性質的巧妙矯飾。失憶者在鏡中照見的是想像鏡象 A，認同的也是 A，在對 A 完善認同的追尋過程反而帶來完全不同的「自我」B。事實上，B 與 A 是同一的，A 存在著的異化和虛構部分就是 B。但是，敘事程序中把異

〔註 15〕〔法〕德里達，《一種瘋狂守護著思想》，何佩群譯，上海：上海人民出版社，1997 年，第 21 頁。

〔註 16〕〔法〕拉康，《拉康選集》，褚孝泉譯，上海：上海三聯書店，2000 年，第 115 頁。

化的「自我」部分分離出去命名爲完全與 A 無關係的 B，這是一種矯飾和僞裝。「自我」機制通過排除一切「不像自我」的部分，獲得一個完美自足的想像性存在。

第二，尋找「自我」後終獲死亡是「自我」機制對探尋「自我」這種恐懼行爲的防禦。在拉康的精神分析中，存在著想像鏡象 A 的鏡子之前的主體可能是 B、可能是 C，唯獨不是 A，A 對於鏡前主體來說是一個永恒的他人。以 A 爲原型形成的「自我」的異化和虛構被「自我」想像的統一性所掩飾。作爲 B 的人在鏡中照見完善的 A，從此把完善的 A 當成自我，進行自戀式認同，儘管 A 與 B 實質上是始終分離的，但是在人眼中只看到 A，B 是被壓抑掉的，只是作爲潛意識中對自我的抵抗存在。但是在失憶症患者眼裏，因爲借助失憶而體會到 A 是不完整的，在追尋完善的過程中，B 得以借 A 的不完整在場，令失憶者終於看到看到自身存在的 B，從而體驗到自我進行認同的是虛幻之物，自戀的對象是絕對的空無。之所以說是空無而不是有罪錯的 B 讓主體崩潰、瘋狂，是因爲即使是面容醜陋的骷髏在鏡中看見自己的臉不會恐懼，只有當骷髏在鏡中什麼也看不見，才會恐慌於不在場的空無。絕對的空無意味著絕對主人，在黑格爾的主奴辯證法中，絕對主人就是死亡。在《記憶碎片》這部電影中，主人公體會到了徹底的空無，不僅幻想的「自我」不可靠，記憶本身，追尋記憶本身也是不可靠的，主人公腳下沒有一絲眞實，面對鏡子看到的是一片虛無，從而體會了被隨意拋擲的荒誕和瘋狂。敘事程序中，許多失憶者在尋獲 B 後主體自殺的結局是「自我」機制爲主體設置的禁忌，對「自我」的探尋和質疑意味著危險的死亡和恐懼，因而成爲禁忌。這個禁忌以帶有神秘主義色彩的結局出現，迫使人們與「自我」保持安全舉例，奉「自我」爲不可侵犯的神聖之物。

第三，愛情試金石敘事程序中對新生「自我」的否認是「自我」機制的專制剝奪。在這個敘事程序中，「自我」機制給自己加冕了忠貞美德的王冠，佔據了更有優勢的地位。然而，失憶者在漫長的失憶時間和全新的社會環境中新生「自我」H 本質來說和原初的「自我」是一樣的，沒有優劣、合法與否之分，但是「自我」與之俱來的剝奪性使兩個「自我」之間存在著你死我活的對立關係。在心理領域的「自我」範圍，拉康提出的象徵界調停作用是難以發揮的。欲望完美統一的「自我」的專制對主體的佔據不會留下「意識」到的任何一分空隙。「意識」是專制「自我」的最大幫兇，無意識爲「自我」

提供了巨大的心理能量，拉康對「自我」專制性背後的能量之大有著深刻論述：「就像超我的無度壓抑是道德意識的有目的指令的根源一樣，人類特有的那種要在現實中打上自己形象的印記的狂熱是意志的理性干預的隱秘基礎」〔註17〕。

　　第四，愛情試金石敘事程序中對 H 狀態的畏懼是主體對「自我」的依賴性的結果，也是「自我」機製作為主人的強大力量體現。失憶者甫一失憶的時候，彷彿成人的肉體中居住著一個剛誕生嬰兒的靈魂，這個時候「自我」不存在，但是「自我」所使用的各種工具手段都在。H 狀態就是失憶者的新生「自我」，這個「自我」沒有歷史，背景是一片空白。空白不是可以建構理想「自我」嗎？為什麼失憶者在恢復記憶的時候，儘管並沒有忘記這個新生「自我」，卻迅速撲入原初「自我」的懷抱呢？往往那個「自我」還帶著巨大的心理創傷和罪責。這一點很難批判說是「自我」強權，而是主體的先天破碎和不足導致，不和諧是先於和諧的，因此「自我形成的原型（Urbid）雖然是以其外在的功能而使人異化的，與它相應的是一種因安定了原始肌體混亂而來的滿足。」〔註18〕主體對滿足感的渴求使主體處於「自我」主人屬下的奴隸位。但是拉康又聲稱「自我」是自以為是主人的奴隸除了意味著「自我」以虛構鏡象為基礎的原因外還意味著「自我」作為機制必須要通過主體才能發揮作用，這也為主體的反抗提供了可能。在下一節，將討論主體對「自我」機制的能動性。

第三節　多重人格和「自我」的複雜關係

　　在大眾文化的多重人格紊亂主題敘事文本中，主體以疾病的名義掩護從「自我」機制的裂縫處引入「真實的感受」為能量改寫了「自我」的統一性，然而這種改寫又因疾病所累再一次落入困境。筆者所指的「真實感受」是採取德國心理學家貝貝爾·瓦德茨基在《女人自戀渴望承認》一書中的界定「真實的感受就是諸如在失敗時的悲傷，受傷時的痛苦。美好體驗時的快樂，受到威脅時的害怕和對某人越軌而生氣的直覺反應。」這個定義非常樸素而深

〔註17〕　〔法〕拉康，《拉康選集》，褚孝泉譯，上海：上海三聯書店，2000 年，第115 頁。

〔註18〕　〔法〕拉康，《拉康選集》，褚孝泉譯，上海：上海三聯書店，2000 年，第113 頁。

入，但是由於個體一出生就處於某種意識形態（這個「意識形態」概念來自於阿爾都塞，指倫理道德、文化思想、認知規則等等諸多無形的精神制約，接近拉康所說的制約想像界的象徵界）的籠罩浸淫中，從嬰兒時期的真實的感受就被撫養者代表的意識形態所分割〔註 19〕，自發感受行為被規訓為調整過的符合意識形態要求的感受行為。

　　阿爾都塞對意識形態的批判雖然有些偏激但對它的欺騙性和對個體的塑造作用闡述非常深刻：「意識形態是指一種支配個人心理及社會集團心理的觀念和表象體系」〔註 20〕，「在這種表象中，個體與其實際生存狀況的關係是一種想像關係」〔註21〕。他認為，人類存在著兩種關係，一是人類自己和生存狀態之間存在的真實關係，二是人類對前一種關係的體驗、想像的關係。意識形態就屬於後一種關係。「因為意識形態所反映的不是人類同自己生存條件的關係，而是他們體驗這種關係的方式：這就等於說，既存在真實的關係，又存在『體驗的』和『想像的』關係」〔註 22〕。正是在這個意義上，阿爾都塞把意識形態稱作「關係的關係」、「第二層的關係」，並直接了當推出了這樣的公式：「意識形態＝幻象/引喻」〔註 23〕。所以阿爾都塞認為意識形態中所再現的東西並不是人們的實際生存狀況，所有意識形態在其必然的想像性畸變中並未再現現實世界，而是再現了個體與他們身處其中的現實的想像關係。阿爾都塞對於意識形態實施的隱蔽性、無痛性和福柯對現代權力的隱形形容類似。但阿爾都塞還是低估了意識形態的隱蔽性，他認為科學與意識形態之間的關係是斷裂的、對

〔註19〕　分割的概念是一個心理分析理論中的專用術語，它表達了一種心理防衛機制。防衛機制是心理上的擺脫和保護機制，它要阻止那些諸如恐懼、精神痛苦和負罪等令人不愉快的感覺侵入意識之中，雖然通過防衛可以減輕引起這些感覺的衝突，但不能完全消除它，它還會在人們不知不覺中繼續產生作用，仍會對人的精神狀態、行為產生影響。分割就是把對立的、相互矛盾的東西分開，以防止恐懼和危險的產生。

〔註20〕　〔法〕阿爾都塞，《意識形態和意識形態國家機器》，李迅譯，《外國電影理論文選》，上海：上海文藝出版社 1995 年，第 642 頁。

〔註21〕　〔法〕阿爾都塞，《意識形態和意識形態國家機器》，李迅譯，《外國電影理論文選》，上海：上海文藝出版社 1995 年，第 645 頁。

〔註22〕　〔法〕阿爾都塞，《保衛馬克思》，顧良譯，北京：商務印書館，1984 年，第 203 頁。

〔註23〕　〔法〕阿爾都塞，《意識形態和意識形態國家機器》，李迅譯，《外國電影理論文選》，上海：上海文藝出版社 1995 年，第 646 頁。

立的,「要使自己處於科學知識之中,就須使自己處於意識形態之外」〔註24〕。但是在當下時代,高度擴張的科學技術已發展為意識形態性質的專權,成為一種富迷惑性的使人異化的主要力量。

意識形態的基本實踐功能是塑造、召喚個體生成主體。阿爾都塞在《意識形態和意識形態國家機器》中借助拉康的鏡象階段學說提出了他的中心命題,即「意識形態把個體召喚為主體」。主體生成後,個體將屈從於主體的命令,「他將『完全自行』做出俯首貼耳的儀態和行為。沒有臣服及其方式就沒有主體」。他將從內心承認「事情是這樣而不是那樣,這就是真實」。阿爾都塞對此總結「意識形態=誤識/無知」。〔註25〕儘管阿爾都塞的意識形態召喚說得益於拉康,卻忽略了拉康以一再強調的主體先天的破碎、分裂的強大作用導致「自我」統一性隱藏著永恒的裂縫,這也意味著阿爾都塞也就是忽略了主體對意識形態牢籠的能動突圍。

在大眾文化的具體敘事文本中,主體的反抗蘊含在多重人格紊亂的疾病之中改寫著「自我」。

在探討對「自我」的爭奪前,先分析一個對「母愛」神話的改寫。母親是最早也是最重要對主體的「自我」生成的制約因素。對「母愛」神話的改寫暴露了「自我」建構的最底層的裂縫,這個裂縫來自於一直以來被「母愛」神話掩飾的嬰兒與母親之間的複雜關係。梅蘭妮・克萊因對兒童早期的心理研究證實兒童在己身破碎體驗的基礎上,對母親的感受同樣分裂為好母親和壞母親,兒童把自身好的部分投射到好母親身上,認同並加以誇大和理想化,來抵禦壞母親和自身壞的部分引起的受迫害焦慮。「母愛」神話最初的源頭就起源於「自我」機制的矯飾和誤認功能。在日本電影《裂口女》中裂口女殺死兩個孩子後對小兒子不忍下手,求小兒子殺了自己,最終成為冤靈。冤靈附身的母親都會分裂為雙重人格:疼愛孩子的慈母和虐童的惡魔。這虐童的惡魔母親就是幼兒心中那個壞母親、壞客體,當幼兒心理發展到逐漸把分裂的母親合一時,為了克服焦慮,「母愛」神話作為意識形態幫助幼兒的「自我」忽略掉對壞母親的恐懼和曾經的攻擊性帶來的內疚。虐童惡魔人格不僅

〔註24〕 〔法〕阿爾都塞,《意識形態和意識形態國家機器》,李迅譯,《外國電影理論文選》,上海:上海文藝出版社1995年,第656頁。

〔註25〕 〔法〕阿爾都塞,《意識形態和意識形態國家機器》,李迅譯,《外國電影理論文選》,上海:上海文藝出版社1995年,第663頁。

表達著主體幼年內心的分裂焦慮意象，對曾作為主體最早的認同鏡象——母親來說，也是母親鏡象面紗脫落後顯示的虛構和分裂。

主體的分裂人格寫出了「自我」壓抑的非理性和真實感受。中國電影《綠茶》中吳芳的分裂人格是朗朗，吳芳是古板老土的研究生，朗朗是嫵媚的酒吧女。吳芳相親時經常給對方講一個女兒殺死父親母親代罪入獄的故事，這個故事正是吳芳的真實創傷，但被朗朗所負擔，屬於主體非理性一面的真實感受、渴望被人認可、女性情慾等都被分裂人格體現。屬於最早一批出現多重人格紊亂主題的美國電影《三面夏娃》（1957 年）中父權制文化塑造的夏娃「自我」安靜溫柔賢惠，毫無個性，也毫無缺點；夜晚時分裂的人格黑夏娃則性感撩人、放蕩不羈。主體借助多重人格紊亂提升了個性、釋放了「自我」壓抑的本能欲望。韓國電影《薔花紅蓮》中，儘管薔花痛恨風騷的後母，可她分裂出的人格居然是後母身份，主體的俄狄浦斯情結被「自我」超越，但是在分裂人格中得到完全顯現。在泰國電影《鬼肢解》中主體完全改寫了理性異化的「自我」。事業有成的教授蘇希和太太生活美滿。譚娜是蘇希的同事兼隱藏的情人，因威脅蘇希離婚被殺害肢解。大男孩阿崇，與做醫學院老師的姐姐住在一起，生活簡樸快樂。阿崇天天做一個關於被肢解的女屍的噩夢，女屍總是要阿崇去找她。阿崇開始追究事情真相的時候，在噩夢中似乎殺了蘇希的妻子和同事，還差點殺了姐姐。當阿崇看見真正的阿崇的屍體——也就是譚娜早已死去的弟弟時，才明白自己是蘇希的分裂人格，殺人也不是夢而是真的。蘇希的「自我」束縛在殘忍的理性之中，他分裂出的人格卻是對「自我」的徹底反抗和改寫，分裂人格流露了幾乎全部是非理性的東西：對譚娜超乎理性道德的感情，對妻子、女兒的厭倦，對「自我」犯下的罪孽的厭惡、逃離，對重回青春的妄想。

然而在更多多重人格敘事中，主體在對「自我」的改寫中出現了欲望的失控而被「自我」利用而再次令主體陷入異化陷阱。

日本漫畫《鄰人 13 號》中，村崎的分裂人格 13 號，對過去欺負過他的小學同學開始報復，然而報復過程中發現村崎並沒有受過凌辱，13 號的出現是由於村崎無限擴大了童年記憶中的微小傷害。美國電影《躲貓貓》中精神醫生發現女兒米麗總是和新朋友阿里一起玩捉迷藏，可是誰也沒見過這個新朋友阿里，醫生懷疑女兒精神有問題。醫生的分裂人格就是新朋友阿里，獨佔欲極強的阿里殺死了偷情的妻子和米麗的任何朋友，要做米麗唯一的朋友。阿里這個

人格出自於醫生主體與「自我」的分裂，然而主體對「自我」的改寫卻陷入了可怕的怪圈。其它還有美國電影《一個頭兩個大》中鎮上的人經常欺負善良的查理，於是查理的反抗人格出現了，四處報復那些欺負過查理的人。根據同名暢銷漫畫改編的日本電影《多重人格偵探》偵探小林因女友被虐殺受到打擊而分裂成多重人格，其中有一個人格雨宮為給女友復仇不惜任何手段。美國電影《致命 ID》在多重人格的縫合治療中，心理檢察官強制主體進行對「自我」的改寫，把犯人精神分裂的 11 個人格安排在一個旅社的場景進行人格治療，強的人格消滅弱的人格，但是其中一個連環殺人犯的人格必須被「殺死」，陰差陽錯，唯一活下來的人格正是殺人犯人格。儘管有些荒誕，卻形容出了主體的分裂性的絕對存在，因為那個連環殺人犯人格正是承擔了犯人所有精神創傷的人格，也是最為支離破碎的人格，主體的分裂是不可能被治療縫合的。

　　正如拉康所說，主體先天的破碎決定了出於匱乏的欲望永恒存在。在主體對提供了統一的滿足感的「自我」進行改寫的時候，欲望會從出現的漏洞逃離去尋求滿足。這個過程是危險的，人一旦置身這欲望的森林，便迷失其中。「意欲（即欲望）只是利用認知與外界聯繫。意欲遵循自己本質的法則，它從認知那裡除了獲得動因以外，別無其它。……很明顯，主人就是意欲，僕人就是智力，因為意欲總是最終掌握著發號施令權。」〔註26〕欲望一旦失控的話，儘管具有強大智力的主體可以拆碎「自我的」牢籠，但會再次成為欲望的奴隸。

　　因此，雖然「自我」是被意識形態召喚出來的，但是並非如阿爾都塞形容的那樣是主體的牢籠，而是一種機制。主體可以發揮能動性在這個機制中尋求著改寫、重寫動態的平衡，而不是徹底的顛覆和解構這個機制，那樣會招致欲望的失控再度主宰主體。

第四節　精神病人與惡魔一體化

　　當下大眾文化中的瘋癲在現代精神病學的滲透下擁有複雜的專業名稱，例如偏執型精神分裂症、躁狂症、雙相情感障礙、反社會型人格障礙等等。雖然很難區分，但大眾一般不會把那些症狀單一明顯的比如多重人格紊亂、

〔註26〕〔德〕叔本華，《叔本華思想隨筆》，韋啓昌譯，上海，上海人民出版社 2005年，第 230～262 頁。

抑鬱症和上述疾病類型混淆。因此，本文從大眾接受的角度出發，把大眾文化中只要符合瘋癲譫妄這些經典特徵的精神疾病患者不管在文本中有沒有專業病名，都統稱為精神病人，不用瘋癲這個稱呼，是因為「瘋癲」忽略了針對瘋癲的理性在現代化身精神醫學存在。福柯那本顛覆精神病學天然合法性的《瘋癲與文明》詳盡考察了西方歷史上瘋癲是怎樣被分離出去、被理性所征服的歷史。心理學不是揭示瘋癲的真理，但是心理學的出現是瘋癲脫離了非理性真理的標誌。從此，瘋癲成為一種漂浮的現象，以供解析沒有任何真理價值。〔註27〕

在大眾文化中，瘋癲敘事的突出特徵是精神病患惡魔殺手一體化、精神醫生病人化、精神病院合理化，大眾傳播媒體的重複不斷加強著上述傾向。這種現象也許沒有任何真理價值，但是解讀精神病患醫生與惡魔怎樣成為一體、探討一體化導致的後果影響，是有現實價值的，這也是本節所要達到的目的。

一、精神病人與惡魔的一體化的反思

希區柯克導演的 1960 年的《精神病患者》（Psycho）的以精神病人殺人狂為主角，那段膾炙人口的浴室殺人情節嚇得不少觀眾回家後不敢淋浴，在1998 年被再次翻拍。這部電影主角有現實原型，就是愛德華‧西奧多‧蓋恩（Edward Theodore Gein），小名艾德 Ed。艾德的確是個精神病人和殺人狂，雖然他「只」犯了三起謀殺，但卻是許多電影中精神病人惡魔的靈感來源。甚至包括艾德和母親的關係也被很多電影借用，例如極端虔誠的母親不允許艾德交任何朋友，她認為所有的女人除了她之外都是妓女，因此母親在艾德心中有極高地位，在母親死後把她的屍體留在家中。艾德頻頻被影視劇借用的事迹有：人皮做的燈罩和椅子、頭骨做成的湯碗、當麵包來烤的人心、嘴唇做的項鏈、陰道和乳房做成的背心（這是他儀式用的）、乳頭做成的皮帶以及著名的人皮面具。借鑒艾德行為的《精神病患者》、《精神病患者 1999》、《德州鏈鋸殺人狂》系列 5 部、《非禮勿視》、《沉默的羔羊》系列 4 部、《人魔線索》、《盜屍殺人狂》等十多部美國電影中，其中很多都是票房很高、一再翻拍的電影，在中國下載網站和影碟租售市場也是吸引顧客的必備電影種

〔註27〕〔法〕福柯，《瘋癲與文明》，劉北成、楊遠嬰譯，北京：三聯書店 1999 年，第 2 頁。

類。揮舞著血腥電鋸戴著人皮面具的德州鏈鋸殺人狂和吃人的漢尼拔博士是電影史上深入人心的形象。一體化還通過心理分析的驚悚劇得到增強，如美國電視劇《犯罪心理》已經播出了四季，該劇主角是一個行為分析小組，專門針對犯下變態罪行的嫌疑人分析出他們的動機、情緒反應方式、精神狀態。他們信奉榮格的話：健康的人不會折磨他人，往往是那些曾受折磨的人轉而成為折磨他人者。於是，在他們的分析下，每一個殺人狂都變成了精神病人。

由於存在諸多限制，中國很少有公映的電影電視存在精神病人惡魔形象。但精神病人與惡魔的一體化作用由大眾傳播敘事中對惡性案件的罪犯的心理分析得到了加強。摘錄一些媒體對殺人狂的敘事：一、對於殺害 17 名少年的黃勇的媒體敘述：「許多輕性的變態心理，由於本人的日常生活能夠自理，並對自己的行為具有認識、控制等能力，因此，儘管他的行為已出現一定程度的反常，甚至是病態，若他自己不去求醫，別人主要是親屬或周圍人也往往不便過多干涉。這就造成這部分人的心理問題不能及時地得到矯治或控制，甚至導致其出現嚴重的行為問題。在 2000 年，石家莊市爆炸案的製造者靳如超就屬於這樣的變態心理者；現在河南平輿縣的黃勇也屬於這樣的變態心理者。」〔註 28〕二、對奸殺 28 名男童的宮潤伯的媒體敘述：「這件事情使得他性情大變，隨之開始了犯罪學意義上的性倒錯心理形成過程。案卷顯示，發生此次事件後宮潤伯心理發生了扭曲，也多次以給生活用品為誘餌，猥褻過其他犯人。宮潤伯在詢問中也承認，此後他一直在這種扭曲的心理體驗中掙扎，這也成為他此後大多選擇小男孩作為作案對象的心理動因。」〔註29〕三、對殺害 3 名室友的馬加爵的媒體敘述更多，事實上對於馬加爵到底是精神病人還是犯罪人格一直都存在爭論，甚至還有名為《馬加爵》的心理劇。四、陳冠希「豔照門」事件中，新聞報導每每以理性口氣跟進他的童年受虐經歷來分析心理根源。

上述這些文本同樣是敘事，而且以報紙、周刊這樣的傳統形式下以專家學者名義的描述更使人相信它是科學的正確的。對於大眾的現實生活來說，

〔註 28〕　《專家揭秘平輿殺人狂心理輕性變態不能忽視》2003 年 12 月 12 日，北京娛樂信報公安大學教授李玫瑾

〔註 29〕　《南都周刊》《連環殺手宮潤伯的人生裂變》作者：石扉客，2008 年 4 月 8 日。

精神病人和惡魔聯繫趨於一體化是一個疑點重重的問題。首先，第一點，從近日的邱興華案件的精神鑑定之爭〔註 30〕，對於可能有精神疾患的犯罪嫌疑人的確有積極作用，有利於改善精神病人的弱勢群體地位，尤其是中國糟糕的精神疾患現實，更重要的是「精神分析學解決了犯罪學中的一個兩難處境：它將罪行非現實化，但又不將罪犯非人化。」〔註 31〕

但是，在當下以精神病學來貼標籤，以精神醫學來解決問題則「很可能使社會問題瑣碎化，把注意力從解決社會問題上轉移開，並且使複雜問題的某一方面具體化，認為所有的問題都只能被某一類專家解決。」〔註 32〕或者，更糟的是，精神醫學所具有的天然優勢地位和政治權力匯合，開始濫用精神病學侵犯個體權利的情況。在精神醫學更加溫和更加理性更加嚴酷的權力話語下，個體會陷入更難逃離的困境。

波德里亞的話可以更深刻的指出理性的精神醫學的弊端：「我們認為動物（以及瘋子、智障者、兒童）清白無辜，這說明我們與動物之間有根本的距離，說明人類的嚴格定義使它們遭受到種族排斥。在所有生物都是交換夥伴的環境中，動物理應享有祭獻和贖罪儀式的『權利』。我們不再祭獻動物，甚至不再懲罰動物，我們為此而驕傲，但這不過是因為我們馴化了動物，使他們構成了一個低等種族的世界，它們甚至不再配的上我們的司法，只能當作肉鋪的肉類被幹掉。另外自由主義理性思想也負責照顧自己驅逐的對象：動物、瘋子、兒童，他們『不知道自己在做些什麼』，因此他們甚至不配接受懲罰和死亡，只能接受社會的施捨：各種各樣的保護主義，如動物保護協會、『開放式』精神病院、現代教學法──這是隱蔽而徹底的貶低，自由主義理性就躲藏在這些形式中。人道主義通過種族憐憫加強了自己對『低等生物』的優勢」〔註 33〕

或許我可以再拿一個中國的和精神病學有關的恐怖電影為例來說明精神醫學和意識形態的微妙關係。1989 年 2 月初公映的恐怖電影《黑樓孤魂》：文

〔註 30〕網調顯示，支持對邱興華進行精神鑑定的人數超過了反對人數。

〔註 31〕〔法〕拉康，《拉康選集》，褚孝泉譯，上海：上海三聯書店，2000 年，第 134 頁。

〔註 32〕〔美〕凱博文，《苦痛和疾病的社會根源》郭金華譯，上海：上海三聯書店，2007 年，第 192 頁。

〔註 33〕〔法〕讓·波德里亞，《象徵交換與死亡》，車槿山譯，南京：譯林出版社，2006，第 262 頁。

革時期，老人把孫女和小金佛託付給好友，好友卻在地下室把小女孩弔死偽裝成自殺，盜走了金佛；文革結束後，女孩的冤魂開始復仇索命。在電影末尾以護士的一聲「吃藥了」的招呼，劇中所有演員在一個精神病房裏圍坐，原來這是一個精神病人講的故事。儘管這部電影公映沒多久就被禁了，在網絡媒體發達的當下又被發掘出來，但片尾的字幕（那些殘害小菊的其他人，你們在哪裏？）已被刪除，被不少人譽爲中國很不錯的恐怖片，可以和日韓抗衡〔註34〕。影片把寓意託付給精神病人講出，是弱化意識形態還是更深一層的批判呈現出曖昧的意味。

二、精神醫生病人化與精神病院合理化

大眾文化中另一個傾向是精神分析醫生同時是精神病人，還往往是有過錯的精神病人。如《沉默的羔羊》中漢尼拔博士是造詣很深的精神病專家，同時也是令人生畏的食人狂和極度心理變態者。他的一句淡定的臺詞在美國電影學會評選的百佳臺詞榜單中名列第 21 位：「曾經有人想調查我，我就著蠶豆和美味的基安蒂酒，吃掉了他的肝臟。」香港電影《異度空間》中精神分析醫生羅嚴重的精神分裂，開始看到因被自己拋棄而自殺的前女友如影隨形。美國電影《瘋院人魔》萊科醫生去精神病院實習，瘋狂砍殺院長護士後明白自己是幼年從精神病院逃跑的小孩的分裂人格。十分有諷刺意味的是，在他渾身是血砍死所有人的時候，他的人格分裂障礙痊癒了。尼采說：「當你望向無底深淵的時候，無底深淵也在回望著你。」以變態心理、精神障礙爲研究對象的精神醫生無疑是在向黑暗的人性地獄探首，很容易迷失於其中。

在精神醫生也成爲惡魔的時候，精神病院卻被合理化了，飛越陰森的瘋人院來到了美麗的隔離病房。1975 年美國電影《飛越瘋人院》中死氣沉沉的精神病院、殘忍跋扈的護士令人感到難以名狀的對人的壓抑和摧殘，一直以來，這部電影被很多人視爲對自由、尊嚴的歌頌，也是對專橫的精神病院制度的抗議。30 年後，捷克出現了一部名爲《瘋狂療養院》的電影，精神病院中醫生分爲絕對的自由派和徹底的懲罰派，兩種極端做法顯得同樣荒誕。導演拍動畫片和情色片出身，用生肉、內臟、眼球、舌與頭骨在激進後現代主義意識形態與極端保守型意識形態的衝突與碰撞中上演了虐戀的怪誕狂歡。

〔註34〕來自黑樓孤魂百度吧
　　　　http：//tieba.baidu.com/f 抬 kw=%BA%DA%C2%A5%B9%C2%BB%EA

2007 年日本也拍了《飛越瘋人院》，從名字來看是在向 75 年版的《飛越瘋人院》致敬，但它還有一個譯名是《歡迎來到隔離病房》，隔離病房本來是用於極度危險、攻擊性強的精神病人，在這裡卻顯得溫情脈脈。這是和 75 版完全不同的故事，主人公完全認同了精神病院，知道自己的確病了。瘋人院在這裡更像是一個癒合創傷、培育勇氣重新開始的休息站，色彩美麗，清新乾淨，令人賞心悅目。

很矛盾的兩個傾向，精神醫生病人化、精神病院合理化，加上之前的病人惡魔一體化，組成了一個症狀。對這個症狀進行分析的話，正是從反面方面體現著時代的自戀人格：自戀主義者內心對瘋癲──也就是失去「自我」、失去「理性」的恐懼和因此產生的防禦；對分析「自我」、「理性」的精神醫生的阻抗；對代表理性的抽象化了的專業技術官僚體制的依賴。

自我對於自戀主義者是如此重要，因爲建立於想像關係中的自我的統一性、完整性使自我能夠克服主體的分裂和破碎，使自我獲得穩定的同一性。一想到袒露自我、分裂自我、削弱自我、失去自我的痛苦和危險，自戀主義者會覺得無法生存，因爲他們把自己那富有侵凌性的需要和欲望看作極其危險的，於是築起的防禦──也就是自我和要禁錮的欲望一樣原始和野蠻。「自我和超我都含有無意識成分，並且超我從無意識中吸取了大量精神能量。雖然社會變的越來越寬容，強制性的權威逐漸減少，但並不代表個人的超我消失，相反它促使了嚴厲的、懲罰性的超我的發展，它對壓抑欲望和侵凌性而產生的憤怒構起了強有力的防禦」。〔註 35〕儘管「自戀主義者是喜歡和信任精神分析學的，他企圖從心理分析中找到一種宗教或一種生活方式，並希望從中爲自己對無限權威和永恒青春的幻想找到外部支持；可是他的自我防衛力量又使他抵製成功的分析，他的智慧和力量適用於躲避掩飾而不是揭示自我。」〔註 36〕因此，潛在中對精神分析醫生的抵抗表現爲醫生的病人化。

精神分析醫生病人化除了是對直接威協「自我」的精神分析阻抗之外，也和影視劇爲了塑造矛盾衝突而將精神分析醫生角色採取的分析方法庸俗化、巫師化有關，更重要的是心理劇作受弗洛伊德學說後續的影響廣泛的自

〔註35〕〔美〕克里斯多夫・拉斯奇，《自戀主義文化》，陳紅雯、呂明譯，上海：上海文化出版社，1988 年，第 11 頁。
〔註36〕〔美〕克里斯多夫・拉斯奇，《自戀主義文化》，陳紅雯、呂明譯，上海：上海文化出版社，1988 年，第 46 頁。

我心理學一派影響很大，該派主要人物是弗洛伊德的女兒安娜，亦容易被業餘愛好者奉為正統。自我心理學強調分析師幫助病人調整建立自我，然而由於自我是無視和誤認的領域，它雖然給人穩定和整合感，但它始終是一種想像關係。拉康曾就這一點批判了自我心理學派在治療中強調「引導」的錯誤之處。拉康認為「自我」中有一個核心，為意識所有，但不為反思所及，這個「自我」以不可消除的自大和漠視、惰性來對抗主體遭遇的具體問題，因此拉康認為要解決問題，精神分析師就應該採用迂迴的方式，要像一面空空的鏡子，讓病人呈現一種有控制的妄想症，這和拉康對語言是能指的觀念和言說者的他者身份觀念是分不開的。

　　精神病院的合理化，之所以和精神病學醫生病人化的方向相反，是自戀時代下現代社會的聚合力量已經瓦解了人們的獨立性，個體依附於國家、各種公司和專業官僚機構，是自戀主義者依賴性的體現。精神病院不以具體的個人呈現，而是一個專業技術官僚機構。它以科學面目的精神治療學取代了宗教的位置，以合理化的形象得到認同。合理化的形象就是指現代化的氣派非凡的大樓、鮮花綻放的療養花園、精密複雜的診療儀器、循循善誘和藹可親的醫生形象、溫柔體貼的女護士，這些都是形象，想像關係把這些形象賦予可信任的感覺，一種片刻的幻覺，因此，精神病院是通過人們的對理性的非理性依賴得到合理化的。

第三章　自我之「像」的迷戀與恐懼

　　自我之「像」，就是鏡象，主體在鏡中看見的人像，把它當作自己，開始對之進行自戀認同的鏡象自我。「成像代表著認同，一種來自力比多能量的同形或自戀的認同。」〔註1〕人類出生時的早熟的視力敏感性與其他身體機能如神經系統、肌肉系統滯後的矛盾造就了分裂的主體通過認同鏡象獲得統一感。拉康這樣說：「主體就是無人。他是被分解的，破碎的。他被迷惑人的、同時又是被賦予了現實性的他人之像，或者同樣被其自身鏡象所擠壓所吞噬。」〔註2〕主體對「像」有一種特殊的情懷，既迷戀又破壞。迷戀起源於自戀，那種想要掩飾主體自身的分裂和破碎而渴望成為鏡象取代鏡象從而獲得完善和統一性的激情，破壞的衝動來自於主體根深蒂固的分裂對鏡象的抵抗。因此，當主體把鏡象認成自我，即主體有了「自我」意識，「我」對有別於正常（「正常」，也就是我從鏡象自我理想自我得到的正常標準）人體的骯髒、破碎、怪誕、衰老、疾病、腐朽的人形物體意象會產生不可控制的恐懼感，這種恐懼就源於「自我」出於對主體分裂性的否認和拒絕而設置的恐懼作為禁忌來防止主體的裂縫擴大以致自我破裂。關於這一點，可以用現實的例子來說明，精神分裂症患者在精神分析學被認為是由於沒有形成「自我」，或者只是形成分裂、破碎「自我」而成為病人，可以引起這些病人的恐懼情緒的意象與正常人是不同的。例如他們往往不害怕腐爛、肢解的屍體，反而害怕一個卡通玩具、一個常見生活用品。

〔註 1〕　黃作，《不思之說──拉康主體理論研究》，北京：人民出版社，2005 年，第
　　　　　5 頁。
〔註 2〕　〔法〕Lacan，The Ego in Freud's Theory and in the Technique of Psychoanalysis
　　　　　（edited by JacquesAlain Miller），New York：Norton，1988. P73

對於自戀主義者來說，自我是想像關係中的理想自我之像，因此，自戀主義對「像」的推崇和美化是題內之義。本章通過對大眾文化中作為自我認同方式的整容手術、瘦身，和作為「自我」恐懼來源的非正常人形意象（包括人體解剖、移植手術）的研究，進行成對疾病隱喻的自戀主義特徵的突出表現——對「自我」作為「像」的特質的論述。

第一節　仿眞性質的身體之「像」

身體從來都不只是身體。「身體的地位是一種文化事實。現在無論在何種文化之中，身體關係的組織模式都反映了事物關係的組織模式及社會關係的組織模式。」〔註3〕對於我們時代的自戀人格來說，「身體不再是宗教視角中的『肉身』，也不再是工業邏輯中的勞動力，而是從其物質性（或其『有形的』理想）出發，被看作自戀式崇拜對象或策略及社會禮儀要素，將身體聖化為功用性身體指數價值。」〔註4〕在這個迷戀仿眞之「像」的時代，身體的異化只用「更深的物化」進行描述已經完全不能體現它的交織著多種傾向的變化。

一、身體之「像」作爲仿眞存在

身體之「像」不再來源於眞實，而是模型。「波德里亞把自中世紀和封建社會以來的西方社會看做是一個符號和現實的關係的演進過程。他認為現代性突破封建秩序就是從擬像秩序開始的，而擬像秩序的確立也就意味著符號文化的主導地位的確立。」〔註5〕擬像秩序分三個階段：文藝復興後的仿造秩序、工業革命後的生產秩序和高科技電腦媒體和生物 DNA 技術興起後的仿眞秩序。在第三個階段，仿眞代替了「眞實」，甚至比「眞實」還眞實，指稱對象變成了「參照的能指」。仿眞時代是模型與符碼支配的信息與符號的時代，在波德里亞看來，仿眞不再是對某個實體和某種指涉物的模擬，它根本無需原物和實

〔註3〕〔法〕波德里亞，《消費社會》，劉成富譯，南京：南京大學出版社，2006 年，第 99 頁。

〔註4〕〔法〕波德里亞，《消費社會》，劉成富譯，南京：南京大學出版社，2006 年，第 101 頁。

〔註5〕高亞春，《符號與象徵》，北京：人民出版社，2007 年，第 203 頁。

體，「現在是用模型生成一種沒有本源或現實的眞實：超眞實」〔註6〕。他認爲，超眞實是一種以模型取代了眞實的狀態，隨著超眞實充斥世界時，仿眞開始構造現實本身，在這樣的世界裏，仿眞模型變得比實際制度還要眞實，不僅仿眞與現實之間的區別越來越困難了，而且，「模型可以同時生成一個事實」，「仿眞的特點是模型先行」〔註7〕。「在眞實原則統治的世界裏，想像是眞實的託詞。今天，在仿眞原則統治的世界裏，眞實已經成爲模型的託詞。矛盾的是，眞實已經成爲我們眞正的烏托邦，它是能夠使人夢見已經失去之物的美夢。」〔註8〕這就是波德里亞描述的仿眞秩序時代。

　　身體（尤其是女性的身體）之「像」的兩個主導功能：美麗和色情都屬於仿眞。美麗不再來自於現實自然但比眞人的美麗更美麗，例如芭比娃娃就是一個產生美麗的模型。芭比娃娃是一個暢銷世界的人形玩偶，從早期被人詬病爲白人中心主義美學的金髮白膚外表到現在各色人種外貌齊全，自1959年以來，芭比娃娃以引領潮流的百變時尚造型，成爲無數小女孩的陪伴，也培育了人們對女性美麗評判的仿眞化標準。芭比的比例（胸圍11.6cm，腰圍8.9cm，臀圍12.7cm）同比例放大到身高168cm眞人身上，那麼，「她」的腰只有50.8cm，胸圍和臀圍分別爲68.5cm和73.6cm；如果保持生活中銷量最大的中號女裝腰圍71.1cm的話，「她」的身高必須達到2.28米，胸圍只有83.9cm，臀圍爲101.6cm。如果現實生活中存在芭比的身材比例，那這個人根本站不穩或爬著走路，因此這種比例是不可能實現的〔註9〕。面容的美麗也存在著仿眞化，代替詩意化語言來描述美麗程度的是精確的三圍數字模型，如美容界提出的美麗眼睛的標準是瞼裂長度爲30～40mm；兩眼內眥間距30～60mm；瞼裂上下徑爲10～12.5mm；上瞼沿眉毛的間距爲15～20mm；內眥瞼裂角48°～55°；外眥瞼裂角60°～70°；直視時上瞼覆蓋角膜2mm，下瞼沿與角膜下沿接觸。如此精確的模型只能依賴於高科技的存

〔註6〕〔法〕讓·鮑德里亞，《仿眞與擬象》，馬海良譯，《後現代性的哲學話語》，汪民安等主編，浙江人民出版社2000年，第329頁。

〔註7〕〔法〕讓·鮑德里亞，《仿眞與擬象》，馬海良譯，《後現代性的哲學話語》，汪民安等主編，浙江人民出版社2000年，第337頁。

〔註8〕〔法〕Jean Baudrillard, Simulacra and Simulation, The University of Michigan Press，1994，PP.122-123

〔註9〕該部分數據參考陳一吒，《如果芭比是眞人》《晶報》多媒體版，2009年3月8日，http：//jb.sznews.com/html/2009-03/08/content_540128.htm

在，這也是波德里亞為何宣稱「計算機、信息處理、媒體、自動控制系統以及按照仿真符碼和模型而形成的社會組織已經取代了生產的地位，成為社會的組織原則」﹝註10﹞的原因。

身體之「像」的色情也屬於仿真，是因為「性」不再是「像」的價值，而是作為賦值存在而包含了色情。要說明的一點是，在波德里亞的學說中，這裡指的色情功能是作為社會中交換普遍化意義上的色情，與本義上的性欲是不同的。色情收到符號工具化編碼規則的約束，身體作為欲望交換符號的載體存在。色情是在符號之中，而不是欲望之中；是在交換之中，而不是封閉孤立之中。波德里亞有一個比喻性說明：「當代所有檢查官就是在這一點上搞錯了（或者說是自願搞錯）：即在廣告和時尚中，他們把（女人或男人的）裸體當作肉體、性、欲望的目標而進行拒絕，相反卻將身體被切分的那些部分改編進一個對本來的身體進行昇華、袪邪的龐大程序之中。」﹝註11﹞

另外，身體之「像」中面孔和身體還具有差異存在，一，面孔和色情相關但卻不完全是色情，它和身體不同的地方在於因為臉完全進入了象徵交換，而身體沒有完全進入。其二，身體之「像」的美麗和色情功能在凝視中在場，但是勒維納斯提到面孔還有一個特權：不僅被看到，它還是能看的，這是一種不是得益於存在的親自觀看。勒維納斯認為，面孔就是無限展示自身的方式。他人正是通過面孔與我發生關係：「他者顯現自身的方式，超出於我中之他者的觀念，我們在這裡命名為面孔。」﹝註12﹞勒維納斯（Emmanual Levinas）是從倫理學來論述面孔的，他的定義從另外一個角度上闡述了面孔的特殊性，他還提到面孔還有一個特權：不僅被看到，它還是能看的，而且，面孔的注視是令人不安的，它是絕對不能同一化的他者的目光。

二、仿真之「像」的自戀特點：被誘導

大眾文化中關於整容術和瘦身症﹝註13﹞的敘事文本強烈散發著對仿真

﹝註10﹞〔美〕道格拉斯·凱爾納、斯蒂文·貝斯特，《後現代理論》，張志斌譯，北京：中央編譯出版社，1999年，第153頁。

﹝註11﹞〔法〕波德里亞，《消費社會》，劉成富譯，南京：南京大學出版社，2006年，第103頁。

﹝註12﹞〔法〕Emmanual Levinas.Totality and Infinity：an Essay on Exteriority. trans. Alphonso Lings，Hague，Boston and London：Martinus Nijhhff Publishers，1979.P50

﹝註13﹞用「瘦身症」（不用減肥是因為這個群體中絕大多數一點也不胖，甚至偏於瘦

之「像」的迷戀，這是一種病態自戀，而且是被誘導的自戀。正如大眾文化中那句泛濫的廣告用語「自戀的女人是最美的女人」，她們極端注意身體的保養、鍛鍊、修飾，的確往往是最「美」的那部分女性。「女人給予自己的這種身體獎賞，這種美的修辭，反映了一種無情的準則，一種與統治階級秩序的倫理相平行的倫理。另外，在這種身體功能『美學』的範圍內，沒有什麼能用以區分下面兩種過程：一種過程是主體自己服從自我的自戀理想；另一種過程是社會命令主體順從這一理想，留給主體唯一的抉擇就是自愛，就是按照社會強加的規則來投資自身。因此，這種自戀與貓的自戀或兒童的自戀有根本區別，區別就在於它處在價值影響中。這是一種受到誘導的自戀，是為了符號交換而對美的功能性讚頌。這種自我誘惑從表面上看沒有動機，但事實上，它的全部細節都通過身體的最佳管理標準以符號市場為目的。」〔註14〕也就是說，在最富吸引力的身體之「像」的美麗和色情功能是由理性的價值經濟學主導的。這也決定了女性被誘導的自戀往往是嚴酷的，被理性嚴重異化的，而不是通常意義認為的女性自戀是對自我的探求和個性的提升。

在大眾文化關於整容、瘦身症的敘事文本大多數都屬於恐怖風格。恐怖是一種力量，使人對日常生活拉開距離進行重新陌生化的審視。然後大眾文化此類敘事文本很大程度上淪為了理性異化的合謀幫兇。原因有：

1，文本中自戀者的大部分理性異化動機被隱藏在情感需求之後，加上類似敘述視角內化於自戀者主角的手段使大眾對自戀者認同感加強從而極易被說服。W・C・布斯在分析奧斯丁小說《愛瑪》的敘事視角時指出，「作者用第三人稱的敘述，卻透過愛瑪的目光去看，並通過她的頭腦思考與聚焦。這樣，隱含讀者/讀者不受阻隔地直接與愛瑪同行，並因為希望同行的那個人物有好運的自然的心理趨向，在對愛瑪的價值判斷中將同情投向了這個其實有著許多缺點的人物。讀者正常的判斷立場受到干擾，這純粹是作者敘事視角的技術操作使然。」〔註15〕影視劇中運用這種技巧進行敘述的時候，

削）來稱呼為瘦身目的而節食、暴食、厭食、嘔吐、濫用藥物（利尿劑、迷幻藥、興奮劑、抑制中樞神經的減肥藥品）、主動吞蛔蟲卵、抽脂、切胃甚至墮胎等一系列病態行為。

〔註14〕〔法〕波德里亞，《象徵交換與死亡》，車槿山譯，南京：譯林出版社，2006年，第169頁。

〔註15〕W・C・布斯，《小說修辭學》，華明等譯，北京：北京大學出版社，1987年，

在描繪自戀者的情感需求時如香港電影《餃子》中李太太得知丈夫出軌時的落寞和隱忍，韓國電影《灰姑娘》中母親對毀容女兒的痛苦和心碎，韓國電影《謊顏》中世喜感受到男友的冷淡，使大眾對這些自戀角色的理解不可避免的受到敘述視角的強大力量左右。同時，在大眾接受角度來看，這一點也給美麗加上了從無意識那裡來的摧毀力量，「像」從個體與主體分離，主體完全由「像」象徵而消失。在網絡小說中如裟欏雙樹的《妖異人間之整容》中麥丁因為醜陋被諷刺欺辱，《每夜一個鬼故事：屍油美白》中女孩因為深膚色被羞辱，這種情節使自戀者帶著要求平等、公平的道德需求動機，讓理性異化深埋在情感、道德的冠冕堂皇之中，當然，這一點和平等、公正一類說法的政治正確性的濫用也有原因。

2，敘事文本對「像」的模擬還停留在仿造，而不是仿真。這也有可能是借助於仿造的魔法性來增加懸疑氣氛，然而這種恐怖被抽空了現實的力量和內涵成為懸浮的獵奇景觀，也失去了對現實生活的介入力、批判性，完全淪為理性異化的幫兇。「仿造和複製總是意味著一種焦慮，一種令人不安的陌生性：面對相片時感到不安（相片被認為與巫術秘訣相似）——更一般地講，面對一切技術設備時感到不安（技術設備總是複製設備）……任何複製都意味著一種魔法……複製在本質上具有惡魔性，它動搖了某種基本的東西。」[註16] 相比敘事文本中指向真實的仿造，仿真是製造真實的，現實生活中正是仿真原則在起作用，而不是仿造。有趣的是電影《餃子》中，仿造變形為前現代社會的古老的「以形補形」[註17] 觀念中，李太太吃下嬰胎餃子希望以未出生的胎兒的青春補回自己的青春。電影《灰姑娘》中的仿造則更為原始，身為整容醫生的媽媽剝去另外小女孩的臉安在毀容的親生女兒臉上，某種程度上，人臉就是一個人自我的代稱。這個仿造嚴格來說已經不是仿造，離製造真實的仿真就拉開了更遠的距離。大眾文化具體敘事文本因滯後而與大眾的真實生活完全疏離，造成仿真的真實遠勝於仿造的心理感受，對大眾來說，只是為恐怖而恐怖的小品。

第 272～295 頁。

[註16] 〔法〕波德里亞，《象徵交換與死亡》，車槿山譯，南京：譯林出版社，2006 年，第 74 頁。

[註17] 中醫裏有以形補形的傳統，如核桃補腦，黑豆養腎之類說法。

三、「美麗」的驅逐力量

　　仿眞秩序時代中的「美麗」成爲超眞實的同時，還具備了驅逐「眞實」的力量。貓郎君的網絡小說《整容》車禍肇事者爲了躲避責任整容，陰差陽錯整成了受害者的面孔。裘欏雙樹的網絡小說《妖異人間之整容》麥丁通過整成女朋友的眼睛模樣而慢慢變成女朋友本人。王一辰的小說《每夜一個鬼故事：屍油美白》用前女友的屍油來使受害者容貌完全和前女友一模一樣。成剛、沉醉天、莊秦合作的小說《整容殺機》整容手術是殺死整容者，把記憶移到其它人身上。日本伊藤潤二的漫畫《無頭雕刻》中逼眞的無頭雕刻爲得到有生命的頭殺死了製作者並瘋狂爭奪，他的另一部漫畫《閣樓的長髮》中則是美麗的長髮不願被剪去而勒死主人。日本電影《美髮屍》中冤死的女孩頭髮被割掉賣入美髮店，接髮後的顧客便一一身亡。韓國電影《假髮》中假髮承載著原主人的怨靈來報復。還有一些關於「美麗」的驚悚都市傳奇，如日本、韓國先後流傳的裂口女故事〔註18〕，中國大陸校園的無臉女孩故事〔註19〕。美國電視劇《整容室》中一個割臉狂魔說：「美麗是對這個世界的詛咒。」詛咒就是超眞實的「美麗」在驅逐眞實。這些敘事文本雖然情節離奇無稽、氣氛荒誕詭異，但卻是一條窺探當代人心靈秘境的捷徑。前述文本中的基本情節幾乎都是模擬出的「美麗」把灰姑娘式主角變成耀眼的公主，而灰姑娘童話的最早版本之一的系列插圖，都是類似骷髏的造型，灰姑娘的故事最早包含的就是欲望、嫉妒、仇恨、剝奪和主體血腥的自我切割。

　　這裡以頭髮的具體敘事爲案例分析。如果說面孔是展示自身的方式，是一個人自我的代稱，頭髮則是頭部一個最微妙的部分，它包圍著面部，是女性美麗中必不可少的部分，「是人身上最具可塑性的東西，也是最具象徵性和

〔註18〕大致情節爲：裂口女原本是個美女，做整容手術不小心剪到嘴巴毀容後經常在學校附近徘徊，抓到孩子她會問：「我美麗嗎？」如果孩子說美麗的話，她會脫開口罩或把圍巾摘下問孩子：「這樣也美麗嗎？」再用剪刀把他們的嘴巴也剪開。如果說不美麗的話，她會很生氣地馬上把孩子吃掉。歷年來日本各地都有人聲稱目睹過裂口女的出現，教育部甚至爲此提出相應對策。

〔註19〕大致情節爲：晚上，兩個女生去打水碰見另外一個女孩，錯肩的時候，看見風把那個女孩的長髮吹開，兩個女生發現，長髮下除了一張白臉什麼也沒有，而那兩個桶裏，裝的不是水，而是許許多多的眼、嘴、鼻、耳。據說無臉女孩生前因長得醜而自卑，除了上課外不出宿舍，連打水也是夜裏去的。有天夜裏她打水後沒回宿舍，第二天，人們發現她死在水房裏，臉被開水嚴重燙傷。

表現性的東西。」〔註20〕「對於頭髮的迷戀是對於身體的一個替代性迷戀。」〔註21〕電影《假髮》中姐姐送了一頂假髮給因癌禿頭的妹妹，妹妹戴上假髮後，像變了一個人一樣，神情也從乖巧溫和變成了挑逗的邪魅，她在鏡前入神自賞自憐的詭異場景，與波德里亞的《布拉格的大學生》、王爾德的小說《道連‧格雷的畫像》、安徒生的童話《影子》主題一脈相承，從鏡象、畫像、影子到假髮象徵著「美麗」作為一個獨立力量生成，來誘惑個體驅逐、讓渡或掏空自我，「迷戀頭髮是迷戀符號的快感、迷戀象徵快感。」〔註22〕這時，符號取代個體，表象取代本質，象徵取代被象徵之物，形象的「美麗」取代肉身，個體成為「美麗」來去自由的空曠寓所，自我被永遠放逐。

第二節　大眾與瘦身狂熱

　　女朋友小希是一個聰明漂亮的女孩子，我與她相識在三年前，無意間她問起我一個前女友的身高體重。我告訴了她，我曾經那個女朋友80斤，相比之下，那時候小希的體重差不多95斤左右！就因為她知道了這些，開始走上了暴食催吐的道路！一開始我並不知道……後來我發現她的右手有多處傷痕，後來我一個朋友的老婆告訴我，看我女朋友的手上的傷痕，可以看出肯定不是短時間的催吐了。每次吐完她到家進門的第一件事情就是拿出稱來稱體重，然後還要吃蘆薈膠囊來促進排便，抽很多的煙！補充：小希現在的體重是70斤，身高1米6。她自己也說過，一年365天，基本上平均每天都會去吐一次，最多的時候一天四次！原因就是因為感覺肚子大了，要變胖！我問她吐的時候那麼痛苦為什麼還要吐呢抬她的回答：「怕胖！就希望比我以前的女朋友瘦」，就這麼的簡單一句回答。

作者：希望_她好　　發表時間 2009-2-18

《女友怪病，幫她恢復，點滴記錄》

〔註20〕汪民安，《身體、空間與後現代性政治》，南京：江蘇人民出版社，2006年，第75頁。

〔註21〕汪民安，《身體、空間與後現代性政治》，南京：江蘇人民出版社，2006年，第75頁。

〔註22〕汪民安，《身體、空間與後現代性政治》，南京：江蘇人民出版社，2006年，第75頁。

　　上文是節選自一位暴食症女孩的男友在百度暴食症吧發出的求助帖子。未曾接觸過暴食者的人會難以想像那些漂亮苗條、受過良好教育的女孩會瘋狂塞下數量恐怖的食物，再強迫摳喉全部吐出來。大型網絡社區（如天涯、貓撲、西祠、瑞麗、Onlylady 等）的女性美容時尚版塊可以不費吹灰之力找到數以百萬計的這些暴食者傾訴交流的日誌、回帖，百度貼吧有專門的暴食吧、抗暴食吧、暴食症吧。暴食症〔註23〕往往與厭食症交替在追求瘦身的患者身上出現，爲行文方便我在後文用「瘦身症」（不用減肥是因爲這些人中絕大多數一點也不胖，甚至偏於瘦削）來稱呼爲瘦身目的而節食、暴食、厭食、嘔吐、濫用藥物（利尿劑、迷幻藥、興奮劑、抑制中樞神經的減肥藥品）、主動吞蛔蟲卵、抽脂、切胃甚至墮胎等一系列病態行爲。「瘦身症」很明顯是由社會文化因素和個體的自戀人格共同決定的，而自戀人格追究來說也是社會文化影響下的父母撫養方式導致的。「自戀不僅是以自我爲中心式的環繞，而且更深層次的是對自己和極限的一種絕望的探尋，自戀具有無節制和充分利用自己的性質」。〔註 24〕然而，大眾自身和瘦身症主題敘事文本在病態瘦身狂熱中起的作用應該被梳理出來，大眾和大眾文化是一種誤讀而成的同夥關係，尤其是大眾文化中的網絡傳媒在瘦身狂熱中扮演了名義的批判者和實質的推廣者的雙面行爲值得認眞研究批判。

〔註23〕　心因性暴食症（Bulimia），通稱暴食症、貪食症。暴食症最可能出現在青春期發育的兩個最重要的時期：青春期進入階段和青春後期向成年早期的過渡階段，即俗稱的「年輕成人」中的女性爲多見（占此年齡段女性的 1%～3%），在農村女性中，暴食症發病率爲 10 萬分之 7，城市女性中爲 10 萬分之 16.7，而在人口超過 10 萬的大城市，這一數字爲 10 萬分之 25.5。它的症狀是：1.出現一再復發的暴食行爲，在很短時間內吃下大量高熱量食物。2.緊跟著用所謂「清除」的方式排除食物與熱量，如嚴重的節食、摳喉嚨引吐，使用通便劑、瀉藥、灌腸劑、利尿劑、藥物或過度運動等途徑。3.至少連續三個月有每周二次以上暴食的記錄。4.非常且過度關注體重變化。但體型可能正常甚至過重。暴食症患者的體重往往都在正常的範圍內，甚至瘦削。只是她們的體重波動會比較大。5.由於反覆出現不適當的補償性行爲而造成身體不良之生理效應，包括因自行催吐使胃酸逆流引起蛀牙、食道炎、唾腺腫大、周期性麻痺或因服用利尿劑、瀉劑導致低血鉀症、體內酸鹼不平衡等情形發生。另外此類病患也常伴有情緒不穩定，如憂鬱、恐懼、注意力欠佳、缺乏自信或偷竊、酒精、藥物濫用及自殺等問題。

〔註24〕　〔德〕貝貝爾‧瓦德茨基，陳國鵬譯，《女人自戀渴望承認》上海：上海人民出版社，2003 年，第 1 頁。

一、無心誤導與有意誤讀

　　大眾自身的誤讀接受和大眾文化作品的商業性共同對瘦身狂熱起了推動
作用。以 80 後作家張悅然的小說《水仙已乘鯉魚去》為例，這個瘦身症主題
敘事文本和大眾對其的解讀構成了一個互文性文本。出於迎合市場對年輕作
家形象的偏好期待和作者明星化的自戀心態，書的封二附有清晰的作者個人
照，美麗而苗條。小說中主人公璟是暴食症患者，經歷艱苦的瘦身後，從醜
陋的胖女變身為美麗的女孩，但些只是主人公一小段成長歷程，並非全書主
題。張悅然曾在採訪時坦言：

> 　　在《水仙已乘鯉魚去》裏，我塑造了一個有暴食症的女孩，其
> 中有我的影子。那時因為不安，情緒緊張，我不停地吃東西，試圖
> 用食物來填充自己的「空」和不安。比如你曾經在新浪聊天室看到
> 我很胖，那便是暴食的後果。……我的心態很浮躁，每天被鮮花和
> 讚美包圍。但 8 月份，我不得不離開這種風光，重返新加坡上學，
> 做回那個默默無聞、為枯燥學業犯愁的大學生，落差特別大。……
> 我自卑又茫然，像得了自閉症似的，……不願意出門，害怕別人議
> 論我，……害怕國內「粉絲」們知道我的成績不好。〔註25〕

作者把自己的「空」投射給筆下暴食的璟：

> 　　這「餓」是任何食物也無法消去的。就像心裏面有一個大的無
> 法填滿的洞。風穿行其中，這聲音令我恐慌。〔註26〕

描寫節食的痛苦：

> 　　兩年多里沒吃過一頓飽飯，夜裏常常因為飢餓不能入睡。〔註27〕

張悅然每本書都附有作者秀美的照片，一直被稱作是偶像派的「玉女作家」
〔註28〕，記者訪談也稱其為才女與美女的結合〔註29〕，聯繫到張悅然稱自己
在聊天室時因暴食很胖，可以推理確認她確實親身體驗過痛苦的瘦身歷程和

〔註25〕 一盈，《張悅然：從葵花叢中高飛的誓鳥》，2007-8-20，
　　　　 http：//www.ilf.cn/News/5619_5.html
〔註26〕 張悅然，《水仙已乘鯉魚去》，
　　　　 http：//vip.book.sina.com.cn/book/chapter_37837_23600.html
〔註27〕 張悅然，《水仙已乘鯉魚去》，
　　　　 http：//vip.book.sina.com.cn/book/chapter_37837_23600.html
〔註28〕 蘇曉芳，《論新世紀小說的大眾取向》，華中師範大學 2007 年博士學位論文。
〔註29〕 一盈《張悅然：從葵花叢中高飛的誓鳥》，2007-8-20，
　　　　 http：//www.ilf.cn/News/5619_5.html

減肥成功的喜悅。作者筆下璟的蛻變充滿了自戀色彩，當璟第一次穿上少女裝對鏡自攬時的情形非常生動貼切：

> 裙子下面的小腿亦是活潑和靈動的，沒有半分突兀。那是璟的臉，那是璟的身體。驚喜而不能盡述的美麗。這是多少年第一次穿上裙子。她以為今生今世都要把那兩條粗壯的腿緊緊裹在褲子裏，她對雙腿說「委屈你們了」。再也不願意把眼睛移開，要一直把它記住。〔註30〕

儘管《水仙已乘鯉魚去》主旨著重還是在於一個女孩如何擺脫暴食病態、學會愛和被愛的成長史，然而一些大眾對它的解讀卻集中在瘦身：

> 看完這本書，有了三個願望：……3、變得瘦瘦的，美美的，呵呵〔註31〕

> 買這本書是暴食症最嚴重的那段時間裏。斷了貨，等了很久……摸著現在飽脹難耐的肚子，完全沒有的下巴，憤恨消停著的自己，強顏歡笑著的自己，那些肉，我是否脫不掉。〔註32〕

> 我總感覺我好像在看一個抑鬱版的《醜女無敵》，也許有點誇張了，畢竟女主長大後必然的成為了窈窕淑女。〔註33〕

> 是我讀過三遍以上的小說，吸引我的，重點是那個蛻變了的女孩璟。有著暴食症的女孩。暴食的根源並僅僅是渴望，更重要的是自卑……這是個膚淺的年代。很少有人願意真正看到一個人內裏的東西。大家都是遠遠的打量一下彼此，說一些無關痛癢的話，然後轉身走開。所以在這個時代外表變得更加重要。〔註34〕

> 很喜歡很喜歡的是，是年少的璟想像叢薇的畫面。歐洲的某個廣場，叢薇鬆鬆的挽著頭髮，……只是漸漸明白這畫面只是幻想，且不說去歐洲的艱難，只說自己這一副臭皮囊，沒有高挑纖細的身材，沒有精緻的臉容，這樣矮冬瓜的我是沒資格去穿風衣的，而終

〔註30〕 張悅然《水仙已乘鯉魚去》，
　　　　 http：//vip.book.sina.com.cn/book/chapter_37837_23600.html
〔註31〕 tutuandconan，《人人都是一朵水仙花》，
　　　　 http：//www.douban.com/review/1367862/
〔註32〕 舒白，《那些記錄著哀情的肉》http：//www.douban.com/review/1353042/
〔註33〕 arrcmis，《圖書裏的偶像劇》http：//www.douban.com/review/1560414/
〔註34〕 等風的旗，《悅讀張悅然》，http：//www.douban.com/review/1285454/

是妥協於俗事的我，一直是那樣個沒氣質的孩子。〔註35〕

差不多看了一半的時候，爬上床去做了 200 個仰臥起坐，想著
璟從那麼胖的女孩開始變……澡都白洗了 心裏卻不禁自豪〔註36〕

我不喜歡畸戀，不喜歡成長中缺愛的女孩，更不喜歡胖的女子」
〔註37〕

這本書也一樣，有著讓我無法融入的感覺。但是很羨慕那個可
以從恐龍減到美人的女子，雖然付出了那麼多痛苦，雖然有那麼悲
慘的經歷，但是……依然羨慕。〔註38〕

就這樣，《水仙已乘鯉魚去》被讀成了軟文性質的瘦身廣告。在消費者為主的
時代，廣告不用費盡心思盡力找文化面紗遮蓋，對於欲望已經被充分培育的
大眾消費者來說，文化被順水推舟的讀成了更巧妙的廣告。在消費社會，「廣
告中使用的勸導和神話手段並非不擇手段，而是因為觀眾願意被勸導並且欣
賞這種神話，就是說，願意受騙上當。……廣告是超越真偽的，正如時尚是
超越美和醜的，正如當代物品就其符號功能而言是超越有用和無用的一
樣。……廣告藝術主要在於創造非真非偽的勸導性陳述。就如同咒語和神話
一樣，廣告是建立在『自我實現的預言』之上的。……廣告不是讓人去學習，
去理解，而是給人創造希望和欲望。」〔註39〕

大眾尤其女性青少年人群，通過瘦身進行「像」的認同獲得個體的被認
可被承認感。對於「像」的迷戀者來說，「身體就這樣被單純抽象為一種形
象，抽象為一種外在性。這個身體的外在性在起著重要的統治作用。它越來
越凌駕於內在的健康之上。」〔註40〕這種認同與當下社會以瘦為美的審美觀
有關。

「身體的外在性，無論是對於個體還是對於他人來說，都是一個顯見的
立刻事實。身體的外在性，就是身體的公共尺度。身體的內在性被綁縛在個

〔註35〕碧青痕，《水仙已乘鯉魚去》，http：//www.douban.com/review/1304981/
〔註36〕躲貓貓，《年少的錯過》，http：//www.douban.com/review/1157574/
〔註37〕戚妖妖，《應該更好的——》，http：//www.douban.com/review/1062264/
〔註38〕count dracula，《只是此刻想說的》，http：//www.douban.com/review/1025267/
〔註39〕蔣道超，《西方文論關鍵詞》，趙一凡主編，北京：外語教學與研究出版社，
2006 年，第 665 頁。
〔註40〕汪民安，《身體、空間與後現代性政治》，南京：江蘇人民出版社，2006 年，
第 46 頁。

體自身那裡，身體的外在性則同自身以外的他人打交道。身體的外在性屬於
社會。它必須受到他者的目光審查。一個身體如果出現在公共場合，它只能
遵循外在性標準展開實踐遊戲。」〔註41〕但是，「瘦」同時意味對人的否定性
傾向，是一種趨於減少、趨於無的體現。這種審美也是和嚴苛超我對人的主
體性壓抑有關的。

　　「對於整個社會而言，身體的價值是由外在性決定的。爲了方便進入這
個外在世界，進入外在世界的觀念體系，進入外在世界的法則，就有必要打
造一個恰如其分的身體。反過來，公共世界 —— 不論是哪個世界 —— 都存在
著一個潛在的並非強制性的身體標準法則，這個法則需要一個恰當的身體形
象。」〔註42〕在過往時代，並非以瘦爲美占主流，因此當下的「公共世界」
的時尚本質是和「美」還是「丑」無關的，只是一種意識形態的化身。

二、暴食：母愛之空

　　饒雪漫的小說《沙漏》的莫醒醒恨母親拋棄自己夜裏控制不住吃一切無
謂生熟的食物；顏漠的網絡小說《暴食症者的臆想與墮落史》中的丫頭從未
見過父母，靠貧窮的外婆養大，長大後沒有任何朋友，外婆死後沒有經濟來
源。餓狼一樣在街上游蕩，把僅有的錢統統買成食物暴食。摩絲的小說《美
女》中的小鹿離開父母獨自在外因爲孤獨而暴食。欣欣君的網絡小說《肥妞
翻身大作戰》中的美麗因爲備受父母冷落而狂吃薯片。2001 年法國電影《小
胖妞思春》中安奈斯被姐姐欺負母親冤枉的時候就大吃一通。

　　這些暴食者都與母親的關係出現了惡化、在弗洛伊德學說中，自戀性格
也被稱爲口唇性格。從出生到 1 歲半左右。此期嬰幼兒以吸吮、咬和吞咽等
口腔活動爲主滿足本能和性的需要，被稱爲口唇期（oral stage）。如果這個
時期口欲的滿足不當，或者過早與父母分離，或者母親缺乏愛護，都會可能
導致幼兒發生滯留現象，滯留現象是指人雖然繼續成長或到了成年，但仍希
望得到和早期階段相同的滿足。例如，成年後仍會努力尋求口腔的滿足，暴
食、抽煙、喝酒或嚼口香糖帶來心理滿足。口唇性格的人是自戀的，只對自

〔註41〕汪民安，《身體、空間與後現代性政治》，南京：江蘇人民出版社，2006 年，
　　　　第 45 頁。
〔註42〕汪民安，《身體、空間與後現代性政治》，南京：江蘇人民出版社，2006 年，
　　　　第 45 頁。

己感興趣，總是要求別人給予或是向別人索求，依賴別人滿足他的需求，有時他也給予別人，但卻是爲了回報和得到讚賞。口唇性格的人追求安全，扮演被動、依賴的角色。他害怕失去，遇到挫折時反應過激，持一種要麼現在給我全部，要麼全都不要的極端態度。

弗洛伊德的口唇期滯留對自戀人格的形成說明是非常有道理的，補充一點的是口唇期母親所給予的滿足不是僅指食物滿足，還包括愛和共情、身體上的擁抱撫觸、細心持續的陪伴所帶來的心理滿足。從鏡象理論來說，口唇期幼兒同時也是自戀的形成和遭遇「合理挫折」從而能夠形成眞實自我的階段，如果此時期母親沒有給予幼兒早期自戀無條件的支持，不能形成「合理挫折」，會讓幼兒喪失建構眞實自我的機會，取代的就是扭曲的鏡象自我。女性暴食症與自戀型母親是相關的。

在韓國電影《公寓》中殘疾女孩被惡鄰老太強行「照顧」生活，每日如同填鴨般被塞下飯菜，被女孩詛咒的老太死於可怕的暴食，嘴巴和肚子被食物撐爆。這個老太可以說是自戀型母親的隱喻化身。暴食症自戀者的自戀型母親除了拒絕幼兒過早分離的自戀母親，還有另外一種表現：自戀型母親認爲自己是一個成功的母親，並且盡力做到成功的母親「形象」。這個成功的形象的虛幻性在於它的依據是是否成功，而不是幼兒的眞實需要。一個「好媽媽」應該給孩子提供足夠營養，同時她的食物還會被人喜歡、得到讚揚使自戀母親在餵食的絕對主導權利得到鼓勵。當然，現實中母親的情況是可以理解的，由於懷孕，母親不得不放棄一些工作和外出的權利，爲了更有利的孩子的教育，而放棄原來的一些生活計劃。她做出這樣的決定心理是非常矛盾的，於是她經常在母親角色中尋找對自己願望沒有得到滿足的補償，在家庭中行使權利。母親全心投入她的角色，女兒要求獨立會使她害怕，擔心喪失自己的影響和權利，成爲沒有價值和無用的人，這一切是以成爲母親所付出的代價。持續不與女兒分離和照料餵養使母親覺得自己仍能得到心理滿足。

在中國，社會文化一直讚揚「慈母」與「親密的母子關係」和「共生的家庭成員關係」等價值觀念，加上現實中的獨子政策影響，造成相當多的自戀母親拒絕分離、拒絕給予挫折。母親一直將女兒視爲共生體的一部分，當女兒要求分離的時候，母親會以聽話才會愛你的威脅女兒放棄分離，造成女兒恐懼分離。但是幼兒天生要追求獨立，只有分離發生時，才能獨立，才能建立一種新的關係和依戀，這是獨立性形成和交往能力產生的過程。母親拒

絕分離導致女兒的分離恐懼，它表明一個人沒有眞正的分離，她將一直生活在依賴的結構中。分離恐懼在自戀人格中具有中心地位。它對於自我價值很弱的女性來說是一種極限的經驗，她們對此的反應是強烈的孤獨感、恐懼和害怕。在這種情境中，也會強化暴食這種不良嗜好給予安慰的行爲傾向。這樣的自戀者並不少見：一井凡心的網絡小說《戀愛暴食症》中的小喬因爲青梅竹馬的男伴遲遲不肯表白而空虛煩躁，靠暴食相親打發時間。王蘭芬的網絡小說《寂寞殺死一頭恐龍》的女大學生小林因爲網戀見光死而寂寞指數200%，在暴食完高熱量食物後馬上感到寂寞指數下降到150%，所以，暴食被她稱爲「心靈饗宴」。倦若晨曦的網絡小說《暴食》的季兒爲了單相思的男孩反覆暴食嘔吐。香港電影《瘦身男女》中 Mimi 被男友拋棄而一頭撲入食物的安慰；2008 年 9 月的雜誌《漫女生》刊登的小說《我親愛的豬，請你試著仰望天空》中夏響甜因男友的變心而暴食致死；2006 年日本電影《草莓鬆餅》中插圖畫家塔子因情感壓力事業壓力患有暴食症，客戶指責她的畫作時會嘔吐，收到前男友的婚禮邀請時會暴食；2007 年日本電影《歡迎來到隔離病房》西野因失愛得了暴食症入精神病院。對自戀人格的成年女性來說，和伴侶的無論是短期分離還是關係結束的正式分手的孤獨感都會引發孩提時代的許多痛苦和恐懼，致使當事人不能忍受，用食物、煙酒等來代替滿足。她們的自我同一性非常脆弱，必須由外界來安慰和關注她們。自我受到孤獨的威脅，就像幼兒要離開父母時感到危險而歇斯底里時那樣。

第三節　非正常人形的恐懼

一、人體解剖與移植手術

　　對引起主體分裂感覺的人體解剖是自我恐懼意識的原因，所以人體解剖歷來是大眾文化產品營造驚悚風格的一個重要手段。醫學校園驚悚劇中，人體解剖是所有情節推進力的來源。小說中有，佚名《解剖室的一夜》、小小僵屍的《都市解剖師》和《生化危機之生化僵屍校園》、虛步凌的《解剖》、明月彩雲的《天眼創世》。夜寒的《解剖課》譴責了以活體實驗來獲取最有效的醫療方法的殘忍醫生，在冰冷的手術刀下倫理道德煙消雲散。《醫生杜明》的主角杜明爲暗戀的冤死師姐報仇，把殺死的人都泡在存放解剖屍體標本的福

爾馬林池中。《心塵 —— 解剖教室系列》。也是關於醫科大學新生勇闖解剖室禁區後發生的恐怖靈異故事。韓國電影《解剖學教室》中，精神分裂者善花在解剖室被一具曾被活體實驗用的屍體冤靈附身，殺害了所有冒犯她屍身的人。美國電影《恐怖解剖室》裏「優秀的」醫學生比賽著製造別人猜出原因的完美謀殺，在解剖室做愛、拍瘋狂 DV，然而有一天他們發現，送來的屍體是自己心愛的人。

從這些作品中可以看出，保有生前身份和記憶 —— 也就是自我的屍體是恐懼和妄想的來源。「靈魂」不是自由的居住於身體之中，兩者是密不可分的，當生命喪失，「靈魂」卻依然眷戀著生前的肉身不肯離去。這裡的「靈魂」確切來說就等於那個自我、那個鏡象中的自我，當「肉身」 —— 也就是主體的象徵死亡的時候，自我的剝奪性因爲喪失剝奪對象而試圖剝奪其它主體出現了「冤魂」報復著一切接近屍體的「他人」情結。主體需要自我作爲掩飾主體分裂的衣裝，衣裝也需要主體的被掩蓋、被屬於才能成爲衣裝，不然就是一堆破布。這就是自我具有剝奪性的原因。

人類只有從鏡象中感知人形 —— 自我和類似自我的他人，對自我的主人性、統治性、剝奪性的恐懼誕生了「人形恐懼」。維特根斯坦在《哲學研究》一書中曾指出：「人的身體是人的靈魂的最好的圖畫。」借用這句話，非正常人形也是人內心恐懼最直接的根源。恐怖風格的文化產品中引發恐懼感覺的總是那個「具有人形同時又不正常」的物體，比如最常用的屍體和冤靈，即使是殘暴的外星生物、妖怪魔頭、樹妖狐精、甚至以「異形」爲名的基因怪物，都是以人的基本形象出現。當人的身體 —— 扭曲破碎的人形 —— 在此類恐怖片中登場之時，最令人毛骨悚然的恐怖高潮亦隨之來臨。恐懼來自於恐懼本身這句詭辯的話，錯誤就在於恐懼是因爲人的本質的分裂性而決定了人對最類似於己者的恐懼。分裂性是對自我的統一性的永恒的撕裂，它因爲自我的疏忽而覺醒。巧合（或者說注定更爲合適）的是，恐怖產品中也非常偏愛「覺醒」恐怖。

與活體解剖類似的恐懼還來自於屍體一樣沒有知覺、痛覺任人「宰割」的手術病人遭遇的的手術覺醒，也叫麻醉覺醒，指手術前全身麻醉的患者在手術過程中恢復意識而感覺到手術的所有疼痛，但身體卻不能動作的現象。後遺症非常大。美國電影《第四解剖室》主人公霍華被毒蛇咬到，全身麻痹，意識雖在，卻沒有心跳和生命迹象。於是，倒黴的霍華被送到醫院解剖室準

備進行尸檢。美國電影《覺醒》和韓國電影《回歸》，前部片是天眞的富家子克萊被女友和醫生合夥欺騙，打算在移植手術中順便殺死他，好取得財產。結果，手術中，克萊發生了手術覺醒，聽到了一切陰謀。後部片中手術覺醒的十歲男孩尚宇出院後變成了一個殺人狂，而後發展爲人格分裂者。這就是主體反抗他的想像自我對其產生的遏制和奴役的最初表現，人類對身體傷害、肢解的迷戀，不僅僅是單純的從中體驗悲慘和恐懼的感覺，然後得到情緒替代滿足，而是出於主體分裂導致對鏡象自我永恒反抗的原因。

比肢解人體更深體現反抗是來自於內心而不是外部、來自於源頭而不是後天的是關於「移植」的恐怖故事。比如，香港電影《救命》富家女子清需要移植腎才能延續生命，摯愛她的男友另有一位性感健康的性伴侶孫玲。孫玲幹著黑市器官買賣生意，因嫉妒把自己的腎移植給子清後自殺，和子清成爲一體。韓國電影《我要復仇》中失聰的宇爲給要移植腎的姐姐籌集費用到黑市賣腎，卻受騙上當一顆腎被白白割走。於是宇和女友綁架老闆的女兒，不料，女孩意外淹死。被老婆拋棄與女兒相依爲命的老闆開始報仇，宇的姐姐在得知弟弟的所作所爲之後割腕身亡，瘋狂的宇殺光了騙取自己腎臟的黑市團夥後，又被老闆所殺，老闆則被他因復仇關閉廠子而失業的工人所殺。美國電影《遊客止步》旅遊勝地美麗巴西海灘上，遊客們被獵殺而後活體解剖，取得器官賣給急需移植的富翁們。美國電視劇《Lost》中 John 是個被棄的孤兒，無父無母地生活了 40 多年。突然某天，一位富商爸爸來與他相認。他體會到了久違的父愛，沉浸於幸福中。他「無意」看到「爸爸」的尿毒癥透析治療，便自願獻出了一隻腎，手術後，這位「爸爸」卻再也不願見他。John 開始崩潰。

「移植」使人意識到主體四分五裂的本質現實，鏡中的完美形象約束下的異己者的無聲吶喊是自我悲劇的開始原因。腦海中自我的幻覺，與體內的外逃躁動讓主體瘋狂。

二、非正常人形恐懼情結

非正常人形恐懼的第一個意象是食人，並且是食人者也是人。食人隱喻著主體試圖將想像自我吞噬，從而霸佔「自我」之位的渴望往，而對食人者根深蒂固的恐懼意識正是理性自我對主體的壓抑產生的禁忌。

早在 1963 年，帕索里尼年拍攝的《軟乳酪》劇中以吃軟乳酪爲主，但

也出現了吃人肉的情節，遠不是恐怖片，還是在影院裏駭倒了一大批觀眾。1991 年《沉默的羔羊》爲首的食人博士漢尼拔系列驚悚影片中，博士隔著籠子啃噬警衛的鼻子、把 FBI 探員頭骨蓋打開取腦汁直接給煮了吃，而且他吃人時的心跳非常平穩和平常人吃飯狀態靠近。影片中另外一位變態連環殺手也是製造非正常人形恐懼的來源，他殺死女性只是爲了剝取她們的人皮織成一件外衣，從而成爲理想中的女性。香港恐怖電影《人肉叉燒包》改編自真實案件。香港電影《餃子》裏闊太爲了永葆青春挽留花心丈夫而吃流產胎兒肉餡包的餃子。捷克電影《樹嬰》也是一個關於噬人的恐怖寓言。據說，《樹嬰》是根據捷克的民間傳說所改編，看來，噬人的母題在民間文化中早已有之了。影片講述住在公寓裏的夫婦雙方都患有不孕症，而夫妻倆又對孩子朝思暮想。一天丈夫在院子裏挖出了一個具有人形的樹根，便回家和妻子一起當作嬰兒撫養。可是沒有想到樹嬰居然擁有了自己的生命，並且開始吞噬周圍的世界：一開始樹嬰只是吃普通的食物，但很快就將範圍擴大到各種垃圾，最後便開始吃人。在樹嬰身上，「吃」的狀態要比漢尼拔體現得更直接、本質得多，樹嬰不懂什麼高深的心理學知識，只是出自本能的要吃，而且是來者不拒。英國電影《情慾色香味》，最後的結局便是廚師們列隊而出，擡給大盜最後的大餐 —— 精心烹飪出的情人屍體；而法國恐怖電影《黑店狂想曲》更是將整個故事背景設置在了因經濟蕭條而以吃人肉維生的人肉商店中，對食人者的恐懼是一個穩定正常「自我」的情緒反應。

　　非正常人形恐懼的第二個意象是身體因疾病、衰老、微生物、刀具破壞而呈現的變形意象。刻畫此類意象的經典作品就是日本電影《下水道人魚》。片中的畫家是個下水道愛好者，他說：「下水道有一切我失去的東西，有我失去了的最重要的東西，有我失去了的時間」。他在下水道中救出了一條受傷的美人魚，帶回家養在浴缸裏。美人魚要畫家爲她畫幅肖像，畫家開始作畫。美人魚身上此時開始不斷的出現膿包，而且湧出綠色的黏稠液體；隨後美人魚身上的膿包破裂，又爬出許多蛆蟲；最後更是腸子、肚子流一地，連眼珠也流了出來。這時美人魚懇求畫家結束她的生命，畫家便將其肢解，腹部破開，此時才發現美人魚腹中還有一個已成人形的胎兒。恐懼完全來自於對美人魚身體變化的不厭其煩的細緻描繪。該劇因爲挑戰人類恐懼心理極限而被日本當局轉入地下，在變態恐怖影片遍佈的日本能「獲此殊榮」得益於對非正常人形恐懼情結的利用。

　　非正常人形恐懼的第三個意象是工業品侵入的人體。美國《終結者》系列電影裏，機器人外型與人類一模一樣，因而當影片最後 T-800 露出骷髏一般的機械架構時，令影片的氣氛窒息起來 —— 此時的恐怖氣氛就是是由 T-800 的人形軀殼和機械骷髏所引發的。日本電影《鐵男 2》中一家三口被選作身體機械化實驗品，父親先是右手爆成武器，後來胸腔也伸出了幾根火力強大的槍管，最後該男人更是把所有的人都鎔鑄到了自己身上，變成了一個鋼管廢鐵鑄成的工業文明塑像般龐然高矗著。除機械化以外，還有生化人形。網絡小說遊狼的《重返地球》、墮落天狼的《死士 —— 生化迷城》、小小僵屍的《生化危機之生化僵屍校園》和《全球生化危機之求生》，就是講述由於生化感染而導致的人形怪物的出現所帶來的災難。值得注意的是，這種對身體的改造發展到極端就是創造新的生命或者使死者復活。前者最著名的例子就是號稱「世界上第一本恐怖小說」的《弗蘭肯斯坦》以及由其改編的若干部電影。

第四章　自戀時代的性與愛

第一節　牢籠的打開

　　大眾文化中關於陽痿、女性性畸形和性變態的疾病主題作品進行研究，認爲這些疾病隱喻著自戀時代下的親密關係退化和兩性戰爭的加劇。尤其是性變態元素在大量作品中作爲常態化存在，經常被人誤認爲是性解放、性自由和性放縱的表現，實質上它是逃避感情的方式。「對感情的逃避起源自性戰爭的社會環境，而且還起源於伴隨著這種社會環境而產生的心理環境。……那正是由於這些需要（以及爲抵制這些需要而做的防衛）的本性使人們堅信他們是不可能在異性關係中得到滿足的——也許也不該在任何形式下得到滿足——從而使人們對強烈的感情接觸退避三舍。」〔註 1〕性被單純化爲本能欲望的時候同樣威脅著心理平衡，因此自我採取了各種野蠻手段來抵禦本能欲望，陽痿就屬於抵禦手段顯效時出來的症狀之一。

　　在傳統時代，性生活關在一個多條繩索編織的牢籠裏面。倫理道德對婚前性的嚴厲譴責和實際行爲的懲罰；法律對婚姻期間通姦的有罪判定和經濟制裁；男權文化對妻子的婚前貞操和婚後忠誠的絕對限制；同性戀被認爲是一種性倒錯和精神疾病；避孕、生育技術知識完善普及前懷孕的可能和生育對生命的威脅；社會、宗教、道德對離婚者的歧視和侮辱；對沉溺性享樂的貶低；對無情感參與的純生理性欲的污名化；這種種限制使合乎社會主流觀念的性生活僅存在於長達一生的異性一夫一妻制婚姻前提下和以生育後代爲

〔註 1〕〔美〕克里斯多夫・拉斯奇，《自戀主義文化》，陳紅雯　呂明譯，上海：上海
　　　　文化出版社，1988 年，第 217 頁。

目的雙重劃定出的一小塊空間內。

　　隨著女性主義興起和不斷發展，嚴苛的專制制度轉換爲寬容的技術官僚統治時，女性獲得了經濟獨立和一定的政治權利，從婚姻家庭的束縛中得到解放，教育權利保障、腦力勞動職位增多、法律的強制保護、福利制度的完善使女性得到了在基本權利上獲得了一定的平等獨立地位。尤其是在女性獨立平等浪潮下，得到解剖學支持的「女性的性」獲得了與「男性的性」對稱的同等地位，性生活擺脫了過往的諸多限制，開始把目的簡化成對性快樂的追求。技術官僚的代表——專家學者們大力鼓吹著性的無辜和單純，性不再有限制和禁忌的時候，也就是去魅的開始。傳媒文化肆無忌憚展示兩性裸體，煞有介事的宣傳性的種種技術知識，女性的神秘光暈煙消雲散，性從來沒有這麼被公開重視過，也沒有這麼被單獨私人過，宣傳機構和傳媒在喋喋不休的散播這樣的態度：「性是你自己的，它應該美好，正常的你應該追求美好的性。」性有多麼私人化的同時，就有多麼公共化。這和自戀主義特徵下的自我是同樣性質的，自我有多麼被強調，就有多麼被壓抑。個性的另一面就是共性。追求個性的實質是在追求認同。「僅因它本身而被重視的性生活，不僅失去了與未來的關聯，並且也不可能給人帶來長久的友情。包括結婚在內的性關係可能隨意被終止。」〔註2〕當兩性都把解放出來的性快樂納入自我的範疇，成爲自我的一部分的時候，它不再是一成不變的婚姻、不再是愚昧的忠貞、不再有懷孕的威協、不再受對象限制、不再有負罪感和不潔感，它只是自我的需要，它必須得到滿足，除此之外，沒有意義。

　　當兩性關係在推崇自我感受的自戀主義的日漸膨脹下越來越服從於兩性自我需要時，性從生命不可承受之重變成了生命不可承受之輕。性作爲本能欲望的強調迫使性從與傳統時代相反的方向著力但卻有著同樣殘酷的壓抑而引起焦慮和恐懼。

第二節　兩性畸變：去勢、變身、陰齒

一、去勢之思

　　大眾文化中的陽痿現象分佈在類型廣泛的作品中，如符合主流價值觀的

〔註 2〕〔美〕克里斯多夫・拉斯奇，《自戀主義文化》，陳紅雯　呂明譯，上海：上海文化出版社，1988 年，第 206 頁。

中國電影《芳香之旅》中的國家勞模司機老崔陽痿，來自導演劉奮鬥的黑色幽默的電影《綠帽子》中刑警隊長老崔陽痿，導演周耀武的電影《黃瓜》中機械廠下崗工人老陳陽痿，形式十分新潮後現代、內裏是傳統言情敘事的臺灣電影《愛情靈藥》中地下 A〔註3〕書書店老闆鄭鐵男終身陽痿，美國電影《性、謊言和錄像帶》中格雷陽痿。

　　這些電影作品形式、題材、價值觀、手法差異巨大，然而，它們的陽痿的重要男性角色卻不約而同的集中在傳統父親權威的象徵上。兩個老崔，一個是受毛澤東接見過的國家勞模，一個是刑警隊長，都屬於政治權威的代表；機械廠下崗工人因為是北京本地人被再就業的外地老闆歧視，機械廠工人是曾經輝煌一時的時代精神所在，北京戶口身份也是受人豔羨的代表；書店老闆鄭鐵男則集中三個傳統權威的符號，書籍代表的傳統精英文化、A 書代表為男權性文化、「鐵男」這個名字對傳統男性形象的隱喻；格雷是白人男性律師，白人、男性、律師是美國主流價值觀的三個典型特徵，綜合看來，這些陽痿角色全部指向了傳統的主流意識形態權威。那麼，陽痿成為了一個再明顯不過的隱喻，暗示著傳統權威的「父親」的衰弱和缺席，即超我的消失，確切來說是超我中傳統內容的變化。傳統權威的崩潰並不意味著超我約束下的本我獲得自由，相反，這個崩潰僅僅意味著一個更加嚴厲、更加具有懲罰性的超我出現了。就當下消費時代的中國而言，高度膨脹的欲望催生了對「成功」男人的全面要求，新的超我權威不僅包括傳統時代的社會地位、經濟條件，還增加了對體型儀態、外表打扮和性能力的要求，在不負責任的媒體、商業廣告的煽動蠱惑下，它造成這種對性的過度強調是導致陽痿恐懼的重要因素。

　　《綠帽子》中老崔召妓表明，只有在絕對弱於低於男性主體的女性面前時，陽痿才能消失。弗洛伊德認為「精神陽痿（基本上絕大多數陽痿都是心因，而非生理問題）」（即維多利亞時期色情與戀情分裂的典型現象，中上層男子只有在妓女或其它墮落女子身上得到性滿足），起源於戀母情結。在痛苦的與母親分離後，男人只能從那些與母親形象完全不同的女人身上得到性滿足，而「母親」代表的那種類型被理想化成肉欲不能企及的地步。然而克里斯多夫認為「今天典型的陽痿似乎並非起源於母親的遺棄而是起源於更早期的一些體驗，這些體驗常常因性解放類型女子的放肆與主動的性行為而復

〔註3〕A 是英文單詞「Adult」的縮寫，意為成人題材

活。對前戀母期幻想中那位吞食一切的母親的懼怕導致了對一切女性的懼怕，這種懼怕與過去男人對那些不能給他們性滿足的女子產生的多愁善感的崇拜比起來相距甚遠。對女性的恐懼與對自己內心烈焰般的欲望的恐懼有著密切的聯繫，它不僅表現為陽痿而且還表現為對女性的無限仇恨。這種目前如此流行的盲目而無益的仇恨僅僅在表面上代表了男性對女權主義的自衛性反應。只是因為近來女權主義的復興喚醒了深深埋葬在人們心底的記憶，才致使了它導致如此原始的感情。再者，男性對女性的恐懼程度超過了女性對他們的性特權所構成的實際威脅。」〔註4〕

克里斯多夫引用的是梅蘭尼·克萊因的自客體心理學對兒童早期自戀的分析：兒童把不能及時滿足他需要和對愛護的需求的母親和及時滿足他需要和給予愛護的母親分開，分成「好母親」和「壞母親」來克服他對母親感受到的分裂和不一致造成的焦慮和困擾，這樣，在受到「壞母親」對待的時候，他可以用「好母親」形象來抵禦恐懼。這裡的「好母親」形象也混雜了他對無所不能的自我的虛幻認識。自戀性格中這種強烈的前戀母時期幻想使男性很容易以一種徹底分裂的感情來對待女性。男性在被虛幻的理想女性強力蠱惑的同時，對現實女性流露著厭惡。仇女者並不是單純的仇視女性，而是認為那些女人在他看來嚴重傷害了他對理想女性的崇拜心理依據，為了消除這些裂縫對自己對理想女性的自戀認同的破壞，他以仇視對方作為一種防禦。

自我的欲望是不可消除的，它欲望的對象是不可能存在之物，是一種缺乏。陽痿也是對自我欲望的壓抑和懲罰，本能欲望總是對心理平衡構成威協，所以不能給欲望發展的機會。時代的改變使超我不能從外界的權威（法律、道德、國家、父親等）中得到力量，它必須從自戀結構的侵凌性中獲得力量，那種力量是強大而殘酷的。

陽痿角色在後續情節發展是否痊癒具有更微妙的意味。勞模老崔陽痿繼而遭遇車禍成了植物人後來死去；刑警隊長老崔服藥後和妓女在一起並不陽痿，和老婆在一起還是不行導致老婆明目張膽的和年輕游泳教練出軌，老崔用槍指著教練的陰莖卻最終並未開槍反而自殘；《黃瓜》中老陳天天吃爆炒腰花也無濟於事；鄭鐵男因所有 A 書被警察（該警察正是鄭年輕時暗戀的女人後來嫁的丈夫）付之一炬而心臟病突發死去，但他死後的遺囑教育使男孩林

〔註4〕〔美〕克里斯多夫·拉斯奇，《自戀主義文化》，陳紅雯 呂明譯，上海：上海文化出版社，1988年，第 221 頁。

祖狀放棄自慰找回了真正的愛情和性的結合；格雷用攝影機來記錄真實的女人談論自己的性生活的影像，然後觀看影像中自慰，在記錄一個叫安的女人的談論時，安忽然把鏡頭對著格雷，要格雷說出自己的問題，這種反向拍攝使格雷陽痿痊癒。

　　在這些傳統權威中顯得更傳統的勞模老崔、鄭鐵男以死亡──徹底的缺失告終，但是死亡使他們成為真正的在場者，老崔死後妻子春芬體會到他在精神上是真正的男人從而真正的愛上他為其守寡，鄭鐵男死後成為男孩的精神啟蒙者和救贖者，死亡使他們成為大寫的他者，成為菲勒斯。刑警隊長老崔吃了偉哥後和妓女在一起時陽痿痊癒，老陳天天吃爆炒腰花也無濟於事，格雷則是對著影像可以完成自慰，經歷過被拍攝客體後徹底痊癒。偉哥即美國進口藥物萬艾可，妓女是比老婆代表的同階層女性低下、卑劣的女性即更為「女性」的女性；爆炒腰花是繼承中醫以形補形的治療思想，但作用是完全失敗；影像和鏡頭是一個更為深厚複雜的隱喻，影像是虛幻的他人鏡象，鏡頭則是空鏡子，是一個誘使主體顯露自我分裂的鏡子。這些可以幫助陽痿者恢復的事物有進口西藥、卑弱女性、影像（錄像帶裏的人像和聲音所敘述的事情都是一種「敘事」，共同特徵都是虛幻的）、作為被拍攝者的客體身份。

　　卑弱女性和作為被拍攝者的客體身份都是陰性的，如果陰性有程度之分，那麼這二者屬於陰性中更為「陰性」的性質。當必須以加重陰性的方式才能凸顯陽性的存在時，意味著陽性力量的愈加黯淡。父權制本質上是一種恐懼和虛弱，它來自對未來的沒有把握和對已占之物的害怕。

　　從西方進口壯陽藥物則代表著醫學產業提供的滿足消費者勃起需要的商品，性機能、性快樂先被文化與商業合謀擡高，創造出消費者「自己」的需要，而後醫學與商業結合生產出滿足需要的產品；影像在格雷看來是一種真實，格雷說自己在追伊莎的時候，總不自覺地在說謊，他不敢面對自己的性無能，他說人們在說話的時候都在掩蓋著自己，而他用攝影機來記錄真實的聲音。那麼，這裡，影像是仿真性質的擬像存在的，是被格雷作為比現實、比真實還真實的超真實接受的。然而格雷受困於仿真之像，只能依靠自己想像自慰，並不能和真實的女人安進行性行為，一直到安突然逆轉攝像鏡頭對準格雷，逼他對著鏡頭說出自己內心障礙後，陽痿痊癒。這時的格雷也成為了仿真性質的擬像一種。而後，在得知過去的女友伊莎並非他想像中的純潔曾和安的丈夫通姦之後，格雷砸碎了所有的錄像帶和機器，這並非是對仿真

之像的破壞，因爲促使格雷姆去拍錄像帶的原因就是伊莎的傷害，在這個最初的動因變成謊言後，意味著「一個沒有眞實起源的世界」〔註5〕即超眞實，波德里亞說的第三秩序開始了，從此「我們甚至不再把眞實作爲問題的一部分，超眞實將是體驗和理解世界的主要方式。」〔註6〕格雷不再苦苦追尋他以爲的眞實，壓抑也隨之消失，影像治癒陽痿的方法，是通過超眞實對眞實的排擠來進行的。

中國原創漫畫 CMJ 的《我的 JB 沒了》中剛畢業工作的大學生趙明登一覺醒來發現陰莖沒了，電影《丟失陰莖的男人》中作家傑克爾博士被自己寫的小說中的虛構人物海德拿走了陰莖，在美國電影《水果硬糖》中小女孩海麗爲朋友復仇對傑夫實施了閹割。這些怪異的去勢故事具有不同的主角、不同的閹割力量，三個存在著差異又有所聯繫的文本對當下自戀時代的男性心理的不同側面進行了說明。

《我的 JB 沒了》中趙明登是個中國高等教育擴招後的剛畢業的大學生，工作普普通通，下班和哥們兒瞎混一氣。某天早晨醒來，發現生殖器沒了，平坦一片，像女性一樣留下了小便開口。趙痛苦不堪，甚至想要自殺，但是擔心自殺會暴露這一秘密，只好寄情於工作。工作狂使他事業成功、平步青雲，但內心的壓抑使他開始仇恨一切正常的人們包括以前的朋友，做了很多陰損事情報復，娶了老婆，老婆偷情生了個兒子，取名爲趙不亮。漫畫畫風簡潔富感染力，對話生動幽默，充滿了 80 後年輕一代對人生的嘲諷和無奈，去勢的意義是趙明登以失去愛情、性愛、友情、信任的代價獲取事業「成功」，這個「成功」也是自戀時代特有的「成功」形象，「對成功的宣傳開始強調個人的取勝的意志，只有你能使自己的愛錢欲達到白熱化程度，你才有可能成爲巨富，成功本身成了目的。」〔註7〕趙明登的最大痛苦並非來自於丟失了「JB」，而是丟失後不敢對任何人提起，獨自承擔的孤獨和悲哀，連自殺的痛苦都小於秘密泄露損害「形象」的痛苦，「自我只不過是自己在別人眼裏的『形象』，給人以成功者的印象就是最大的成功。」〔註8〕電影

〔註5〕 高亞春，《符號與象徵》，北京：人民出版社，2007 年，第 211 頁。
〔註6〕 高亞春，《符號與象徵》，北京：人民出版社，2007 年，第 211 頁。
〔註7〕 〔美〕克里斯多夫·拉斯奇，《自戀主義文化》，陳紅雯，呂明譯，上海：上海文化出版社，1988 年，第 66 頁。
〔註8〕 〔法〕克里斯多夫·拉斯奇，《自戀主義文化》，陳紅雯，呂明譯，上海：上海文化出版社，1988 年，第 66 頁。

《丟失陰莖的男人》中作家傑克爾博士是因爲過去的罪孽被自己小說中的人物海德拿走了陰莖，傑克爾雖然對過去失憶，但是潛意識使他把類似的罪錯寫入作品，安排在角色海德身上，海德如同傑克爾的一個分裂人格，以盜取傑克爾生命的象徵 —— 陰莖進行自我懲罰。當傑克爾回想起罪惡回憶後，以認可失去陰莖來承擔罪責。當被告知有機會取回時，傑克爾拒絕了，這時陰莖又偷偷回來了。去勢是對骯髒罪孽的洗滌，重新給予是獲得能指的象徵，「這是一些被閹割的陰莖，這是一些因爲被閹割才出現的陰莖。這是一些充實的、菲勒斯化的詞項，它們通過這種阻擋而獲得自主，得到支撐 —— 一切超越這種阻擋的都是菲勒斯，一切都通往菲勒斯等價關係，身體是這種閹割的遊戲和否定的場所。」〔註9〕與傑克爾的陰莖回歸不同，趙明登菲勒斯化表現在事業成功上，因閹割的阻擋才出現的菲勒斯，漫畫《我的 JB 丟了》對象徵實施的閹割表達的更爲坦率，如同王小波的小說《黃金時代》中將意識形態對人的扼殺比喻成把公牛睾丸捶掉的閹割，從生命原始的蓬勃自然變爲低頭吃草的馴服。

在《水果硬糖》中，開端是一個俗套的中年男子引誘小女孩的洛麗塔情節，然而戀童癖式的故事開始急轉而下。海麗如同一塊水果硬糖，只是，誘人的糖果是捕鼠夾的誘餌。海麗把傑夫麻醉倒，肆意折磨，對著醫學書對傑夫進行閹割，將割下的一團血肉扔給貓咪。傑夫曾誘拐海麗的朋友，並性虐至死。傑夫終於崩潰，爲了給他最愛的初戀女友留下完美印象，願意被海麗殺掉換取海麗隱瞞這一切。然而海麗再一次騙了他，她設下自殺未遂的圈套，打電話召傑夫的初戀女友來救他，並把他的招供和證據留給了警方。男性對性解放後的女人的畏懼使他們轉向「更女人」的女人 —— 種族更有色的、階層更低的、教育水平更低的、體質更弱的、智商或身體有缺陷的，或者就像傑夫一樣，轉向女童，心智與體力都不成熟的 8～15 歲的女孩，具有「天眞無邪、純潔動人」的魅力。網絡上屢屢打擊卻如春風吹又生的大量兒童色情網站已經證實了戀童癖傾向的在相當程度上的存在，時不時爆出的兒童性侵案件表明一些「洛麗控怪叔叔」〔註10〕已經發展到了犯罪程度。《水果硬糖》

〔註9〕〔法〕讓·波德里亞，《象徵交換與死亡》，車槿山譯，南京：譯林出版社，2006 年，第 151 頁。

〔註10〕洛麗來自於納博科夫的《洛麗塔》（Lolita），指與中年男子戀愛的未成年女孩。控來自於英文情結一詞 Conplex 的音譯，某某控就是指迷戀某某的人，洛麗控就是指迷戀小女孩的成年男子。怪叔叔來自於日本動漫文化，指採取尾隨、

對洛麗塔故事的殘忍改寫雖然是不切現實的幻想，但是，我們還是援引一則新聞吧。2004 年開始在網絡廣爲流傳的一則日本新聞《「お兄様」と呼ばれた男性、嬉しさのあまり死亡》，三重縣四日市，22 歲男子在糖果賣場被同往的一位 10～13 歲之間的少女用惹人憐愛的語氣說：「可以給我買巧克力嗎？大哥哥？」聽到這句話的男子大叫一聲：「太萌〔註11〕了！」而倒地不起，解剖結果是解剖的結果證實男性的死因是急性心律不整所引發，事發當時在場的醫護人員說他是以太過受驚嚇又太過幸福的表情倒下的。這則新聞的原始出處已經找不到了，即使這是一則歪曲捏造的事件，那麼網絡流傳顯然是把它作爲謠言處理的。按照讓・諾埃爾・卡普費雷在他所著的《謠言》的觀點來看，謠言定義爲在社會中出現並流傳的信息，它未經官方公開證實或者已經被官方所辟謠。人們在日常生活中製造和消費謠言，這才是謠言活力的根源。謠言並不像大多數人理解的那樣等同於虛假，它也是一種信息。之所以謠言屢禁不止，就是因爲它不全是假的，否則謠言在這個世界上不會有任何容身之所。謠言＝（事件的）重要性×（事件的）模糊性；謠言的產生和事件的重要性與模糊性成正比關係，事件越重要而且越模糊，謠言產生的效應也就越大。當重要性與模糊性一方趨向零時，謠言也就不會產生了。

關於少女一句話「萌」死了 22 歲成年男子的謠言、電影《水果硬糖》中海麗經由傑夫的洛麗塔情結對傑夫進行的殘酷復仇和現實中的戀童癖好行爲形成了一個具有互文性的超文本。這個文本的中心就是男性主體對自我壓抑的反抗。在關於陽痿症狀分析的上一段落中，我們看到陽痿是自我對欲望的否認和壓抑。否認和壓抑必然導致一部分心理能量通過別的渠道發泄，洛麗塔情結就是渠道其中一種。尤其在東亞的中日韓等國家，對未成年少女的嗜好一直都處於半公開狀態，比如日本的國民美少女比賽選手大都在 10 歲左右，演員歌手 25 歲就進入半退休狀態。通過謠言、文化產品模式化形象（比如「硬糖」、日韓恐怖片套路化的少女冤靈形象）給未成年少女加上禁忌的陰影，是男性主體的對壓抑的抵禦，只是這個抵禦不是通過解除自我壓抑，通過欲望與象徵秩序的認同的道路，而是對壓抑的壓抑，通過禁忌來防止被壓

跟蹤、誘拐、綁架手段來得到小女孩的成年男子，多有與外界隔絕，內向孤僻，愛玩電子遊戲的行爲特徵。

〔註11〕原意爲植物發芽，事物的發生，在動漫中，此字代表純眞、美好，天眞無邪到了一定程度，不食人間煙火的美感，也代表剛剛產生的不夾帶雜質的美好的感情等。

抑的強大欲望盲目流低。同時，禁忌增加了神秘性和吸引力，因此也是嚮往的標誌，禁忌在抵禦和誘惑上同時發揮作用。壓抑與反抗，抵禦與突圍，是自戀時代男性自我的分裂的表現

二、變身完美女性

　　變身小說，顧名思義，身體發生了變化，有少數人變動物或動物變人，但大多指人物通過變性手術、變性藥（稱爲 SC 藥）、意外事件或無緣無故的男變女，或女變男，不過大半變身小說都指男變女，並把男變女後的結尾分爲嫁人（異性戀）和百合（同性戀），嫁人就是男主角變成女性嫁給一個男性，百合指男主角變成女性去追求女性。現實中變性手術相當複雜，並不多見，但是在網絡寫作中變身小說已成爲一股潮流，擁有眾多專業、非專業作者和閱讀愛好者和專門的交流網站，如變身小說網站〔註12〕、變身小說貼吧〔註13〕等。變身小說還衍生了變裝漫畫、變裝遊戲、變裝化妝、變裝 cosplay 等周邊文化。寫變身小說（男變女）的作者男性多，寫耽美小說（主題爲男同性戀）作者的女性多，這也是一個有意思的現象。變身小說題材非常廣泛，涉及有校園、都市、穿越、宮闈、武俠、科幻、虐戀、推理等多個領域。經典作品有軒安宜的《女兒經》、伯倫希爾的《夜明珠》、墮落芒果的《鑰匙》、若月寒的《今生在一起》等等。

　　變身小說主角性別改變，而變身又會引起其他變化，首當其衝是身體變化，力氣、身高、感覺、聲音、例假有無等等；再者是社會身份改變，由於身體改變，他人眼中主角性別是原來相反的性別，還有職業家庭之類的改變；還有，人際關係改變，親人、朋友、愛人，也許全變了，也許部分續存、變質；還有一些非變身造成，而由作者設置的改變，如城市不同，時代差異，甚至到異世界等等。變身情節最早應該來自日本動漫如《亂馬 1/2》，主要是以變性引發的搞笑元素。小說中有王小波的《變形記》，丈夫和妻子靈魂互換到對方身體後，丈夫靈魂開始被女性肉身制約成神經質般的嘮叨緊張，而妻子的靈魂反而是閒庭信步般的樂觀豪爽，男女感性理性上的顛倒錯位讓人眼前一亮，結局的對話更是耐人尋味：「男人和女人之間天然不和，她們偶而願意和男人在一起，而後就開始折騰起來，向男人發泄仇恨。到現在爲止，我

〔註12〕http：//www.bsxs.org
〔註13〕http：//tieba.baidu.com/f 抬 kw=%B1%E4%C9%ED%D0%A1%CB%B5

們夫妻和睦，可我始終防著她一手。」〔註 14〕

變身小說重中之重就在性別之「變」。是經歷種種，最終認同新性別，改變性取向，以新身份過新生活；還是經歷滄桑，依舊被身心之異折磨？如果是後者，將是什麼性別，性取向怎樣，性情變得如何 —— 是變成怎樣的靈魂？性別的突然改變是變身小說最重要的探討部分，蘊含著時代的青少年對性別的認同、分別和塑造觀念。不論男人女人，內心中都有對異性的幻想。幻想源自於與生俱來的吸引，通常表現為愛慕，那麼性別置換（易性）其實也是一種對異性渴望的表現，只不過反常規而已。但是，變身小說正是因為它的反常規性，而形成自身獨特的吸引力。

在大部分變身小說中，變身前的男主角相貌已經具備女性化的美麗特點，《女兒經》中的蘇雪本身就是雙性人，因此他的外表非常中性：「蘇雪，江蘇人，一米七五，身體勻稱；碎髮，橢圓臉，大眼睛，高鼻梁，長得很清秀，被化學系女生暗中評為最值得交往男生；很聰明，很體貼，人緣好。」〔註 15〕男主角在變身後，容貌更是超過周圍女性：「穿著陳岑的衣服，戴著假髮，蘇雪仔細地看穿衣鏡裏的自己。竟然有點驕傲呢，鏡子那個純純的、秀美的人兒，真的是自己嗎？看起來叫人心動，比學校里許多女生要美。看到自己純純的女孩模樣，蘇雪和一般秀美男女一樣，產生了點自戀的情結，確實很美，羞羞答答的，我見猶憐……他從女人的目光裏看到了羨慕和牴觸，甚至是妒忌，而從男人的眼裏看到的全是欣賞和愛慕。」〔註 16〕

男主角適應女性身份的誘因也從此而來，即女性美的誘惑力：

> 環境是最好的催化劑。看到了自己的模樣，經受別人目光的渲染，他的心理悄悄地發生了變化。雖然有新身份的新鮮和羞澀，可是那種不自信的擔心卻煙消雲散了。在周圍人讚美的聲音中，有那麼短短的幾分鐘，他真的把自己當成了女孩。〔註 17〕

變身小說對女性身份是非常推崇的，借文中勸導男主角的角色之口表達的女性優越理由有外表方面的：

> 做女孩可以很美啊，可以大把大把花錢打扮自己，漂亮的服

〔註 14〕王小波，《變形記》，王小波吧，http：//tieba.baidu.com/f 抬 kz=117019078
〔註 15〕軒安宜，《女兒經》，http：//novel.hongxiu.com/a/9781/99777.shtml
〔註 16〕軒安宜，《女兒經》，http：//novel.hongxiu.com/a/9781/99784.shtml
〔註 17〕軒安宜，《女兒經》，http：//novel.hongxiu.com/a/9781/99784.shtml

裝，各種化妝品，無數裝飾品，百分之八十的商品都是為女人準備
的！〔註18〕

有性格方面的：

　　女孩可以撒嬌，可以耍賴，可以裝可愛呀，只要嗲嗲地說上幾
句話，就可以把事情做成，男孩要是那樣，就是變態！〔註19〕

有極為世俗的利益考慮：

　　現在的社會，女孩的生存壓力比男孩小許多。男孩只有辛苦
創業一條路，女孩還有選擇的機會。可以做事業，也可以嫁個好老
公，舒舒服服過一輩子。做女孩找對象很方便，俗話說「女追男，
隔層紙」，挑選的餘地也大。做女孩可以更加體貼父母，女婿都是
敬岳父母的，媳婦跟公婆的關係就說不定了。〔註20〕

這些理由不能說不對，然而卻流於膚淺和理想化了。這和作者中以男性為多
的情況有關。儘管作者是從男性角度中虛泛的頌揚女性優越，單當寫實類作
品中男主角不可避免的經歷如月經等生理改變時，依託合理想像的文本開始
超出作者控制，觸摸到了女性性別所擁有的浮華面具後真實的辛酸、卑弱之
處：

　　從知道來例假開始積累的悲傷浪潮終於席卷而來，一瞬間，無
窮無盡、無法壓抑的哀傷從心底迸濺。心被緊緊揪住，鼻子酸得無
法呼吸，眼前頓時模糊，淚水止不住地流淌，一滴滴落在染血的內
褲上。……身體上貼著厚厚的衛生巾，有種不適感，不停地提醒著
他。〔註21〕

從這裡可以看出，女性性別並不是優越的原因，容貌、超乎尋常的美麗容貌
才是。在絕大多數的變身小說，作者對變身後的男主角美麗外表的描寫拔高
到了似瘋如魔的地步，把所有的溢美之詞加諸其身。一些老套的劇情已經幾
乎可以用公式去詮釋：變身成了美女首先想怎麼變回去，再換上原來男性的
衣服，大搖大擺的迴學校，然後遇到了校花之類的人物發展一段女同性戀，
或者被家族顯赫的英俊男子識破，然後一見鍾情被追求。變身小說很難不和

〔註18〕軒安宜，《女兒經》，http：//novel.hongxiu.com/a/9781/
〔註19〕軒安宜，《女兒經》，http：//novel.hongxiu.com/a/9781/
〔註20〕軒安宜，《女兒經》，http：//novel.hongxiu.com/a/9781/
〔註21〕軒安宜，《女兒經》，http：//novel.hongxiu.com/a/9781/

同性戀題材發生關係。而其中，女同性戀遠超男同性戀，這和變身小說以男性讀者口味爲主的接受市場是分不開的。百度變身小說吧中的曾以「你爲什麼喜歡變身小說？」做調查，一般人總認爲那些專門窩在變身書中的人可能是潛在的有變性渴望的男性。但是，答案最多是「因爲想看最完美的女性」，聲稱自己性向正常的讀者占絕大多數。最完美的女性定義究竟是什麼呢？難道變身後的女性是最完美的？柏拉圖說過，世界上的每一個人都是雙性人，他們都在不停的尋找自己的另一半。在讀變身小說時，讀者把自己代入其中，作爲那個擁有的女性軀體的男性靈魂，在大量身體細節描寫中玩味窺視的快感。這種身與心分離，將變身的女性身體作爲精神自我愛欲投射的對象，如同拉康鏡象自戀認同之說的形象再現，男性靈魂主體作爲一個小他I，再次對變身後的女性身體即鏡象的小他II投射這自戀之愛，以「殺死」自己的原本男身以對女性身體自戀認同而取而代之，自戀是一種謀殺，在最早的水仙花神話就已經得到了證實，迷戀的自我（即女性身體）作爲「心象」的確是主體眼中最完美的女性。

變身小說對雙性性別的理解、對中性美學風格的推崇是其價值所在，但是對完美女性的拔高架空卻是自戀時代兩性關係疏離的傳達，不切實際的幻想正是從缺乏眞正對話的隔膜處生發的。

三、反咬一口的陰齒

作爲女性性畸變的「陰齒」故事驚悚而有點不可思議。心若心隱的網絡小說《背叛的代價：陰齒》中，商逸豫溫柔單純，和同學佟翳戀愛懷孕私奔，又被拋棄，因怨氣被魔鬼選中，成爲美豔冷酷的報復男人的女魔頭。上山的科幻小說《未來 陰齒》裏，公元 50000010 年，女性將研製出的第四十七條染色體注入身體，陰道因此緩慢生長出類齒類亦軟亦堅硬物體，軟時若膚，硬如齒，因此開始進入女性崇拜時期，女可多娶，娶之夫婿者，皆爲合理配偶；男不可多嫁，多嫁者按重婚罪辦理，女方可恣意處理。

「陰齒」故事原型來源於歷史上的處女禁忌。在一些古老民族的民間故事和神話傳說中，有男人對處女的畏懼情節，因此有當男人娶妻的時候，會請部族中有特殊能力的男人例如祭司、巫師來完成新娘的第一次，也有請年老的婦女來破壞青春期女孩的處女膜。在這些傳說中，處女膜就成爲陰齒的象徵。弗洛伊德在《處女的禁忌》一文中說：「通過對許多不美滿的婚姻的

分析之後，我們發現那種驅使（因結婚）喪失童貞的女人去報復（丈夫）的種種動機，在文明婦女的心靈中並沒有消失。現在有不少婦女在第一次婚姻裏從頭到尾冷若冰霜，對男人的熱情無動於衷，最後終於離異；然而一旦再婚，情況頓然改觀，那種陰鬱的情況一掃而光。毫無疑問，原先的不良反應已隨著第一次結合的結束而消失了。」而處女禁忌則使將來要與這個女子共處一生的男人避免成為女子內心惱怒的對象，避免婦女因童貞的喪失而產生對丈夫進行報復和敵對的心理。然而美國電影《陰齒》不是對處女禁忌和恐懼的表達，而是對女性渴求真愛的極端表達。

《陰齒》的故事中，一個叫唐恩的女孩，陰道內長有鋒利的牙齒，在發現自己身體不同後經歷了一連串驚悚事件，分別「咬掉」了要強行和她發生性關係的男友、為她檢查身體的不懷好意的醫生、假裝「英雄」的男孩和亂倫繼兄的生殖器。影片從唐恩幼年開始，她的母親和一位帶著兒子的離異父親約會結婚，兒子也成為唐恩的繼兄，男孩性騷擾唐恩，把手指插入了幼年唐恩的陰道，被咬了個大口子，這也成為繼兄成年後不願進行陰道性交的心理陰影。唐恩成年後，參加宣誓保持貞操的少女活動，溫柔而靦腆。在郊外湖水邊山洞裏，面對男友的暴力強迫，開始是脆弱的哭泣，對第一次無意「閹割」男人的驚慌失措的無助和恐懼。當唐恩經歷過欺騙、玩弄、侵害的開始主動復仇時，面容變的成熟而冷酷陰險。

《陰齒》中，唐恩堅持的是真摯愛情前提下的性，尋覓著可以解救她的英雄。唐恩找到一個名為《Vagina Dentata》（陰齒）神話故事，故事中一個女人的陰道里寄居了一條魚，魚有著鋒利的牙齒，然後有天一個英雄降臨，殺死了魚，解救了這個女人，恢復了她作為女人的權利。當她和愛慕她的瑞恩享受過泡沫浸浴、浪漫紅酒後，唐恩感覺到了被愛，在她和瑞恩開始發生關係的時候，一切都很正常，於是唐恩欣喜若狂，以為找到了自己的英雄，在她確實感受到真愛的時候，牙齒隱藏著。瑞恩得意洋洋，說了實話，和她上床只是出於和同學的打賭。唐恩表情變的憤怒而傷心，就在下意識中瞬間咬掉了瑞恩的性器官。在唐恩接受醫生檢查時，醫生開始的溫言善語使唐恩的陰齒沒有顯露，醫生以為是唐恩藉口勾引自己，用手指插入猥褻她，唐恩開始緊張的表情表明她在累積著憤怒爆發咬掉了醫生的手指。陰齒的出現與否決定於唐恩對真愛的判斷，也就是對親密關係的追求。如果依據影片中唐恩對男人的攻擊性而把唐恩標榜成女權主義，或者說是女性自我保護意識的發

言人，就未免有些對女權主義的歪曲。陰齒體現了女性欲望中富有侵凌性的力量，卻改變不了女性渴望被關愛被解救的自戀的灰姑娘本性。從某方面來說，唐恩的英雄隨手可得，只要那個男人「溫柔」而且要心懷「愛和感激」。如果不是這樣，喜劇愛情片又變成了驚悚片，在唐恩輕蔑的眼神中，男人被閹割，血流遍地。

唐恩的原生家庭無疑是殘缺的，母親的忽略和不信任，唯有繼父給予了關愛，繼兄的性侵和敵意，她對於繼父有大量的愛，因為繼父是間接被繼兄害死的，她主動誘惑繼兄閹割他為繼父報仇。唐恩對男人的態度和信任分裂為父親（即繼父）和繼兄兩種極端的情況，她對親密關係的追求顯然被裂縫所割裂，對自我的評價也極易被對方所影響，也就是說唐恩的自我是這樣極端和動蕩，從陰齒到真愛之間沒有任何過渡，完全由對方決定，唐恩從未反思過自己是否愛對方，在與瑞恩發生的初衷也是利用對方愛慕的試試是否會再咬人。陰齒作為性畸形隱喻著女性自我的畸形，尤其是在兩性關係中的自我畸形。「一旦放棄了雖受約束但卻定義明確的社會角色所帶來的安全感，又放棄了受人尊重的要求後，婦女就使自己更易受性剝削的地位。」〔註22〕於是，女性和男性一樣都開始規避感情危機，決意去操縱他人的感情而又同時竭力保護自己的感情不受傷害，淺薄化的親密關係使兩性之間的關係更為惡化，但卻正因為此，對親密關係的不現實期待也變的高漲。造成兩性關係的侵蝕和退化。男性和女性都富於自戀特質，雙向自戀導致了雙向的閹割、剝奪和誤解。兩性都把理想自我投射於對方身上，尋找著缺乏之物，因此他們注定在不能以自己本身度過一生的命運中錯過。

第三節　致死的性：戀童、虐戀、戀屍

性變態不僅是精神病學問題，更是文化問題。性變態包括性心理方面的變態與性行為方面的異常。凡是與生殖沒有直接聯繫或代替之引起生殖的性活動，在尋求性滿足的對象或滿足性欲的方法上與眾人不同，並與當時的社會風俗相違背而獲得性滿足的行為都稱之為性變態。所以，性變態是由具體文化條件規定的，如同性戀就經歷了歷史上性變態、精神病等定義發展為被

〔註22〕〔美〕克里斯多夫・拉斯奇，《自戀主義文化》，陳紅雯　呂明譯，上海：上海文化出版社，1988年，第205頁。

許多國家接受為正常性愛方式一種，如荷蘭允許同性戀者結婚。常見性變態形式有戀童癖、戀老癖、戀肥癖、戀足癖、窺淫癖、虐戀、亂倫、捆綁癖、戀物癖、慕殘癖、戀大癖、戀小癖、戀獸癖、戀屍癖、異裝癖、還有臺灣學者蕭翔鴻在所著《陰性皮膜性快感》一書中提出的女性面具性嗜好（female mask fetish），作者是這麼解釋該嗜好的：「我認為每個異性戀的男性，內心其實都潛藏著一個母性的原型。這個母性的原型在經過標準兩性架構教育與社會化的規訓之後，它隱匿到意識的最底層。時間一久，它轉而成為一種下意識的鄉愁……外顯實體尋求慰藉，也成為一般人表面所見的扮異性戀物癖（Transvestic fetishism）」。他認為女性面具性嗜好除涵蓋扮異性戀物症（即異裝癖）（Transvestic fetishism）與變性欲嗜好（Transsexual），還包括動物皮毛性嗜好（Furverts）、騎馬性嗜好（Ponyplay）、乳膠性嗜好（Latex & Rubber）、氣球乳膠膨脹性嗜好（Balloon Fetish & Rubber Inflation）、機器人與假人性嗜好（Robot & Doll）、防毒面具與呼吸控制性嗜好（Gas Mask & Breath Control Fetish）、昏迷與戀屍狂嗜好（Somnophilia, Drunk, Fainted Fetish, Necrophiles）。在大眾文化作品中出現比較多的有戀童癖、虐戀、戀屍癖，本節即以此為探討對象。

一、戀童癖：自戀者的虛弱

影視劇中的戀童癖分兩個類型：成熟女教師和小男生、中年男子和小女孩。下文首先對描繪前一種關係的選擇兩部經典作品加以考察。丹麥電影《教室別戀》，37 歲的女教師維奧拉美豔動人，在發現整天出差的丈夫偷情的證據後，她和班上 15 歲少年史迪產生了戀情。史迪對同齡女孩毫無興趣，渴望得到更多性愛。維奧拉的丈夫弗蘭克明白妻子的偷情，但是卻不動聲色。這種態度令男孩有了反思之心，兩人有了一次談話，史迪聆聽弗蘭克的事業失敗的傾訴，從《羅密歐和朱麗葉》音樂領悟愛的精神屬性，他明白了他被佔有的是肉體本身，他只是情慾宣泄的管道。維奧拉開始日趨瘋狂，砸碎酒瓶威逼男孩和她做愛。史迪終於回歸和同齡女孩交往，這並不是因為他決定放棄維奧拉而是他開始向一個真實世界的認同。當他在黑板上當眾寫下「我是對的，你才是錯的」並一腳踹翻了講臺，將尷尬留給維奧拉的時候，他完成了男孩向男人的蛻變。奧地利電影《鋼琴教師》中 40 歲的愛瑞柯是一個優雅的鋼琴老師，技藝出眾，對學生無比嚴厲。愛瑞柯的父親很早死於精神病院，

母親是個專制的暴君，以管理幼兒、犯人的方式對待女兒，不允許女兒有任何女性特質表現和對異性的嚮往。愛瑞柯每每躲在廁所用剃刀割自己的下體以求快感，嗅別人遺落的沾染體液的紙巾，看色情錄像帶。和她的 18 歲學生瓦特開始戀情時，愛瑞柯掌控這一切，她誘惑瓦特，卻又不滿足他。愛瑞柯寫信給瓦特表明她的對暴力和性的幻想，令瓦特畏懼。瓦特開始後退，愛瑞柯開始笨拙的向他表示依賴，在一天夜裏，瓦特按愛瑞柯信中所說的方式在她母親的隔壁房間虐待她，當暴虐的性幻想變成現實的時候，愛瑞柯畏懼了，她祈求停止，但瓦特無動於衷，將積壓的欲火徹底而強硬的宣泄出來，肆虐了她肉體和靈魂，說：「你要的不就是這樣嗎？愛嘛，沒有什麼大不了的」。之後，愛瑞柯打算在演奏會大廳報復，卻把刀插入自己的肩頭，自虐，然後面無表情打開一道又一道門走出去。維奧拉和愛瑞柯都是中年成熟女子，她們的「成熟」卻只限於肉體。在人格層面，兩個人都出現了退化和停滯。

　　這兩個戀童癖故事中，愛瑞柯和維奧拉和恰好代表了女性自戀人格發展中先與母親然後與伴侶的親密關係的扭曲和惡化。愛瑞柯的母親是典型的自戀障礙的母親，在母親看來（影片中提到，愛瑞柯的父親很早死於精神病院），愛瑞柯就是母親自我的一部分，甚至是母親的重生。母親把她貞潔忠誠、端莊高雅、凜然不可侵犯的理想自我投射在愛瑞柯身上，通過這個理想形象在愛瑞柯身上浮現，達到母親的自戀認同，愛瑞柯則是處於幼兒的位置，為了永遠保有母親無條件的愛而渴望成為母親的欲望之物，當愛瑞柯發現母親的欲望之物也就是理想自我是那個高雅端莊的女人的時候，愛瑞柯就把這個形象當成了自我。母親與女兒迷戀的都是同一個自我，但是母女兩個主體又都絕對不是那個理想自我，通過幻想的自戀認同，女兒和那個理想自我完成認同，母親繼而和女兒完成認同。在這個認同關係中，存在著兩個主體對一個理想自我的認同，其中一段關係是通過間接對他人的認同來到達理想認同，這裡面對主人性的爭奪就更為複雜、扭曲和殘酷。女兒主體的自殘表達對理想自我的割裂和反抗，母親通過對女兒的迫害和折磨來使己身佔據理想自我的位置，在她眼中，女兒佔據著理想自我的位子，對女兒的壓制和剝奪是出於爭奪主人性取代女兒的仇恨。母親對愛瑞柯的剝奪和損害進一步加劇了愛瑞柯對關愛尤其是最原始的母愛的渴求，促使愛瑞柯加強對母親欲望對象的認同，當然，這是一個惡性循環。當瓦爾特作為他者介入的時候，愛瑞柯已經是被損害的人，被損害的人沒有愛，只有欲望——也可以認為是拉康所說

的自戀的激情之愛，通過在自戀對象身上投射一遍自殘（自殘對於自戀者也是自愛）來得到滿足。所以有瓦爾特成為受害者之後，通過損害愛瑞柯來克服損害的行為，愛瑞柯之所以有對母親的摻雜著性意味的施暴行為也是一種自殘（自愛）的投射。

維奧拉似乎沒有愛瑞柯那麼極端，在新婚一周就發現丈夫的出軌是對她的自我的嚴重打擊，自戀者對這個打擊最突出的反應不是傷心而是憤怒和報復，憤怒和報復是因為這個行為挑釁了自戀者的無上控制欲和自尊，而不是來自於愛沒有得到珍惜和回應的悲傷。拉康曾把愛分為兩種，一種是自戀的激情之愛，希望得到被愛者的愛；一種是象徵層面的愛，朝向被愛者的主題特殊性存在。對於維奧拉來說，當她發現丈夫作為被愛者沒有給她愛的時候，她沒有意識到自己是否愛丈夫（例如丈夫生意失敗是史迪傾聽安慰的，而不是她做為妻子的身份去傾聽），只是考慮被愛者沒有按自戀者的要求給予愛這一點因此感受自我沒有得到承認，她作為一個自戀者對自我的評價很大程度受他人影響，因此她轉向一個在她看來可以給予愛的史迪。自戀者辨認愛是通過對方精力時間金錢身體的損害來辨認，這也意味著自戀者把性等於愛，史迪作為一個事實上的未成年男孩，只有青春期湧動的性欲，還不具備把維奧拉當成同等主體來愛的能力，但是性欲對對象的需求對於自戀者來說，這就是愛，被人需要，得到認可就是愛，不管這個需要和認可是出於什麼目的。自戀者對自我的愛是對著物化的自我表達的，也決定了自戀者會認可他人物化自我的愛。這也是維奧拉的悲劇。當史迪性欲對象變化的時候物化的愛也會改變，維奧拉只能作為物接受自我被拋棄的命運。

對於史迪來說，弗蘭克某種意義上承擔了象徵父親的功能，通過真實的缺乏和不足，促使史迪出於閹割恐懼而超越想像的迷惑向象徵界認同，史迪成功克服了戀母的俄狄浦斯情結，獲得了把自戀之愛投射到客體的能力，結束了拉康意義上的第一自戀。

第二種戀童癖關係表現：中年男子和小女孩。美國電影《洛麗塔》是中年男子亨伯特和 12 歲女孩洛麗塔的畸戀，亨伯特在第一眼看見洛麗塔的時候就愛上了她，為此他娶了她的母親。在洛麗塔母親車禍身亡後得以擁有她，但是洛麗塔並非單純的小孩。後來，對不正常關係的厭惡使洛麗塔成功逃跑。數年之後，亨伯特得知洛麗塔已經嫁人懷孕，再相見時亨伯特說：「我望著她，望了又望。一生一世，全心全意，我最愛的就是她，可以肯定，就

像自己必死一樣肯定。她可以褪色，可以枯萎，怎樣都可以。但我只望她一眼，萬般柔情，便湧上心頭。」在槍殺誘拐洛麗塔的奎蒂後，亨伯特心如死灰地一路開車，帶著當年洛麗塔頭上的一個小小髮夾，上面沾著血迹。然後入獄。這個故事如此深入人心，以致「洛麗塔」已經成爲成年男子戀童癖的代稱。美國電影《這個殺手不太冷》，殺人技術如同機器般精準卻有著極爲單純幼稚心靈的中年殺手萊昂和 12 歲女孩馬蒂爾德純潔的感情，這段關係裏，沒有實質的性的關係，用導演的話說是一個 12 歲小男孩和 12 歲小女孩的懵懂的愛。美國電影《水果硬糖》，14 歲女孩海麗和攝影師的故事是對洛麗塔式情節的全面反動，海麗是爲了被攝影師性虐至死的朋友復仇而來，在洛麗塔式的曖昧開端後，展開了小女孩對中年男子的殘酷折磨報復。

關於成熟男子的洛麗塔情結，有多種解讀和闡釋，其中不少頗具合理之處和批判現實意義。這裡只從自戀人格角度試爲分析，首先，洛麗塔情結是男性主體對自戀關係中控制欲的需要。在電影《洛麗塔》中，在亨伯特劃定的疆域中，洛麗塔可以自由馳騁，選擇穿什麼顏色的衣服、吃什麼食物。然而，洛麗塔的自由和意志必須在亨伯特的掌控下。亨伯特決定她交朋友和交什麼朋友、去學校和去什麼學校、能否和男孩子接觸，由於智力懸殊，亨伯特的控制是潛在的，也正因爲潛在和溫柔顯的陰險周密的可怕。對於自戀者來說，可控感是他得到安全感和完善感的重要來源，自我竭力統治彌合著分裂的主體，控制是自戀自我最擅長的行爲。其二，洛麗塔情結是從崇拜順從中看見自我的需要。在《這個殺手不太冷》的萊昂和馬蒂爾德的關係中，萊昂作爲傑出殺手是非常驕傲和自戀的，他以前是在一具具倒下的「目標」中感到自己的全能和自尊，當認識馬蒂爾德後，在她的絕對崇拜中映照出了自我的理想鏡象，這鏡象令人主體不顧裂縫而義無反顧的奔向鏡象。《水果硬糖》裏攝影師拿出自己的攝影作品來誘惑小女孩，在小女孩的驚歎和崇敬眼神中得到自我的心理滿足。其三，洛麗塔情結是男性主體自我自卑一面的流露。《洛麗塔》中亨伯特的幾段和成年女性的交往，都處於羞澀被動的位置，幾乎每一次都是女性主動進攻，亨伯特節節敗退，難以招架。尤其是他的前妻維奧萊拉和母親對亨伯特的肆虐和羞辱，亨伯特只有付出大筆金錢換取自由身。因此，亨伯特更加懷念他少年的情人，不解世事，不會要脅和欺詐。亨伯特骨子裏的自卑與自大是同一的，他時而誇耀自己的外貌和男性魅力，時而自卑於自己的軟弱和衰老，這種擺動的自大與自卑也是自戀人格特徵之

一。其四、洛麗塔情結是男性主體潛意識中前戀母時期的自戀對「壞母親」牴觸的作用。前文提過梅蘭尼‧克萊因的兒童心理學說，兒童把及時滿足他需要給予愛的母親歸爲「好母親」以和不及時滿足他需要不給予他愛的「壞母親」分開，然後對「好母親」進行一體認同，來克服對母親感受分裂的創傷。成年男子對成年女性喪失興趣轉向小女孩也是對「壞母親」的心理防禦所致。小女孩形象是和那個摻雜了許多妖魔鬼怪的「壞母親」形象區別比較大的，對成年女性的仇視和畏懼是導致了戀童癖的原因。最後，洛麗塔情結體現了自戀者之愛鏡象特色，即對一種永恒的缺乏的欲望。自戀者愛的是一種「像」，一種物，而不是作爲主體的人。《洛麗塔》的亨伯特對此有絕佳表現，他要求洛麗塔注意不要讓皮膚被曬成髒兮兮的巧克力色，批評她吃太多垃圾食物導致大腿圍度增長（注意，眞正的父親和愛人會著重垃圾食物對健康的不利，自戀者關注的只有「像」），擔心她長大就喪失了那種「小妖精」氣質，迷戀洛麗塔在每一個場景的形象。戀童癖愛的是處於非常有限的幾年時間的小女孩，這意味著「小女孩」是很不穩定的組成，時刻在變化，而且除非令她死亡，否則她無論如何都會拋棄小女孩的形象。戀童癖是追求虛無的人，這也是自戀者的欲望，他的欲望永遠在不可實現之處。

二、虐戀：放逐自我的享樂

虐戀（Sadomasochism），Sadomasochism 由兩個單詞構成，Sadism 和 Masochism。有時又簡寫爲 SM、S/M 或 S&M。Sadism 來自於法國作家薩德的名字，意爲施虐狂；虐待狂，Masochism 來自於奧地利作家馬索克，意爲性受虐狂；被虐待狂。這兩者也分別是施虐和受虐文學的代表作家。將「SM」翻譯成「虐戀」是我國社會學家潘光旦先生提出的，該譯法強調了這種行爲與人的愛欲滿足有密切關係，而不僅僅是單純的施虐和受虐活動。事實上，虐戀就是一種性生活方式，通過捆綁、束縛、鞭打、針刺、滴蠟、烙印、羞辱、紀律、高跟鞋踩踏獲得性喚起、性興奮和性滿足。一些純粹的虐戀者聲稱眞正的虐戀是排除性器官接觸的而到達性欲滿足的，另外一些虐戀者是將虐戀活動視爲包括性器官接觸在內的完整性生活的一部分。虐戀通過 BBS、小說、影視劇、電子遊戲被很多人瞭解的同時，仍被很多人被歸類於性變態，虐戀者也應該是性變態中人數最多的，擁有專門交流網站、博客和一些私人收費俱樂部。中國由於國情限制，幾乎沒有公開出版的影視劇，而是主要以小說

爲主，如王小波的《東宮・西宮》、飛燕歸來的《性奴女人》、雪燃的長篇小說《虐戀》、黑瞳之女的《sm 虐戀自述》上官紅的《虐戀之易變的愛》、飛煙的《夜凝夕》、縈繞的《墮落之後》、悄然無聲的《捨棄》等等。

在中國的虐戀作品中，很少有像西方虐戀作品如法國作家 Pauline Reage 的《O 的故事》那樣暴力致死的情節。在飛燕歸來的《性奴女人》中楊曉、楊蘭姐妹兩個是受虐 M 角色，只是戴上手鐐、腳鐐、項圈和標誌 M 的戒指，用身體換來物質利益，是一部頂著虐戀名字爲裝飾花邊的妓女小說。飛煙的《夜凝夕》則側重捆綁、角色扮演。其它虐戀作品中的暴力行爲多爲緊縛、滴蠟與皮鞭，程度到留下輕微印痕爲止，很少皮開肉綻。還有一種類型取代帶來疼痛淫（algolagnia）的暴力行爲是以羞恥感爲主的剃毛、當眾排泄、紀律調教等。

李銀河在《虐戀亞文化》中對虐戀的定義爲：它是一種將快感與痛感聯繫在一起的性活動，或者說是一種通過痛感獲得快感的性活動。必須加以說明的是，所謂痛感有兩個內涵，其一是肉體痛苦（如鞭打導致的痛感）；其二是精神的痛苦（如統治與屈從關係中的羞辱所導致的痛苦感覺）。虐戀一面是痛苦，一面是快樂，通過這是虐戀的關鍵特徵。虐戀中的快樂可以用拉康學說中對「享樂」的分析來說明。拉康認爲享樂是和與死亡同等地位的東西，這裡的享樂，與現實中吃頓美食、得到心愛物品的快樂強度是完全不同的。現實生活的快樂是因爲緊張的鬆弛而到來的輕快。拉康所說的享樂是因爲增加緊張程度而產生的，「它不是直接在人面前展現形象的事物。在我們的身體增加緊張感的極限狀態下，它作爲過渡的事物出現了。」〔註23〕比如車手明知會發生事故卻仍然提高摩托車的速度，窒息性快感愛好者勒緊自己的脖子，這些會招致死亡的追求享樂的行爲，是越過生命許可限度的高危事件，如果放任的話，會導致個體死亡。「享樂的獲得直接關係到自身存在的喪失。享樂是極其危險的潘多拉的盒子，也是致命性喪失的別名。享樂展現了它的兩面性，它既是快樂，也是遠離快樂的兇殘。如果想得到它，人就要像俄狄浦斯那樣，超越快樂，獨自一人走向自身化爲無，並被消除存在的地方。在帶來死亡這種絕對的條件下，世俗的法律不得不限制它。於是，在享樂之前法則被制定，並被當作犯罪的對象，因而享樂的濫用被取締了。爲了

〔註23〕〔日〕福原泰平，《拉康鏡象階段》王小峰譯，石家莊：河北教育出版社，
　　　2002 年，第 173 頁。

防止享樂的誘惑，快樂圍繞在它的周圍。快樂暫時降低個體的緊張感，與享樂相反，發揮防禦緊張感凸顯的功能。快樂圍繞在享樂周圍，好像就在它眼前，其實它遠離享樂，發揮著使主體離開險境的功能。享樂雖然是極其危險的，但它是把人緊緊吸引住的快樂的對象，失去它就使人失去生存的意義。主體雖然知道它是被法則禁止的不可能的事物，卻還是喜歡它，追求它，從自身隔離享樂，在可能性中捕捉它，把它置於生的中心。拉康強調這種矛盾主體的態度，把它稱為外密性。外密性雖然在自己外部，對自己來說卻是最為親密的。總之，享樂就是只要我們活著就與我們相伴的、主體之為主體的內在的緊張。它不是單純地因為危險就要排除的事物，對於主體來說，它是即使設置了禁止的法律也必須經常維護的事物。由於享樂和主體的宿命關係，可以說人類的存在必須是具有死亡傾向的存在。」〔註24〕

　　受虐狂從鞭打和捆綁行為中累計的痛苦和緊張中得到享樂，完全的放棄自我得到無盡的享樂，而施虐狂從釋放出最深層的侵凌性中得到享樂。「我們只是提請注意，在我們的經驗中自我是對病症治療的一切抵抗的中心。」〔註25〕這是拉康精神分析治療實踐的結論，在各種精神障礙、神經症中自我製造了一切精神問題的來源，病人無法接受讓別人而不是他自己來解放自己，這就是自我的病態自尊。因此在虐戀活動中，施虐者受虐者的自我都出現的暫時的消隱，那是一種狂喜和沉迷的享樂，拉康形容為神的快樂，也是放逐自我的快樂。

三、戀屍癖：屍體閃爍著本雅明式的「輝光」

　　戀屍癖是邪典電影的一個重要題材，如《困惑的浪漫》系列等，網絡小說中也頗為盛行，如斬浪劍的《戀屍》、孤燈人的《戀屍怪談》、四國鎮魂的《戀屍》、迷戀 LSD 的《戀屍成癖》、草本精華的《戀屍癖》、夜雨無聲的《麒麟契約者》、又是一年芳草綠的《五月春天》等等。

　　《五月春天》中戀屍成狂的男主人公有一段深情表白：「我夜夜虔誠誦經一千天，不為超度你亡靈永歸天國極樂世界，只為延緩你我最終必然的分離；

〔註24〕　〔日〕福原泰平，《拉康鏡象階段》王小峰譯，石家莊：河北教育出版社，
　　　　　2002 年，第 174 頁。
〔註25〕　〔法〕拉康，《拉康選集》，諸孝泉譯，上海：上海三聯書店，2000 年，第
　　　　　115 頁。

我在你的身上割了千萬萬刀，不爲鑽研你的肌理結構肝膽肺腑，只爲讓你能感受到我的存在。」〔註26〕德國電影《困惑的浪漫1、2》是戀屍癖的最經典作品之一。第一部中，羅在一家屍體處理公司工作，厭倦了每天和屍體打交道的工作。他開始接受一種名爲「衝擊療法」的治療，此種療法可以使人對厭惡的東西產生好感。之後羅不僅不厭惡屍體，而且越來越喜愛。他的女友貝蒂也沉迷此道，甚至比他還要執著。於是，他們家裏藏有各種腐爛醜陋的器官和人體，還有剝皮的兔子、解剖的海豹和摔爛的黑貓，羅甚至做夢還會夢見兩人互相拋擲人頭嬉戲。他們每天和屍體一起做愛。後來羅失業了，貝蒂離開了他，還偷走了他最喜愛的一具腐屍。羅忍受不了沒有屍體也沒有女友的日子，剖腹自殺。續集中，依然迷戀屍體的貝蒂將羅的腐屍偷運回家，像戀人般一起拍照，做愛並與之生活。貝蒂帶一個給成人電影配音的男人回家，在他們做愛時，突然拔刀割下男人的頭顱，然後把已經腐爛的羅的頭顱替換在剛死去的男人身上，然後繼續做愛至結束，影片最後以貝蒂在醫院裏得知自己懷孕結束。

加拿大電影《特別的吻給特別的你》裏面珊卓從小迷戀屍體和死亡的氣息。在她眼中，屍身都是閃著光芒的。她半夜帶著麻雀的屍體來到河邊，將屍體塗抹她全身。她和好朋友熱衷於把發現的動物屍體埋葬起來，插上小十字架和花朵，然後歡快跳舞。長大後珊卓在殯儀館打工，同事告訴她，他發現老闆喜歡搞男孩的屍體，還辯解說屍體什麼也感受不到。珊卓反駁：「我認爲他們什麼能感受到。」珊卓覺得那些屍體無比美麗，她說：「死亡就像跳入冰湖，遽然寒冷，然後寂靜，它們的屍身浮在水面上，莊嚴且明亮。」珊卓偶遇醫學生麥特，兩人漸漸萌發感情，珊卓忍不住告訴他她與屍體做愛的事情，彷彿和屍體做愛是與神的溝通方式，和屍體親密纏綿的時候，覺得自己穿越了生死。在她和麥特第一次發生關係後，她還是忍不住逃到殯儀館和屍體做愛。珊卓在發現麥特偷偷記錄她和屍體做愛的次數時，覺得不安而疏遠麥特。麥特想要進入她的世界，也要求和屍體做愛但被珊卓拒絕。當珊卓到麥特家，看到他化著臉煞白的死人妝穿著西裝躺到床上一動不動，像躺在棺材裏的屍體。麥特說，你試一次吧，就一次。珊卓奪門而出。晚上珊卓接到麥特的電話說我愛你後掛斷了。珊卓趕到麥特家，一片白蠟燭中，麥特赤裸全身弔死在她面前。珊卓後來仍在殯儀館工作，在白光中一次次地體驗穿越

〔註26〕http：//novel.hongxiu.com/a/69051/index.shtml

生死線的感覺，只是現在她在那光芒裏只看見麥特。

　　普通人對屍體只有恐懼厭惡的感受，而戀屍癖好者卻只有對著屍體才能感到愛欲勃發。《困惑中的浪漫》中貝蒂開始是愛腐屍勝過愛男友羅，當羅因為女友和腐屍一起離去自殺後，貝蒂終於把羅當成最愛，縱然羅只是一具腐屍。《特別的吻給特別的你》的珊卓在愛她的麥特為她而死後，她原來與屍體做愛時在白光間看見神，現在是看見麥特，麥特成為了她的神。貝蒂和珊卓的戀屍癖本質上是戀為她們而死的人，對她們來說，只有死亡才能證明真愛。羅伯特是因為心理治療才喜歡上屍體，是被心理師誘導的。珊卓的殯儀館老闆則是對屍體沒有愛只有發泄性欲的性變態者。戀屍癖者貝蒂和珊卓是電影作品的主角，也意味著大眾文化關於戀屍癖的敘事本質上是一個追尋愛的故事。

　　中國古代故事和民間傳說中，有大量和屍體調情、纏綿乃至成親的情節，如《聊齋誌異》中的聶小倩。只是中國故事相當唯美，纏綿之時是魂魄所化的生前具象，而不是死後冰冷腐爛的屍體，當故事結尾，書生按約定去挖墳和女屍見面時，女屍亦是顏色肌膚栩栩如生，觸之溫香軟玉，如果書生不夠情深，聽信別人讒言提前去挖墳，往往見到長了一半血肉的可怖女屍。明代湯顯祖所著的關於還魂復活主題的《牡丹亭》中說：「情不知所起，一往而深。生者可以死，死可以生。生而不可與死，死而不可復生者，皆非情之至也。」在這些故事中，「情」不表現為女屍的輝光，而是女屍復活的條件。嚴格來說，這些不是戀屍癖。戀屍癖的兩個重點：「戀」和「屍」是同一的，「戀」是已經失去的，「屍」是已經死去的人，它們都是死亡了的，在戀屍癖好者看來，屍身表面閃爍著本雅明式的「輝光（Aura）」，正是失落的愛賦予屍體的。「輝光」一詞是德國思想家瓦爾特·本雅明界定人與世界的主體間性關係的概念，在此基礎上用於界定傳統藝術中人與審美對象的關係，最後又擴大開來，用於界定人與人之間的倫理關係。事物的輝光首先在於事物在特定時空中的自我存在，即它不是人的投射、建構或複製，而是有自己的身份；當事物處於這種自我存在狀態時，它就還沒有成為人的材料，還沒有被人類的技術所滲透，這時事物與人是一種主體間性關係，具有相互尊重的距離感，事物向人展現的是自己永遠略帶神秘色彩的外觀和形象〔註27〕。對比貝蒂和珊卓眼中

〔註27〕郭軍，《文化研究關鍵詞·光暈》，汪民安主編，南京：江蘇人民出版社2007年，第93頁。

的屍體來說，雖然愛情是人的主觀情感投射，但是這愛情是屍體生前的投射，隨著不可撤消的死亡降臨，失落的愛情投射固化下來也擁有了自己的獨立身份，它不依靠貝蒂和珊卓的投射而存在，也不依靠別的屍體而存在，它是獨一無二的，不可再生的。美國史上的變態殺手艾德把母親的屍身一直停放在她生前的臥室床上，屋子裏的其它房間髒亂不堪，唯獨母親那間乾淨整潔，母親的屍體對於艾德來說，也具有「輝光」。輝光另外一個特點是：對光暈的體驗是建立在這樣的基礎上，即：將人際間普遍的關係傳播到人與無生命、或與自然之物之間，那個我們在看或感到我們在看他的人，也在回眸看我們。能夠看到一個事物的光暈意味著賦予它以回眸看我們的能力〔註28〕。輝光同時具有鏡象的作用，貝蒂在羅伯特的屍體輝光中看到受羅伯特深愛的自我，同樣，珊卓在麥特的屍體輝光中看到麥特深愛的完滿的自我，只有在具有輝光的屍體面前，貝蒂和珊卓才能得到擁有戀人之愛的自我滿足感。在與屍體的愛的交流和渴求中，輝光在此刻閃現。戀屍癖好者在屍體輝光的鏡象中，完成最詭異的自戀認同。

　　虐戀與戀屍主題並非一定屬於低級趣味，這些富有想像力、創造力的作品充分體現了如桑塔格所說，殘酷、瘋狂、失常的不和諧創造出激烈和不可解決的主題，在道德和美感之間製造緊張感，桑塔格並不完全反對道德立場，只是認為生活經驗中也有一些不需要採取立場態度的題材，比如性，不僅有道德空間，也有快樂的空間，因此一些色情影片出色地表現了性的戲仿，充滿了性欲衝動的抒情激情。「另類電影品味涉及一種變糟粕為精華、偏離正軌為陌生化手法的閱讀策略。這樣做的時候，另類電影品味還提醒人們注意在垃圾電影的許多亞類型中非常明顯、而人們卻視而不見的美學上的反常和風格的多樣，藝術並非模仿，不是現實世界的翻版，而是藝術家的發泄，是一種奇幻。……之所以有些學者認為當今藝術比科學理性低一等，是因為藝術已倫為一套道德說教。桑塔格認為當代藝術也在考驗人們智性的極限能力，向感官提出挑戰。她也承認有些先鋒藝術和垃圾大眾文化不可取，但具有多元性的新感悟應該是囊括所有藝術文類的。」〔註29〕

〔註28〕郭軍，《文化研究關鍵詞·光暈》，汪民安主編，南京：江蘇人民出版社2007年，第94頁。

〔註29〕王秋海，《反對闡釋》，首都師範大學2004年博士學位論文。

第五章　殘障之愛與侵凌性

第一節　殘障之愛的侵凌性本質

> 分手就分手／別把話說得太美
>
> 我像個殘廢／飛不出你的世界
>
> 結果我沒了知覺／就連痛都嫌浪費
>
> 在愛裏殘廢／非弄得傷痕累累
>
> ——吳克群《殘廢》，作詞：吳克群　作曲：吳克群

「在愛裏殘廢／非弄得傷痕累累」這句歌詞是對殘障之愛隱喻體現著自戀人格的侵凌性本質的形象比喻。殘障之愛是指存在於大眾文化言情作品中的殘障者的愛情、親情敘事。殘障者是健全者的異者、邊緣人，在無條件之愛（即過分的、不需要任何回報的愛）的條件下殘障者作爲主要角色進入了作爲大眾文化主流作品的言情影視劇中。

　　大眾文化的言情影視劇是一個非常注重角色外表的產品種類，以愛情、親情爲主題，主角絕大多數都是俊男美女，在最基礎的美麗外貌、健康甚至健康到百傷不死的身體外，相比其它配角往往還有年齡優勢；學歷或者智商優勢；多才多藝或某一方面特別突出的特長；良好的家庭出身或深厚的父母之愛；性格的可愛、溫柔、純眞、眞誠等符合世俗主流文化的積極特徵，在影視劇的具體敘事展開中，主角被分配了最多的鏡頭和畫面中最有利最主要的位置。即使在敘事初始的主角存在某種性格缺陷，在敘事結束時這種缺陷多會消失或轉換，主角得到全面完善。例如中國電視劇《梅花烙》電視劇的白吟霜作爲美麗善良的女主角是王府的丫頭，養父母爲低下階層，但她實爲

福晉的女兒，在劇尾重獲了正式的貴族名分；韓劇中多爲大財團高管或繼承人身份；中國言情劇中多見當代白領階層、傳統時代貴族皇族等。即使在悲劇結尾的言情劇中，主角可能死亡或者付出慘痛代價（身體或者身份），但是會贏得道德的至高地位。醜陋女性爲主角的影視劇往往以喜劇表現，如中國電視劇《醜女無敵》，同時還有大量美女配角出現，來弱化醜陋女性角色佔據的畫面結構。總之，言情劇的主角人物是以現實社會主流意識形態的寵兒爲原型的，佔據著中心位置，擁有絕對優勢的外貌資源和額外的智慧、財富、權力或道德資源。大眾文化不是自治的領域，而是體現「社會差異和社會鬥爭的場所」〔註1〕。有的因素處於主導、支配、中心地位形成了權力話語，而有的因素只能處於中心之外的邊緣地位。

與寵兒對比，殘障者是被社會生活排除在外的異端，是和言情劇主角特徵天壤之別的邊緣人群。在發展中國家，殘障者幾乎沒有任何官方的福利醫療保障；後天致殘的殘障者得到的賠償過於微薄，而且許多殘障者因法制不健全甚至得不到賠償，如農民工的因工致殘往往獲得惡意辭退；特殊教育機構的落後和稀缺（事實上，「特殊」二字已經是健全者權力的烙印）；公共交通、公共場合的輔助設備的極度不完善，因此，他們幾乎不能擁有正常生活的權利，尤其是聾啞、智障者，無法得到和健全者一樣的教育和工作權利，意味著是家庭經濟的最大消耗和社區麻煩的最大來源（成年智障者的攻擊性行爲往往導致社區的排斥、拒絕和鼓勵）。出現在公眾眼中的殘障者多是乞討者、賣藝者等，這是一個僅僅稍好於精神分裂症病人待遇的極弱勢群體。沒有強有力的家庭撫養者支持的大多數殘障者按照保羅・福塞爾的階層之分〔註2〕屬於赤貧階層和看不見的下層。赤貧階層意味著靠臨時性的工作爲生，和看不見的下層相比，他們僅僅是能「出現」在公眾視野中，比如福利工廠的領取微薄薪金的殘障者、盲人賣藝乞討者、殘疾乞討兒童，當殘障者進入看不見的階層意味著關在福利院、精神病院、監獄或者家庭「監獄」〔註3〕，家

〔註1〕〔英〕理查德・約翰生：《究竟什麼是文化研究》，《文化研究讀本》，中國社會科學出版社 2000 年，第 5 頁。

〔註2〕保羅・福塞爾在《格調》中把人們分爲：看不見的頂層、上層、中上層、中產階級、上層貧民、中層貧民、下層貧民、赤貧階層、看不見的下層九個階層。（〔美〕保羅・福賽爾著，《格調》梁麗眞等譯，中國社會科學出版社 1998 年版）

〔註3〕報載新聞家人將有攻擊行爲的智障者鎖在鐵籠之中數年，甚至有智障兒童。

庭地位較低下的殘障者還面臨著更多直接的人身危險，尤其是中國農村的女
性智障者，被強姦、拐賣的新聞時有發生。例如在山西、河北、河南出現的
殺死智障女性出售屍體作為陰婚新娘的殘忍系列案件，是以最後一位正常女
性的失蹤引起報警才立案偵查而破獲的，前面五、六具智障女屍一直處於無
人認領狀態。這意味著包括智障者的家庭在內的健全者內心深處已經否認了
智障者最根本的「人」的生命的權利。

　　因此，當處於人類社會邊緣的殘障者在為數不少的言情劇中佔據了寵兒
的位置的時候，的確是一件貌似不合「常理」的事情。他們憑什麼進入了這
一投射了人們美夢的言情劇中呢？劇中殘障者的世界充滿了真愛和溫暖，看
起來令人欣慰和羨慕。這似乎是件好事，似乎是「關懷」弱勢群體的體現，
是差異、多元的表現，修正了以寵兒為中心的言情敘事所透射出的不平等和
壓制關係。其實，這虛假的幻夢是另外一個「愛」和殘酷編織的權力牢籠，
進一步限制了殘障者在真實世界已經小得可憐的存在可能。

　　大眾文化中殘障者的愛情故事中，突出的是以德報怨、容忍和無私奉獻
的悲情情節。例如，中國電影《男才女貌》中聽說障礙的小悠為了給丈夫生
下孩子甘願冒死亡危險。中國電視劇《啞巴新娘》啞巴新娘林靜雲忍辱負重
近乎聖潔。中國電視劇《大聲呼喊你回來》中盲女羅茜以德報怨，為了深愛
的人，善良的她原諒一再傷害她的男友母親。臺灣電影《愛的發聲練習》中
聽障者 Sunshine 樂觀、溫暖，對懷了別的男人的孩子的戀人小貓以愛包容。
美國電影《阿甘正傳》中的阿甘智商只有 75，這個弱智者卻幾乎代表了所有
美德：誠實守諾，認真勇敢，重義輕利，阿甘所摯愛的珍妮卻是墮落的象徵，
她染上了幾乎所有的惡習，如吸毒、性亂等，而阿甘卻始終如一地愛著她。
法國電影《漫長的婚約》殘疾的馬娣冒死去前線找尋未婚夫。法國電影《新
橋戀人》則是逐漸失明的富家女和殘疾流浪漢的戀愛，在夜空燦爛的煙火中
兩人縱情狂舞的景象尤其令人感動。韓國電影《綠洲》中重度腦癱者女孩恭
洙與忠都產生了不可控制的熱戀。

　　處於父母與子女關係敘事中的殘障者則有美國電影《不一樣的爸爸》中，
疼愛女兒的父親山姆只有 7 歲兒童的智力水平，他單純善良，尊重每一樣東
西，即使是沒有生命的東西，時刻都在為別人著想，願替別人分擔煩惱。即
使是他在用紙鶴砌牆把自己和世界隔絕的時候，他依然要讓他的女兒過得更
好。他的弱智老友們也十分真純可愛，為了給即將上學的露西買一雙鞋子各

自拿出自己身上僅有的零花錢；日本電視劇《我最喜歡你！！》中只有 8 歲兒童智力的柚子是個非常率真的女孩，得知男友事故中突然死去後，又發現自己懷孕，在周圍的反對聲中毅然生下女兒的理由是「難道我不能當媽媽嗎？」柚子憑藉堅強的本能和巨大的愛扶養女兒長大；韓國電影《赤腳的基奉》里中年智障男子基奉十分孝順母親，通過跑步為母親帶來歡笑，雖然生活很艱苦，可他們臉上從來沒有陰影，每一天都充滿了歡樂；韓國電影《Hub》20 歲智障女孩相恩照顧入院的絕症母親，體貼孝順。在友情關係之間有日本電影《真夜中的少女們》中體貼善良、為朋友著想的殘障女孩幸；韓國電影《歡迎來到東幕村》中的智障少女如一代表反戰的人性和平一面，感化了敵對的軍人；韓國電影《傻瓜》智障的承龍 27 歲在人情冷漠的大都市裏，承龍為好友不惜獻出自己的生命。

殘障者存在於親情、友情、愛情的「情」的關係中，作為父母角色時純真率直，時刻為子女為他人著想；作為朋友時，為朋友犧牲自己的感受、利益和生命；作為戀人時忠貞近乎愚癡，對背叛和傷害微笑承受，從無怨恨之心，為伴侶的利益可以付出生命。

這些敘事反覆的強化了一個形象：殘障者給予無條件之愛，殘障者與無條件之愛的一體化。殘障者有給予無條件之愛能力的觀點合理與否，不是筆者關注的。而是殘障者只有在無條件之愛的敘事中存在的奇異之處，也就是大眾文化認為只有和無條件之愛聯繫的殘障者才是可以進入主流話語形態的，大眾接受這種敘事的影視劇說明大眾也默認了殘障者被中心化的要素是無條件之愛。在其他類型主角的言情敘事中很少見到無條件之愛，這意味著還有一層機制在起作用，就是大眾文化和大眾還默認了「健全者」與無條件之愛的不關聯性。這就是說，不管是把無條件之愛視為殘障、還是把殘障視為無條件之愛，總之在大眾文化的邏輯中無條件之愛也就是意味著不健全、缺失、無力感，健全人能夠提供無條件之愛的話，就意味他是不健全的，奇怪的狀態。隱喻回到起點，健全人存在無條件之愛就是成為殘障者。因此，健全人能夠無條件去愛的話就是以交付「健全」「理智」為代價，也就是喪失了作為「自我」的東西（理智）和被「自我」佔據的東西（肉體）。那麼換一種說法，就是健全人認為在理性的正常世界中，無條件之愛是不存在的。所以，當《新橋戀人》中失明的富家女愛的死去活來的時候，忽然得知了有復明的機會，她對殘疾戀人說：「我沒有愛過你。」復明就意味著回到了正常人

的世界，要得到「健全者」的資格，就不能再有無條件之愛這樣的病態行爲了。在敘事中殘障者是提供愛的一方，健全者是接受愛的一方，殘障者不僅提供無條件之愛，而且提供、順從、寬容，自我爲中心的健全者提供的是激情之愛、欲望得到被愛者之愛的愛也就是自戀之愛，和付出自我形象在周圍其他人眼中評價降低的代價。這是一種人格深層結構需求的表達：自戀的健全人對無條件之愛的渴求和對削弱自我的恐懼。

　　無條件之愛也就是過分的關愛、不需要任何回報的愛。事實上，無助的兒童比成人需要更多關愛，但是如果「正常的兒童明確的感到在他的成長的家庭得到足夠關愛和溫暖，並且在需要幫助的時候得到了幫助，他會心滿意足，而不需要過量的無條件的愛」〔註4〕。只有存在不滿意感的兒童、焦慮的兒童才會要求得到過分的關愛。這個推理同樣適用於心理發展出現退化阻滯的成人，即渴求無條件之愛的成人不是出於正常的對愛的需求要求得到被愛從而得到滿足，而是一種出於抵禦內心焦慮、孤獨、無助感的貪婪的「欲望」，通過過分關愛來得到安全。拉康也指出心理退化中蘊含的侵凌性：「我們在個體成長的各個階段，在人取得的各種程度的成就中都可以看到主體的這個自戀時刻。在這個時刻之前的階段。主題必須承受力比多的挫折，在這之後他則在規範性的昇華中超越自己。以這個概念我們就可以理解包含在所有的退化、中斷和主體拒絕成長等結果中的侵凌性。」〔註5〕沒有被成功解決的侵凌性的包袱導致心理停滯發展和精神障礙的產生。與欲望過分關愛的態度交織出現的是對依賴性的恐懼，對提供關愛者產生的依賴感會產生無休止的痛苦。依賴意味著無助，無助加深對關愛的依賴。然後產生怨恨，對自己這種被奴役的狀態怨恨、對被依賴者的怨恨，但是又唯恐失去提供關愛者，因此壓抑怨恨產生新的焦慮，會導致爲了抵禦更多焦慮更要求更多的關愛。形成一個惡性循環。

　　總結這兩種看似矛盾卻實則一物兩面的心態：「健全人」（焦慮者），極端渴望關愛，卻又不相信自己能得到無條件之愛，不相信有人可以向他提供。這裡再次強調無條件之愛的涵義：過分的，不需要任何回報的愛，被愛

〔註4〕〔美〕卡倫・荷妮，《我們時代的病態人格》，陳收譯，北京：國際文化出版公司，2007年版，第83頁。

〔註5〕〔法〕拉康，《拉康選集》，諸孝泉譯，上海：上海三聯書店，2000年，第117頁。

者為別人所愛卻從不用為他人著想的。欲望無條件之愛是無視他人同樣作為能動的主體存在，是敵視他人的心態，這也是自戀主義人格中的侵凌性本質表現。之所以這麼說，是因為拉康所言，侵凌性作為意圖傾向於分離破壞人、使人趨向無機性和死亡。因此，無視敵視其它主體無疑是侵凌性的表達一種。

第二節　殘障隱喻是一種權力話語

這種侵凌性質的隱喻同時構成了健全者對殘障者的權力話語。在這套話語中，健全者給予了殘障者一個榮耀又空洞、華麗又痛苦的祭壇犧牲品的位置，犧牲品的位置是高高在上的，健全者是站在低處的，然而健全者通過謙卑的位置左右著殘障者。這套話語不是明顯流露出來的否定性的權力在專制的說你不能這樣不能那樣，它是分散的、細微的，如同阿道司‧赫胥黎（Aldous Huxley）的《美麗新世界》中對成長中的胎兒的娓娓教導，溫柔、縝密然而嚴酷。福柯說這種權力話語裏「技術都是很精細的，往往是些細枝末節，但是它們都很重要，因為它們規定了某種對人體進行具體政治干預的模式，一種新的權力『微觀物理學』……它們不斷地向更廣的領域擴展，似乎要涵蓋整個社會。那些具有很大擴散力的狡猾伎倆，那些羞於承認屈從於經濟要求的機制或使用卑劣的的強制方式的機制——正是它們在現代歷史的開端造成了懲罰體系的替嬗。」〔註6〕

在關於殘障者的言情敘事中正是「細枝末節」織成了權力話語之網。在電視劇《大聲呼喊你回來》中，羅茜還是盲女的時候，出租車司機路一鳴見她楚楚可憐而傾心相愛，為此違抗母命並和健全人未婚妻分手，掀起軒然大波，羅茜為了路一鳴亦承受了辱罵、毆打和差點被強暴的痛苦。當羅茜復明之後，路一鳴卻以偶遇她和另外一個男人同行的「藉口」不再困擾她而「退出」。這裡路一鳴的「藉口」就是一個細小的「誤會」，如果羅茜還是殘障者身份，這個「誤會」是不可能發生的，路一鳴會把羅茜當成毫無生活能力、判斷能力也就是沒有作為「人」的能力、權利的附屬者而致力去確定「誤會」只是個誤會，但是當羅茜從殘障者身份上昇為健全者，從而使路一鳴將之視

〔註6〕〔法〕米歇爾‧福柯，《規訓與懲罰》，劉北成、楊遠嬰譯，北京：三聯書店，2003年版，第157頁。

為與自我具有同等性質的獨立的「人」，給予羅茜作為獨立體的待遇，這個「誤會」是健全者才能享有的權利，殘障者是沒有令人誤會的能力的，是被動的，等待確認、保護、被憐憫的從屬地位，是依附健全者存在的。路一鳴作為健全者對殘障者的權力就通過細節「誤會」而起著微妙卻強有力的作用。「為什麼各種特定的含義可以有規則地圍繞著特定的文化作品和實踐形成並就此獲得『常識』的地位，取得了一種理所當然的屬性抬」〔註7〕因為，在「理所當然」中存在的權力話語沒有外在蹤迹，如同水流中透明的物體，只有通過有意染色之後的水流改迹之處才能分辨它起作用的位置。

在羅茜的角度來看，盲女時期對路一鳴的主動求愛、給予保護是接受的，在復明之後對於路一鳴因誤會而退出也是接受的。這兩個接受是截然不同的，在前一個接受中，為了證明自己對路一鳴的愛，她努力抗爭了許多可怕的事情；在後一個接受中，是輕描淡寫而毫無覺察的，這兩個接受分別屬於殘障者和健全者的，差別就在於能不能再給予無條件之愛作為回報。關於殘障者是弱一級的、只有具備無條件之愛才能進入健全者的話語系統的觀念也內化於殘障者羅茜自身。羅茜並沒有被外力強迫，而是發自內心的進行行動，這就是權力話語的隱形和效能之處。在電影《愛的發聲練習中》，聽障者 Sunshine 的名字也是一個狡猾的細節修辭，Sunshine 的確人如其名，陽光般的個性。女孩小貓做援交，愛上了已婚的援交對象，以懷孕、自殺來逼迫對方離婚。失敗之後，開始和 Sunshine 戀愛，因他可以給孩子做爸爸。Sunshine 對於小貓來說，就是一道陽光，溫暖的陽光，然而陽光的全部價值在於給別人溫暖而沒有自己需求的，是用來「犧牲」的祭品。但是 Sunshine 是完全明白事情真相的。在小貓說：「誰和我談戀愛，就踹死他」，Sunshine 回應說：「你踹死我吧」。Sunshine 對於小貓無條件的愛是主動給予的。「他使這種壓制自動地施加於自己身上。他在權力關係中同時扮演兩個角色，從而把這種權力關係銘刻在自己身上。他成為征服自己的本原。」〔註8〕這就是權力關係內化為「精神對精神的權力」〔註9〕。

〔註7〕〔英〕約翰・斯道雷，《文化理論與通俗文化導論》，楊竹山譯，南京大學出版社 2001 年版，第 175 頁。
〔註8〕〔法〕米歇爾・福柯，《規訓與懲罰》，劉北成、楊遠嬰譯，北京：三聯書店，2003 年版，第 227 頁。
〔註9〕〔法〕米歇爾・福柯，《規訓與懲罰》，劉北成、楊遠嬰譯，北京：三聯書店，2003 年版，第 231 頁。

　　殘障隱喻中蘊藏著深厚的性別權力話語。關於殘障者的言情敘事中女性殘障者的殘疾是不損害面容美麗、肢體完整的聾啞或失明等，即使失明，眼睛的美麗依然超乎尋常，只是眼睛外部後的神經受損。男性殘障者除智障和聾啞外，以輕度肢體殘疾為主、長相普通或中上，沒有出現的失明殘障。這套權力話語是關於性別不平等的，女性殘障不能損及「女性」氣質，男性殘障不能損及「男性」氣質。「女性」氣質指面容的清秀、完整、美麗，肢體的勻稱、苗條、柔弱和有性吸引力的；「男性」氣質指面容完整，肢體可以略有殘缺但必須有力，有自主性，因此喪失視力儘管不會導致現實中的盲人失去行動能力，但是因為盲人行動的摸索和小心會損害言情敘事中殘障者的自主獨立的「男性」氣質，所以男性不能失明。關於女性的「性吸引力」和男性的「獨立自主」父權制話語權力通過這個隱喻把殘障者這個邊緣群體囊括於屬下。在福柯看來，自 17 世紀以來，「個人就一直被束縛在複雜的、規範化的、全景式的權力網絡中，這個權力網絡監視、判斷、評估和矯正著他們的一舉一動，任何事物和思想都逃不出權力的眼睛。」〔註 10〕

　　加拿大言情電影《失寵於上帝的孩子》中的權力話語力量強大而隱蔽。美麗的殘障主人公莎麗在同學們一個個敞開心扉，漸漸學會了用讀唇代替傾聽，用艱澀的發音代替肢體訴說時，她卻只肯用手語交流，拒絕慣常的迎合世人的方式，拒絕不再孤獨的機會，拒絕向那些上帝恩寵著的孩子的世界妥協。當別人選擇寬容時，她選擇了憤怒，當別人選擇和善時，她選擇了尖銳，當別人選擇融入時，她選擇了被放逐。然而這些對權力抵抗的行為確激起了權力的另一端健全者詹的愛 —— 也就是欲望，詹因為她的美麗和獨特而「愛」上她，卻又因為「愛」希望迫使莎麗放棄獨特，回歸平常，只留有健全者認可的「女性美貌」。這種「愛」，正是拉康定義的自戀之愛、欲望之愛，把愛的對象作為自體的一部分體驗，並不在乎對象的特殊存在。拉康認為在欲望與對象的關係中，是黑格爾的主奴辯證法中絕對主人和奴隸的關係〔註11〕。拉康是通過科耶夫的看法來對黑格爾進行解讀的：人的本質是欲望，真正的人性欲望不同於動物性的需要，它指向的對象不是實在的物，而是

〔註10〕 于文秀，《「文化研究」思潮中的反權力話語研究》，黑龍江大學 2002 年博士學位論文。
〔註11〕 〔法〕拉康，《拉康選集》，褚孝泉譯，上海：上海三聯書店，2000 年，第 118頁。

他人的欲望。這種對欲望的欲望就是希望他人所「欲望」，也就是希望被他人「承認」，被他人所「愛」。因此，人的欲望就是要求承認的欲望。這種要求承認的欲望是單方面的，即人總想被一切人承認，卻不願反過來承認任何他人。這樣，希望被他人承認的兩個人爲爭得對方的承認，就必然陷入一場生死戰鬥中。戰鬥的勝者成爲主人，敗者則爲奴隸。詹對莎麗的愛就是健全者希望得到殘障者的「承認」和「愛」，卻不願承認殘障者的獨特，而正是這個「獨特」的存在激起了健全者的欲望。在這裡，源於這種要求承認的欲望的侵凌性表現出了權力話語的奪取和征服。最終，詹的溫柔情話迫使莎麗開口說話，權力關係在此形成，以莎麗承認健全者的權力爲結束。

在另外一種關於「女性獨立奮鬥」的權力話語中，「獨立奮鬥」是以捨棄「女性特質的美貌」和人性的所有弱點在百鍊成鋼的歷程中凸顯的。中國電影《隱形的翅膀》中殘疾少女志華在學會自理生活、發誓要參加殘奧會而刻苦訓練這些過程中經歷了近乎煉獄般的折磨。志華最終的確贏得了資格參加殘奧會，但她的母親已經過世。少女志華的母親是精神分裂病人，不能給女兒母愛作爲感情支撐，對經濟地位低下、教育程度不高的農村殘障少女來說，這等於剝奪了她最後一絲可依賴之物。殘障少女在一個「鍛鍊成鋼」的敘事中成爲百傷不死的金剛不壞身，她失去少女的撒嬌、柔弱、文靜之美的同時，也捨棄了軟弱、畏縮、猶豫的性格弱點。《隱形的翅膀》的大部分敘事都在刻畫「改造『凡體』的必要、改造程度的徹底和改造過程的艱難。」〔註12〕黃子平在《「灰闌」中的敘述》中說《青春之歌》中的林道靜經過敵人兩道非人的酷刑「到達修煉功成的那個位置時，她克服了她的女性身體的有形有限性，從此成爲一個『黨』的戰士，通體透明地彙入無限的克明洪流之中。」〔註13〕志華則是克服了女性的低下、美貌限制，身體殘缺的缺陷，凡人感情脆弱的束縛，昇華爲健全者仰視的神像。在這個權力話語中，女性、人性被排除在了獨立奮鬥之外，二者關係被對立的異常殘酷和矛盾，同時又披著「崇高」的華采外衣，志華贏取參加殘奧會資格收到的掌聲、欽佩和崇拜，和螢幕下觀眾油然而生的感動一起彙成了最富蠱惑力的毒藥。這種權力

〔註12〕黃子平，《「灰闌」中的敘述》，上海：上海文藝出版社，2001年，第99頁。

〔註13〕黃子平，《「灰闌」中的敘述》，上海：上海文藝出版社，2001年，第100頁。

關係「與君權的威嚴儀式或國家的重大機構相比，它的模式、程序都微不足道。然而，它們正在逐漸侵蝕那些重大形式，改變後者的機制，實施自己的程序。」〔註14〕這對於現實中的殘障者來說，是加重的不平等和歧視。女性殘障者的修煉神話的實質是爲殘障者強調必須經歷「特殊磨難」洗禮的才能獲得權力話語認可。拉開弱者與強者差距、擡高進階門檻的背後是一個群體對另一個群體的性別和身體的雙重否定。

第三節　反撥與曖昧

　　殘障之愛作爲權力話語並不是一成不變的，它存在著反撥的力量，也存在著曖昧、模糊之處。這個力量是以色情方式顯示的。色情一直負擔著格調卑下的罪名，然而桑塔格在《色情想像力》一文中，不僅將色情看作是社會和心理現象，更把它看作是一種美學現象，乃至一種文學文類。她反對只把色情看作一種單純引起性欲的功能，而認爲色情能夠激發風格、動機、人類的複雜性和性格。因此，本節要分析的是色情對健全者與殘障者的權力話語的瓦解作用。另外，還要探討的一點是大眾文化中關於「慕殘癖」的現象。

　　首先以韓國電影《綠洲》爲分析文本，導演李滄東坦言這不是一部「美麗」的電影，沒有順應大眾審美眼光的需要。在這部電影中，既往文本中爲殘障者加上的荊棘王冠被摘去了。

　　家境貧寒的重度腦癱者女孩恭淑面容扭曲手腳抽搐，不成人形，僅有少許思維能力，生活不能自理。她的哥哥嫂子用她的名義住進了殘疾人新公寓裏，她和舊傢具被拋棄在舊樓。忠都有輕微智障導致的社交困難，剛出監獄，佝頭縮腦，擤著鼻涕。這兩個殘障者洗去了美麗、才藝、精神至上的光輝，而至關重要的無條件之愛和保守的道德更是絲毫無存，存在的只有本能的性吸引力。當忠都第二次見到恭淑時，就試圖強姦她，遭到反抗停止。當日晚上，恭淑聽著鄰居性生活的聲音，掙扎著撥通了忠都的電話，主動要求和他做愛。這段直白的殘障者的愛欲關係有三個反撥：一、女性殘障者缺乏世俗價值觀中最基本的性吸引力條件；二、忠都近乎動物的求愛方式完全不同於其它言情敘事中男性殘障者的謙卑、文雅、含蓄和性欲色彩極弱的特點；三、

〔註14〕〔法〕米歇爾・福柯，《規訓與懲罰》，劉北成、楊遠嬰譯，北京：三聯書店，2003年版，第193頁。

女性殘障者主動表達性欲更不同於其它女性殘障者對待愛情的躲避、保守、與身體無關的精神之戀。

然而，在對殘障者祭壇式無條件純愛話語反叛的同時，《綠洲》又存在著一定的馴服和認同，因此微觀層面變的曖昧起來，具有多重可能。

首先，在恭淑的幻想中，投照在屋裏的光影變成白鴿和蝴蝶，畫上走下來印度舞女、孩子和小象，一起在房間快樂的跳舞，恭淑變身為美麗健康的公主置身於中央，忠都化身將軍說：「如果我是詩人，我要為你歌唱」，將軍負責照料公主的起居飲食，他帶她出去玩，在擁堵的高速公路上抱著她起舞。這些美輪美奐的幻想情節調和了影片的現實重壓和畫面中人物給人的醜陋感覺。與其它言情敘事中殘障者愛情描寫保持了唯美的繼承關係。其次，忠都作為男性殘障者非常善良，善良到了神性的程度。他替車禍致死（受害者正是恭洙的爸爸）罪但是是家庭收入來源的哥哥服刑，剛從監獄出來的多天，穿著短袖卻把僅有的錢給媽媽買了禮物。然而卻吃不上飯也找不到家，因為家人搬家了卻沒通知他。家人告訴他：「要是你不存在，我們都會好過很多。」忠都雖然遭到家人的忘恩負義的嫌棄，但他並無怨言，依然樂觀自主。他偷錢偷車去和恭淑約會，面對社會的鄙夷他不卑不亢。這些以德報怨、樂觀、不怕鄙夷嘲笑的特徵是屬於神而不是凡人的。忠都的聖潔化減弱了對權力話語的抵抗，也使《綠洲》敘事前段的性欲力量的反叛色彩大大減輕，得到了道德的「原諒」弱化。也正因此，大眾的解讀再一次落入權力話語的圈套，例如，《綠洲》的影評《一一》〔註 15〕中說：「對於我來說，這只是一個愛情故事，剝離了腦麻痺，剝離了犯人，剝離了強姦，剝離了黑暗的人性，一個男人 VS 一個女人的愛情故事。」影評《如果我是詩人，我要為你歌唱》〔註16〕對忠都進行讚歎的評價：「這個男人善良無畏地行走在法律和道德的邊緣，外表平凡，內心堅強，絕對是一個不簡單的角色。」更引起了抱著對殘障者「憐憫關愛」的高調的大眾回應：「藝術是假以修飾甚至誇張的現實，說藝術即是謊言，這部飽含批判現實精神的電影豈不是無病呻吟？因為相信在現實中這一切不可能發生，所以『電影看得很舒服』？……至少整個觀影過程是讓我『很不舒服』的。」〔註 17〕《綠洲》對主流殘障愛情話語的雙重態

〔註 15〕www5083，http：//www.douban.com/review/1058603/

〔註 16〕novy，http：//www.douban.com/review/1215820/

〔註 17〕發言者 Mic，http：//www.douban.com/review/1011528/

度和曖昧表達，使它擺出的拒絕姿態因其內在的依賴性而弱化。

福柯一直在強調微觀權力的隱蔽性，現代權力是一種「關係性」權力，它在「無數的點上被運用」〔註18〕。權力話語潛伏於人們的自覺主動的思想行動中，「要想描述它們，就必須注意各種細節。我們不應該在各種形象後面尋找意義，而應該尋找告誡。我們應該不僅從某種功能的困境，而且從某種策略的連貫性來考慮它們。它們作爲狡猾的伎倆，與其說是出於那種永遠站得住腳、使小事也具有意義的重大理由，不如說是出於對一切都加以注意的『險惡用心』。」〔註19〕權力關係在現代社會已經常態化與制度化，「這種權力不是那種因自己的淫威而自認爲無所不能的得意洋洋的權力。這是一種謙恭而多疑的權力，是一種精心計算的、持久的運作機制。」〔註20〕

慕殘癖是性變態還是差異性？美國電影《補償》更爲怪異，殘疾記者伊薩發現一個名叫「wannabe」的組織，發現組織成員主動行賄外科醫生做截肢手術，以身體的殘疾來達到一種超脫。有人認爲是一種「身體健全認同障礙症」的疾病，也有人認爲這只是一種怪異的邊緣文化而已。伊薩在那裡遇到的女孩菲娜說：「我就是殘疾的，我只是被困在一具健康人的肉體裏。」她第一次以癱瘓者的身份出現在餐館裏，因爲眾人的注視，使她產生了從未有過的滿足，她對伊薩說：「這眞是難以置信的感覺。哦，天哪！眞難以置信。知道麼，我夢想著這一刻，已經有很久了，就好像用了 20 年才叫到一輛出租車。」這部電影涉及的是一個特殊人群，Acrotomophilia，譯作慕殘者，或者是戀殘癖。首先瞭解幾個概念：慕殘者（Devotee），扮殘者（Pretender），自殘者（Wannabe），這三種人被稱爲「D 一族」。慕殘者是指那些被殘疾異性（特別是患有進行性損害或截肢者）吸引並產生性衝動的健全人；扮殘者指那些在公共場合或者在家裏通過使用輔助器俱如支架、拐杖、輪椅等扮演殘疾人並得到快感的健全人；自殘者則指自己想成爲眞正的殘疾人，在有些情況下，甚至通過自殘達到目的的健全人。從 19 世紀末起就有醫學文獻資料描述那些被截肢者、跛腳或者使用拐杖、支架和輪椅者吸引從而產生性衝動的

〔註18〕〔美〕斯蒂文・貝斯特、道格拉斯・凱爾納，《後現代理論——批判性的質疑》，張志斌譯，中央編譯出版社 1999 年版，第 66～67 頁。

〔註19〕〔法〕米歇爾・福柯，《規訓與懲罰》，劉北成、楊遠嬰譯，北京：三聯書店，2003 年版，第 157 頁。

〔註20〕〔法〕米歇爾・福柯，《規訓與懲罰》，劉北成、楊遠嬰譯，北京：三聯書店，2003 年版，第 193 頁。

男女，以及那些假裝或者真正想成為殘疾者的人們。專門研究截肢興趣問題的莫奈為此創造了術語 Apotemnophilia（通過幻想成為截肢者而獲得性滿足的人）和 Acrotomophilia（尋求真實或假想的截肢伴侶以獲得性滿足的人）。慕殘者的精神分析一般都歸結為閹割恐懼的替代行為。

　　筆者認為把這部分人群歸為性變態的慕殘癖是不恰當的，這和有些「正常人」喜歡長髮女性，有些「正常人」喜歡手指好看的男性是一樣的，只是一種差異性存在。筆者也不贊同把慕殘癖歸結於閹割恐懼的替代行為，與一些親自去殺害切割人體的殺人罪犯不同，對殘缺人體意象的欣賞嗜好是沒有被主題成長過程中通過自戀認同超越的那部分侵凌性的變形為一種需求，一種只有在奇幻的視頻文化工業品中呈現的殘缺意象才能緩和的隱秘需要，這樣間接的使主體的心理保持一種平衡。通過與周圍的消費者交流同類嗜好，主體不僅從別的主體那裡得到認可，同時與這個群體的認同──以消費來表達的自戀認同使主體的自我完整性的裂縫加以修補，因此，對殘缺的嗜好是出於自我自戀認同的需要。在消費主義、自戀主義充分發展的當下，對個體來說，「放鬆的約束」不意味著什麼都可以做了，相反，放鬆意味著超我從更為原始野蠻的所在汲取了能量去進行無度的壓抑自我，這個強大的壓抑就是主體感到的道德意識的有目的指令〔註21〕，這指令使自我什麼都不能做了，能做的只有消費，只有消費能建構合乎道德律令的自我。自我在五花八門的消費中完成自我認同，由於消費認同具有用完即拋的一次性特質，於是自戀主義者對殘缺的嗜好催生了此類文化消費品的推陳出新。

〔註21〕〔法〕拉康，《拉康選集》，褚孝泉譯，上海：上海三聯書店，2000 年，第 113頁。

第六章　消費主義下的情感療慰

　　自戀主義者人格結構以侵凌性為中心決定了自我消耗了大量心理能量對侵凌性進行防禦。焦慮就是最常見的防禦方式。「折磨新一代自戀主義者的不是內疚，而是焦慮。他並不企圖讓別人來承認自己存在的確鑿無疑，而是苦於找到生活的意義。他已從過去的迷信中解放了出來，但卻對自己現在的存在發生了懷疑。」焦慮不是最後的結果，焦慮的累積同樣會影響心理平衡，在積攢到一定限度時，焦慮也要尋找釋放的通道，如果不能得到心理上的釋放，甚至可能會以軀體化障礙表現，比如常有人會因為對公眾場合下表演產生焦慮導致尿頻。「從他的願望永無止境這層意義上說，他是很有追求的，但他不像 19 世紀政治經濟制度下一個有追求的人那樣，力圖囤積起大量物資與必需品以備將來的不時之需；而是要求獲得立刻的滿足，並生活在一種煩躁不安的永遠不會滿足的欲望之中。」〔註1〕尋求個人利益的經濟人又已經為我們自戀時代的尋求平靜、安寧和滿足感覺或自我幻覺的心理人所替代，對於如何鬆弛焦慮和如何馬上鬆弛焦慮，心理人的有效方法就是通過各種消費得到釋放焦慮、情感滿足和自我認同的圓滿之感。

　　某種程度上，焦慮與恐懼是同義的，它們之間有著密切聯繫，都是對危險的一種情感上的反應。美國心理學家荷妮曾說，「恐懼是一個人不得不面對的危險的一種適當的情緒反應，而焦慮則是對這種反應不適當的反應，或者是對想像出來的危險的一種反應。」〔註2〕這一區分同樣揭示了自戀主義者的

〔註1〕　〔美〕克里斯多夫·拉斯奇，《自戀主義文化》，陳紅雯、呂明譯，上海：上
　　　　海文化出版社，1988 年，第 4 頁。
〔註2〕　〔美〕卡倫·荷妮，《我們時代的病態人格》，陳收譯，北京：國際文化出版

焦慮不是現實的，而是想像關係中的，是存在於內心處境中的，另一方面在我們推崇自戀主義的時代條件下，焦慮也可以說是特定文化與社會引起的一種情緒障礙。焦慮可以潛伏在其他很多負面情緒下，這樣就意味著有許多焦慮沒有被自我意識到 —— 這也是弗洛伊德所說的無意識的力量和拉康堅持自我的否認拒絕功能意義之所在。但是，在焦慮背後，隱藏著巨大的動力力量，甚至很可能是我們生活中的決定因素。荷妮提出逃避焦慮的四種方法：理性化，否認，麻痹，避免任何會引起焦慮的情景。麻痹就是本章所提到的情感消費，情感消費不以現實利益為交換價值，而是以麻痹或釋放焦慮總之就是焦慮的暫時消失、情感滿足為交換價值。例如購物癮不在於購買的東西價值，而是在於購買這種行為使焦慮暫時消失。由於焦慮與侵凌性的密切關係，決定了焦慮就像欲望一樣，永遠得不到滿足，消費帶來的滿足只是一種替代品。因此，消費注定是一個多次重複永無休止的過程。本章通過商業化寫作的憂鬱自賞趣味、暢銷言情劇對白血病的成功隱喻建構和醫與病美學風格商品來討論自戀主義者的情感消費與滿足行為。

第一節　憂鬱自賞趣味的形成和商業化寫作

首先，出於對抑鬱症患者的公正起見，必須指出現實中的抑鬱症的確是一種疾病。它就像情緒的感冒，輕可自愈，重可致死，幾乎每個人都有可能會得，無關乎體質強弱、性格和道德問題。近年有研究者通過生化實驗確認抑鬱症存在有生理上的障礙〔註3〕。西方精神醫學界定的抑鬱症基本上就是生活中我們一直說的神經衰弱。美國學者凱博文在他的著作《苦痛和疾病的社會根源 —— 現代中國的抑鬱、神經衰弱和病痛》中說：「中國人的文化取向，不論是傳統的還是當代的，滲透著神經衰弱的病痛經驗。神經衰弱反映了其他的中國核心文化主題以及精神 —— 文化過程：例如，對人際關係的強調超過對內在精神的關注；認知應對過程中的外在化而不是內在化是占主導的；實際的情景導向的認知方式；以家庭為基礎的、特別的針對精神病的污名；通過飲食、鍛鍊、禁欲、吃藥來維持健康的強烈關注。」〔註4〕他認為神經衰

社，2000 年，第 28 頁。
〔註 3〕由五羥色胺（大腦分泌的一種導致精神鬆弛和睡眠的物質）等單胺類大腦神經遞質紊亂造成。
〔註 4〕〔美〕凱博文，《苦痛和疾病的社會根源》，郭金華譯，上海：上海三聯書店，

弱是中國文化中的一種象徵形式，非常有洞見力的指出：「相互聯繫的文化、社會、精神——生物決定因素把神經衰弱的病痛體驗建構爲主要是軀體性的。我們研究症狀習語的發現、病人經過引導表達出來的不適以及求助的模式都充分證實了這一點。個體的確體驗到了精神——社會症狀，並對之有自己的洞見，但是這些在面對神經衰弱這個複雜病症時都被邊緣化了。」〔註5〕凱博文在中國大陸進行的實際病例研究是在 1980 年，緊隨文革之後的時代，那個時代的中國幾乎對抑鬱症一無所知，凱博文書中提到某醫生因向神經衰弱病人建議看精神科而被病人責罵的事情是可以想像的。接近 30 年時間過去，抑鬱症逐漸走進大眾。大眾文化不僅不再諱言抑鬱症，似乎還頗爲「熱衷」抑鬱症。凱博文說「症狀並不只是個體的不適表達，也可能成爲一種表達集體性不適的合法語言。」〔註6〕大眾文化對抑鬱症的進行編碼是否也體現了某種集體性的東西？本節目的就是以抑鬱症、自閉症〔註7〕在大眾文化的被編碼過程爲對象，結合大眾對它們的解碼態度對大眾文化的複雜肌理進行多元化的研究。

一、大眾文化對抑鬱症的編碼過程

　　首先，娛樂明星對抑鬱症的去污名化。受人注目的偶像明星是抑鬱症進入大眾視野的第一個傳播媒介。2005 年，擁有很高知名度的主持人崔永元很

　　　　2007 年，第 155 頁。
〔註5〕　〔美〕凱博文，《苦痛和疾病的社會根源》，郭金華譯，上海：上海三聯書店，2007 年，第 155 頁。
〔註6〕　〔美〕凱博文，《苦痛和疾病的社會根源》，郭金華譯，上海：上海三聯書店，2007 年，第 2 頁。
〔註7〕　自閉症嚴格來說是廣泛性發育障礙（pervasive developmental disorder），一種起病在 5 歲以前的嚴重的發育性障礙，對社會交往和溝通模式有質的損害，以局限、刻板、重複的興趣和行爲爲臨床特徵，儘管程度可能不同但這些損害是所有情景下的普遍性特徵。兒童自閉症是廣泛性發育障礙中的一個常見亞型，除此之外還包括不典型自閉症、Asperger's 綜合徵、Rett's 綜合徵、Heller's 綜合徵和多動障礙伴發精神發育遲滯和刻板動作等亞型。自閉症患病率近年來各地均有明顯上昇。根據 Fombonne 2003 年綜述的資料，1966 年～1991 年自閉症的患病率爲 4.3/萬，而 1992 年～2001 年達到 12.7/萬，引起患病率上昇的原因可能有很多。自閉症的發病原因至今不明，但可以肯定有神經生理方面的變異。遺傳曾被認爲是重要的影響因素之一，但不是唯一原因，總之，自閉症是主要源自生理因素、和環境、遺傳以及心理因素共同作用的結果。

早向公眾袒露了自己得了抑鬱症，而且還現身說法式地大力自嘲，談公開病情以來產生的影響：「抑鬱症如雨後春筍般湧現，特別是娛樂圈很多人把說自己有抑鬱症當成一件時髦的事，因為這象徵著聰明、善良。」娛樂明星中，大 S（徐熙媛）、藍潔瑛、王祖賢、何耀珊、王杰、白岩松、王小丫、謝津（自殺已故）、馬景濤、張家輝、朴樹、范曉萱、劉若英、林青霞、周潤發、趙傳、許美靜、張楚、楊坤、李俊基、唐師曾、NOA、鄭多彬（自殺已故）、U-Nee（自殺已故）、倪敏然（自殺已故）、李恩珠（自殺已故）、崔眞實（自殺已故）、金錫均（自殺已故）、徐錦江、S.H.E.的成員 Ella、周渝民、孫燕姿、藍心湄、鄭秀文、黃義達、澎恰恰、黃子佼、李宗翰都公開透露自己曾患有抑鬱症，03 年一代巨星張國榮自殺的原因很大部分也是抑鬱症。英國演員克里斯汀‧貝爾（曾主演《蝙蝠俠》、《美國精神病》等），美國喜劇演員金‧凱利（《一個頭兩個大》《阿呆和阿瓜》），英國著名喜劇演員「憨豆先生」的扮演者羅萬‧阿特金森，克爾斯滕‧鄧斯特、碧昂絲‧諾里斯都有抑鬱症病史。奧黛麗‧赫本、瑪麗蓮‧夢露、鍾楚紅、阿嬌則是傳聞，眞假難以確定，但是抑鬱症牽扯的名人越來越多了，甚至包括日本皇室太子妃雅子和作家學者柏楊。上述明星外表或美豔絕倫、或清純動人、或瀟灑出塵，除了演員、主持本行外、寫小說、出唱片、開畫展、寫詞譜曲、操持樂器、當導演等才華多面。娛樂明星對抑鬱症容易被人誤解為內向心胸狹窄等負向聯想起了抑製作用。正像王菲的女兒李嫣對唇裂殘疾兒童的醜化形象起了扭轉作用一樣，娛樂明星對抑鬱症的隱喻的貢獻無論如何有正面意義的，抑鬱症開始被人們認可，並且首先因他們獲得了聰慧敏感、多才多藝的風雅之意，儘管這也導致再次把抑鬱症「富貴病」化的傾向。

其次，暢銷小說對抑鬱症隱喻中與眾不同、頹廢和脫俗外貌之意的建構。作品頻頻名列暢銷榜前位的安妮寶貝在兩篇小說中塑造了抑鬱症病人形象。《七年》〔註8〕中抑鬱症病人「藍」，性格特徵是：「太自我的人，無法輕易地被周圍的社會的環境同化和接納。」深夜失眠，性格裏有孤獨的天性。「獨立和古怪，脆弱而甜美。」音樂品位和服裝打扮是：「喜歡買一些打孔的原版 CD。瘦瘦的，舊的白棉裙子。光著腳穿一雙球鞋。濃密的漆黑長髮，略顯透明的皮膚。穿著鬆鬆垮垮的很大的牛仔褲，黑色的蕾絲內衣，臉上沒有任何化妝」。表情是：「一貫的懶散和頹敗的表情。」《生命是幻覺》〔註9〕

〔註 8〕安妮寶貝，《七年》，《告別薇安》，海口：南海出版公司，2000 年
〔註 9〕安妮寶貝，《生命是幻覺》，《告別薇安》，海口：南海出版公司，2000 年。

中的抑鬱病人「他」，32 歲，是無懈可擊的溫和而銳利的男人，工作業績突出。並且很有「詩意」思想：「在城市的喧囂人群中，在電腦和傳真充斥的辦公室裏，在無至盡的商業宴席間。都有對自己孤獨和焦灼的質問。」生活方式放縱：「去西區的酒吧喝酒。Jazz 混亂的節奏和煙草的氣息刺激著神經。半夜的時候，才獨自坐空蕩蕩的地鐵回家。」靈魂是冷漠而疏離著在一邊觀望的。甚至連吃藥都是「坐在酒吧的吧臺邊，他拉開領帶，把藥片混在 Whisky 裏喝了下去。」不羈的，冷酷的，智商高的，對世界不滿的，對女性有吸引力的。

　　第三是影視劇抑鬱症角色形象尤其是傳記式影片的放大的真實感染力對抑鬱症隱喻的強化。中國電影《深海》中年輕漂亮的阿玉是憂鬱症患者，敏感脆弱，在愛情中神經質而極端。中國電影《流浪神狗人》中的中產階級太太青青，美麗但患了產後抑鬱症，對丈夫求愛僵硬拒絕。美國電影《飛行者》是依據霍華德‧休斯生平改編的電影。他是一位抑鬱症患者，出身巨富，又涉足藝術界，買下 125 家戲院，拍空戰電影，才能非凡，主持某飛機的發明和改進，對女性非常有吸引力。美國電影《皮毛》是傑出女攝影家黛安‧阿布斯的傳記電影。她被譽為 20 世紀美國最優秀的攝影師，在她照片中的人物，不管正常與否，都表現出一種極度變態的傾向。1971 年黛安自殺。英國電影《疾速蘇格蘭》根據單車冠軍格拉爾米‧歐伯利的真實生平改編，他以業餘身份打破世界紀錄，最神奇的是，他的「坐駕」還代表著一個非常有趣的創新──是由洗衣機的零件組裝而成的。與成就相比，他的抑鬱症是私人生活灰暗的來源。這些角色繼續對抑鬱症和才華、獨特個性、藝術天分、最重要的是高經濟地位的勢利傾向之間的聯繫進行了強化。

　　總結抑鬱病人「阿玉」「青青」「藍」「他」「霍華德」「黛安」「格拉爾米」、的症狀：性格以自我為中心，經常處於孤獨頹廢的情緒感受中，在周圍人眼中雖然古怪但富有吸引力，渴望關愛與行為上拒絕傷害他人難以被取悅的無法控制的矛盾，智商、學識、藝術天分、品位超出他人，向死性。這就是大眾文化對抑鬱症的編碼。

二、大眾文化對自閉症的編碼過程

　　首先，大眾文化敘事中對自閉症病人的形象美化成「星孩」和「雨人」。

自閉症，爲英文 Autism 翻譯而來。「autism」一詞來源於詞根「autos」，在希臘語中意指「自我」，自閉症也因此而得名。自閉症在中國也被稱之爲孤獨症。從這一名稱開始，自閉症已經被賦予了一個情感的隱喻——煢煢獨立的孤獨感，「孤獨」並非患者的感受，而是他人對自閉症患者的感受和評價。自閉症患者自己是沒有能力感受「孤獨」「寂寞」情緒的。自閉症患者最關鍵的症狀就是與他人的共情能力缺失，表現出冷漠自私無動於衷，但是，自閉症兒童是由於病理原因而無法完成心理行爲，是去道德化的。

在康復機構和患兒家屬口中，給了自閉症兒童病人第一個出於善意的編碼：星星的孩子，一個富有魅力的愛稱。中青網通訊員蘇穎在《星星的孩子——接近自閉症兒童》有這麼一段文字形容：「他們是一群星星的孩子，他們有著姣好的面龐，純真的眼睛。他們對你笑，你會覺得你是世界上最幸福最幸運的人……可是，他們很少會笑，他們總是沉浸在自己的世界裏，不會交流，不會溝通，就像天空中閃爍遙遠的星星……」〔註10〕星星的孩子一詞來源於王爾德的童話《星孩》（Star Child）。主人公星孩是從星星上掉下來的小孩，裹著金色線織的斗篷降落在一片森林中，被好心的貧苦樵夫收養。王爾德這麼描寫長大的星孩：

> 村裏別的小孩都是黑皮膚黑頭髮，唯獨他長得又白又嬌嫩，就像精細的象牙一樣，……對於其他孩子們，他都一概瞧不起，並說他們出身低微，而他自己卻是高貴的，是從星星上蹦出來的，……把他們都喚著是自己的奴隸。他一點也不同情窮人，也不憐憫那些瞎子、殘疾人以及任何有病苦的人。他也的確是迷戀美的，嘲弄那些屛弱和醜陋的人，……他朝井中望著自己臉蛋的動人之處，並爲自己的美麗而高興得笑起來。他的夥伴們也都跟隨著他，因爲他長得美，且腳步輕快，能夠跳舞，還會吹笛和彈奏音樂，無論他支配他們去幹什麼，……他們都會變得跟他一樣的鐵石心腸。

王爾德筆下的星孩的冷漠的確與自閉症兒童患者非常相像。患兒父母在借用星孩這個稱呼的時候，更多是針對幾乎終身難愈的現實借用星孩故事的後半段作爲寄託：母親的愛和磨難使星孩變得正常，不再冷漠主動回報關愛。然而「星星的孩子」突出的是優美的外貌和冷漠古怪的性情，這同時也是自戀

〔註10〕http：//vweb.cycnet.com/cms/2004/daxuesheng/culture/art/200607/t20060724_343316.htm

時代人格的影響，外表比本質更值得關注。

　　自閉症病人第二層編碼是「雨人」的天才之意，來自於 1988 年曾獲 61 屆奧斯卡最佳電影《雨人》。rain man，本意是指孤獨的，無法被世界理解的人。雨人雷蒙患有自閉症，寡言少語，性格古怪，但同時有著驚人的記憶力和心算能力。比如雷蒙在機場說乘飛機不安全，並歷數重大空難發生的時間、地點，他能很快背下電話本上從 A 到 G 所有的電話號碼。牙籤盒碰倒在地，他能立即說出牙籤有多少根。片中雷蒙被弟弟領到一家賭場，利用他過人的記憶力大撈了一筆。除了《雨人》外，還有臺灣電視劇《流星花園》成績優異的花澤類；暢銷小說《這輩子，我愛定你了》（作者飛藍飄雪）成績出眾且戲劇天分突出的藍亦軒；香港電影《野良犬》自閉症少年志宏唱歌天才、打牌天分突出；印度電影《地球上的星星》中有著驚人繪畫天分的自閉小男孩；暢銷懸疑小說《深夜小狗神秘習題》的自閉症數學天才少年；比利時電影《Ben X》遊戲冠軍 Ben；美國電影《海上鋼琴師》中無師自通的鋼琴天才 1900；泰國電影《致命巧克力》中武術天賦超群的雪；韓國電影《冤魂曲》富於大提琴天分的朱莉；法國電影《莫扎特和鯨魚》唐納和伊莎；美國電影《水銀蒸發令》的破解國家絕對軍事密碼的男孩塞門；韓國電影《馬拉松》楚元馬拉松冠軍；美國電影《陽光小美女》的自閉哥哥崇拜尼采表現的超人哲學天分；芬蘭電影《黑色地板》的小女孩有預言能力和繪畫天分。這些自閉症病人的天才表現分佈在如此之廣的領域內，令人驚歎；但大眾文化如此強大偏執的編碼能力更令人驚歎。

　　當編碼自閉症不再局限於大眾文化的影視劇作品，傳播媒體以專家學者的面貌也參與其中的時候，進一步誤導了大眾，混淆了現實和隱喻。選擇一段被轉載無數次的媒體報導：

> 　都柏林聖三一學院精神病學教授菲茨傑拉德表示，很多天才都有類似自閉症的特徵。他以牛頓、愛因斯坦、喬治·奧威爾、H.G. 韋爾斯和維根斯坦等偉人為例，他們都有包括阿斯伯格症候群在內的自閉症特徵。根據死後診斷結果，貝多芬、莫扎特、安徒生和康德亦患有阿斯伯格症候群。菲茨傑拉德在倫敦的一個會議上指出，自閉症、創造力和才華有相同的基因因素。他說：「精神病也有好的一面。我指的是引致自閉症和阿斯伯格症候群的基因，創造力實質上也是源於相同基因的。……」他表示：「這些基因塑造出集中力強

的人，他們與學校制度格格不入，社交技巧差，與人交流時欠缺眼
神接觸。他們可以很偏執，喜歡反對他人見解，亦很有道德操守。
他們可以為一個論題付出二、三十年的努力，不會受其它人的想法
左右。」菲茨傑拉德認為，喜歡支配、孤僻和重複的性格特質，是
一些政界人物致勝的重要因素，例如法國前總統戴高樂、美國前總
統傑斐遜和英國政治家鮑威爾。〔註11〕

這段描述裏面，菲茨傑拉德不僅把天才稱號給予自閉症，還把「支配欲」「古
板」「道德操守」「集中力強」「社交能力差」「孤僻」「偏執」「重複」「與學
校制度格格不入」歸結為成功的原因。多次轉載的媒體甚至還直接以因果邏
輯句式報導：「著名精神病學家指出，許多政界、科學界和藝術界的偉人都
是因為有自閉症特徵才達致成功的。」〔註12〕這段新聞敘事提到的專家出版
有《天才基因：阿斯伯格症天才如何改變世界》，一個典型媒體式煽情的名
字，對自閉症等於天才的隱喻建構功不可沒。很明顯，專家之所以會得出自
閉症等於天才的結論是因為他做結論的研究樣本是從具有自閉特徵的天才
們中選取的，是以結論選取樣本。如果把樣本擴大到各自閉症康復中心，從
病歷隨意抽取，就不會是這個結論。對比現實中的自閉患兒來看，《南方周
末》2009-02-25 署名沈麗萍的患兒家屬的文章《請給我一份工作》則說「可
看著至今仍叫不出爸爸媽媽的 4 歲兒子，我仍心存慶幸：同樣是自閉症，有
些小孩子卻被誤診為精神病、智障，而被送到精神病院，或被拋棄；……我
擔心的是：當我和丈夫都垂垂老矣，已被醫生判定為終身無法治癒的孩子靠
什麼技能生活下去？」

其次，大眾文化敘事中將自閉症病人的角色功能美化成：神諭式的良性
改變。這個功能強化了自閉症隱喻對自我的推崇。例如在英國電影《雪花糕
療情》中與常規格格不入的自閉症角色琳，目光中的狡黠讓人覺得，她才是
參透生活真諦、看清事物本質的人，周遭的正常人才是無助而怯懦的可憐
蟲。她對外面的世界無比抗拒，同時建立自己世界的規則；她對自己喜愛的
以及憎惡的都展現出偏執的執著；她看似不懂人情世故，卻能坦然而誠實地
面對所有既成事實。她的直白言語戳穿所有人假惺惺面具，讓習慣了禮貌套

〔註11〕http：//www.takungpao.com：10000/gate/gb/www.takungpao.com：82/news/
08/02/23/YM-67555.htm
〔註12〕http：//www.takungpao.com：10000/gate/gb/www.takungpao.com：82/news/
08/02/23/YM-67555.htm

話的交談者無比尷尬。男主人公阿利在與琳達的相處中，漸漸放下了過往的重擔，體味到些許生命中單純直接的快樂。琳對於阿利就是偶遇的神諭，阿利離開時對陽光打招呼的輕鬆積極神情表現了他在神諭下不知不覺中完成心態轉變。

自閉症病人角色的神諭感召力還在美國電影《充氣娃娃之戀》中得到誇張，萊希是一個自閉症病人者，從未和女孩交往過。他訂購的一個真人大小的充氣娃娃，卻把它當成真人比安卡。醫生認為為避免惡化所有人都得先假戲真做。於是，所有人都善待碧安，跟她打招呼，送她花，跟她跳舞，給她弄頭髮，甚至給她工作，送她上下班，替她洗澡，照顧她起居，碧安完全融入了這個小鎮的生活。自閉者萊希的無意中的妄想讓小鎮的人體會到了愛和友善的力量。這個充氣娃娃的妄想使小鎮籠罩著天堂般的溫柔和純潔。在其它作品中如前面提到的《雨人》的雷蒙是自私的弟弟查理反思自己的動力，自閉者雷蒙的單純和執著使查理獲得了道德領悟和提升。2007 年香港電影《野良犬》中自閉症少年志宏的感召下兩個懷抱不同目的、對他人缺少關心的成年人陳滿堆和 Miss 張最終找到自己人生選擇。

自閉症角色作為一個神諭，是對自我的極端推崇。自閉症角色痛恨與人交往，直接談論別人不愉快的話題，在這裡這種所謂「坦誠」交流是單方的，正常人對患者沒有採取患者這種「坦誠」方式，而是採取了容忍和後退。雙方之間的關係出現了權力落差，在自閉症患者對對話者擁有特權，而且在道德、感情、智慧上，自閉症患者站在了高處，對話者在低處，兩者之間是啟發和被啟發、感召和被感召的關係，自閉症患者所站立的位置是權力、道德、知識的優越處，這是神才能佔有的位置。因此，自閉症患者的神諭功能是了自戀主義者奉自我為神像的態度的表現。

通過雙重編碼，自閉症在大眾文化中被貼上了優美的外貌，出眾的天才，古怪冷漠的性格，與世人疏離的氣質等特徵標籤。姑且不論自閉症的天才隱喻對現實中自閉症患者的傷害，畢竟天才還屬於褒義詞。大眾文化作品熱衷於為自閉症附加上天才美名，而這些自閉症天才實則出於自戀時代的人們對鏡象自我的不切實際的讚美。自閉症隱喻在自我中心的特質和天才劃了等號，也在為古怪和以自我為中心的否認他人的行為開脫。同時，也反映了自戀時代人格主導下的社會在評價人們時寬容和苛刻相互顛倒的功利化心態：天才的古怪是有趣的、特別的、個性化的、可以原諒的，而凡人的平和

是庸常的、毫無個性的、陳腐的。

三、抑鬱症、自閉症隱喻轉化為憂鬱自賞趣味

通過對抑鬱症、自閉症的編碼過程解剖，可以看出兩者氣味接近，而且事實上它們合二為一變成憂鬱自賞趣味，作為主力參與了大眾文化中針對青少年市場的作品的構成，在大眾解碼過程中卻出現了複雜的態度。

憂鬱自賞趣味是一種文化心理趣味，這種趣味以安妮寶貝為領軍〔註13〕，泛濫於中國大陸80後寫作。80後作家受安妮寶貝影響，但是對抑鬱症、自閉症進行了去苦澀化，演變成為一種憂鬱自賞趣味。可以以80後作品中的抑鬱、自閉病人作一說明，蔡梵的網絡言情小說《十九歲的傷》〔註14〕中「劉家鵬」，是嚴重的抑鬱症病人，高而挺拔，帥氣，深邃的眼神裏含著憂鬱。若有所思、近乎冥想的表情。兼職打工的時候被任命為工會主席。讀西方哲學、心理學，寫詩，談論世界起源等玄奧問題。80後作家賽寧的小說《珍珠飯店》〔註15〕中瑪格是抑鬱症兼自閉症病人，她是一位編劇，愛吃薰衣草味道的水晶糖。21歲後大部分時間都在私人影院看電影，帶一條珍珠項鏈，自來卷的頭髮、筆直的鼻梁、黑黑的眼睛、粉紅的嘴唇，這些讓每個人都心動。瑪格的憂愁被周圍的人看在眼中變的與眾不同，再粗魯的男人見她都會彬彬有禮。十分消瘦，不愛吃飯，很聰明，整天想一些高深莫測的東西。別人對她說：「大家都對你好奇，因為你很特別。」她得了咽炎，往喉嚨上噴一種藥，「這個小動靜就會讓一大堆藉故來看電影的男人心疼不已。」在劉家鵬和瑪格身上，疾病意義的向死性和極端壓抑性大大弱化了，更多的是一種魅力，一種可供玩味的情調。

在80後創意、80後編輯、80後寫作的時尚青春雜誌和小說中，憂鬱自賞趣味被徹底商品化，成為滿足少年自戀的精神消費品。這些雜誌有《最小說》（主編郭敬明，1983年出生）、《HANA》（主編hansey，1984年出生）、《Alice》（主編hansey/落落出生於1982年）、《鯉》（主編張悅然，1982年出生）《最女生》（該雜誌主編饒雪漫出生於1973年，作者大多為80後）等，小說有《幻城》（郭敬明著）、《悲傷逆流成河》（郭敬明著）、《年華是無效信》

〔註13〕 80後作家中，郭敬明在散文中表明十分讚賞安妮寶貝，hansey在其博客說自己深受安妮寶貝影響。
〔註14〕 蔡梵，《十九歲的傷》，http：//vip.book.sina.com.cn/book/index_13331.html
〔註15〕 賽寧，《珍珠飯店》，北京：中國青年出版社，2005年出版。

（落落著）等。舉《最小說》的卷首語爲例說明其中揮之不去的憂鬱自賞趣味：

《沉睡之鏡》（郭敬明）

> 把夢想打開，把世界關閉。……
>
> 而悲痛，被憐憫輕輕地包裹進了我幼小的胸膛。
>
> 還有呢？
>
> 多少年的時光裏，我都茫然而混沌的沉睡著。
>
> 大地的轟鳴或者天空的鳴泣，都離我很遠。

《風鶴》（蒲宮音）

> 終於他們斬斷了你的翅
>
> 癡怨蝕你骨骼
>
> 疑慢噬你驕傲

《天使記》（消失賓妮）

> 後來我才知，只有在黑夜才能睡死在過去裏的自己。但黑夜短暫且難待。我只好蒙住自己的眼睛。傻瓜。在一個人的時候，我總想找回與你並行時的自己。但自那日以後，時間入駐你我的間隙。龐大的虛空橫亙其中。我怎樣都回不到過去。

百度「最小說」貼吧裏面，郭敬明的粉絲團評選出最喜歡的郭敬明作品中的句子：

1. 原來和文字沾上邊的孩子從來都是不快樂的，他們的快樂象貪玩的小孩，游蕩到天光，游蕩到天光卻還不肯回來

2. 越是高貴的，就越孤獨吧。

3. 什麼叫快樂？就是掩飾自己的悲傷對每個人微笑。

4. 我不喜歡說話卻每天說最多的話，我不喜歡笑卻總笑個不停，身邊的每個人都說我的生活好快樂，於是我也就認爲自己真的快樂。

5. 我像是一躲在殼里長眠的鸚鵡螺，等我探出頭來打量這個世界的時候，我原先居住的大海已經成爲高不可攀的山脈，而我，是一塊僵死在山崖上的化石。

憂鬱自賞趣味還包含一個重要的特徵：勢利。文化商品的精神因素所能提供的吸引力越來越少，取代的是濃重的物質化傾向：安妮寶貝筆下的憂鬱的主人公以頹廢的姿勢在抽 MildSeven 煙，寂寞的喝下價值星巴克 28 元一

杯的星冰樂；她穿著 Kenzo 的孤獨身影……訪問郭敬明的個人網站，看到的是這樣對郭敬明介紹的文字：「2003 年中國福布斯名人排行榜第 97 名，2004 年中國福布斯名人排行榜第 94 名，2005 年中國福布斯名人排行榜第 92 名，2004 年度風尚網絡作家獎，2004 年度最佳 80 後作家，2004 全國年度暢銷書銷量第一名《幻城》、第二名《夢裏花落知多少》，2005《新周刊》新銳 200，2005 上海十大時尚人士」，這些說明中，我們看到的更多是一個富有的時尚人士郭敬明，而不是作家那怕是寫手郭敬明，我們從上述信息中除了知道他囊括了 2004 年度暢銷書銷量的冠亞軍與一個用語含混的「最佳 80 後作家」的頭銜外，對於郭敬明在文學上到底有怎樣的成就仍然一無所知。〔註16〕在郭敬明的博客上，則附有身著一線品牌服飾的郭敬明個人照片，頻繁提到購物細節如價格、品牌及消費感受等。如同一本時尚服裝雜誌。安妮寶貝早期小說中雖然經常出現英文原文的商品名稱、品牌，但是從《二三事》、《蓮花》起就幾乎銷聲匿跡了，可以減輕物質的痕跡。但是，受她影響的 80 後、90 後們卻把這一風格徹底發揚光大，並從中得到了認同樂趣，他們正是 80 後寫作市場的目標受眾和實際消費者。榕樹下總經理、網名叫「李尋歡」的資深出版人路金波曾說，中國的圖書市場已經進入中學生占消費主導地位的時代，80 後作家韓寒、郭敬明、張悅然等人把讀者的年齡降到了十六七歲。

《最小說》每月發行量 50 萬到 60 萬冊，改版後每月的發行量達到 120 萬，《Alice》每月發行量在 10 萬。《最小說》熱賣，市場上出現了《花季最小說》、《親小說》等一批跟風者。這些封面、版式雷同的雜誌就像是《最小說》的親兄弟。2007 年新浪網讀書頻道與貝塔斯曼書友會聯合舉辦的「當代讀者最喜愛的 100 位華語作家」評選中，郭敬明、韓寒、安妮寶貝等青春寫手比例超過 10%。青春文學已經高度工業化、時尚化，在出版特定圖書前，出版公司會收集消費者資料，做市場調研，設計故事人物框架，再寫作成書；而且要求作者形象要美，在作品中配發作者的大量寫真和生活狀態花絮，附上暗示有自傳因素的序言後記；書籍封面排版要一絲不苟等。憂鬱自賞趣味在這個大機器工廠中已經成為一種可以刺激消費衝動、滿足消費者心理需求的商品。對於自戀的青少年來說，滿足自戀需求的不僅是名牌物質消費，還有精神的「名牌消費」。在流行文化時代，自戀的青少年已經不再適應少年維特和茶花女長篇累贅沉悶苦澀的憂鬱，與書中主人公同樣年輕美貌、個性獨特

〔註16〕蘇曉芳，《論新世紀小說的大眾取向》，華中師範大學 2007 年博士學位論文。

不羈的作家製作的「名牌」的青春小說的華美精緻，才是值得購買的適合進行精神自戀的商品。

高度物質化的憂鬱自賞趣味，最終也只能提供一次性的虛假滿足。特立獨行與才華橫溢，憤世嫉俗與深邃高貴，在消費型讀者勢利化的自戀幻想中，這些都要靠價格標籤和知名度來表達。這些青春小說是消費者顧影自憐的鏡子，在各種名牌堆砌出的閃閃發光又憂鬱淒美的場景中，消費者更換一套套主題服裝，被現實擠壓的貧血蒼白的夢想得到滿足。用物質來建構孱弱精神自我的全能形象，依附於名牌的光輝得到溫暖，是南轅北轍的倒置。因此，印刷著「撫慰心靈」的青春小說只會激發心靈貪求，而後更對現實失望，又迫切尋覓下一次衝動滿足。抑鬱症自閉症編碼的趣味化、商品化、勢利化是時代的自戀主義心理使然。

四、虛無：大眾解碼的背後

大眾、即使是年齡偏低的青少年，並非是對大眾文化的編碼全盤接受，本節著重的就是大眾對商業化的憂鬱自賞趣味、尤其是背後濃重的勢利傾向的解碼過程中，主動的誤讀、惡搞和拼貼，這種抵抗是態度多變的，充分表明了大眾、大眾文化內部主流與邊緣之間的錯綜複雜關係。

憂鬱自賞趣味的作品得益於網絡（如安妮寶貝即以網絡寫作出道），也遭到了發源於網絡的惡搞式的抵制。馬伯庸的小說《沒有情人的情人節》中極盡對安妮寶貝的《七年》《暖暖》等小說的戲擬調侃，首先模仿安妮寶貝在行文中直接用英文原文的商標或物品名稱，將中文的「煎餅果子」以拼音「Jian Bing Guo Zi」的縮寫「JB」代替，煎餅果子本來就是底層人民的快餐，用來調侃安妮寶貝文中的「Cappuccino」（咖啡名稱）。用通俗的「Baolin Hou」（侯寶林）的「Kong Cheng Ji」（《空城計》相聲）來嘲諷安妮寶貝的西化高雅「帕格尼尼」小提琴曲。馬伯庸筆下的男主人公結尾也有很憂鬱的一幕：「我走進臥室，頹然地蜷縮在床邊，開始哭起來。」但是原因是：「因為我想起來，那兩個心形的情人節煎餅，忘記向老闆要找零。」至此，唯美的憂鬱煙消雲散，只剩下惡搞的嬉笑。

這種惡搞文風在一些大型網絡社區「天涯」（www.tianya.cn）、「貓撲」（www.mop.com）頗為盛行，如跟風文章《一個小資在上海的旅行經歷》中

把快餐大娘水餃總店稱之為「Da Niang Dumplings 旗艦店」，「他優雅的笑了笑，他點的是 GJ fan，中文名是蓋澆飯，不過在圈子內，大家約定俗成叫它的拉丁文名字。」甚至有網友根據安妮寶貝常用的主人公名字「薇安」，戲擬出一部小說《薇薇安之死》〔註17〕，文中主人公照搬了安妮寶貝作品中的生活方式，「高三之前，她的名字叫張美麗。當美麗把這些書讀了第一遍時，她開始宣佈要做個小資女人。第三遍，家裏的茶葉全部被她逼著換成咖啡。第五遍，美麗開始留長髮，只穿棉布的衣服，顏色是永恒的白色，並再也不肯穿襪子。」

惡搞的解碼態度是解構的，是消解虛假、矯飾的手段，然而當惡搞成為主流，又會變成另一種話語暴力，如天涯社區的用戶經常以「天涯觀光團到此一遊」的方式集體到一些作家如安妮寶貝、郭敬明的博客或百度貼吧上觀光留言甚至「爆吧」〔註18〕，留言的文風從最初的戲擬變成赤裸裸的辱罵，戲擬、惡搞態度是一把雙刃劍：「它一方面消解了人為樹立偶像、權威的可能性；但是另一方面，這種叛逆精神、懷疑精神由於採取了後現代式的自我解構方式，由於沒有正面的價值與理想的支撐，因而很容易轉變為批判與顛覆的反面，一種虛無主義與犬儒主義的人生態度。」〔註19〕

第二節　白血病少女的「無辜」

1984 年，中國大陸引進播放了日本電視劇《血疑》，造成萬人空巷的轟動效應。身患白血病的女主角大島幸子以清麗脫俗、柔弱純真的形象吸引了無數青少年的追捧愛慕。此後，白血病主題的電視劇陸續出現，尤其是在 21 世紀初中國引進的韓國電視劇中急速升溫。白血病是大眾文化隱喻建構最為成功的一個意象，之所以說成功，衡量標準包括收視率、文化價值和對大眾的影響。

〔註17〕 靜靜的暗夜，《薇薇安之死》，
　　　　http://bbs.uc.sina.com.cn/tableforum/App/view.php 抬 bbsid=5&fid=28493
〔註18〕 指一個主題吧內從首頁。開始連續都是一個題目的帖子，題目往往以辱罵為主。
〔註19〕 陶東風，《大話文藝和大話文化：一種應警惕的文化心態》，《新華文摘》2005年第 11 期，第 161 頁。

一、白血病的隱喻建構過程

　　首先，梳理大眾媒體（電視劇和新聞報導）對白血病的隱喻建構。目前電視劇中的白血病人角色有幾種類型：一、戀愛中的美麗少女。角色有中劇《我想嫁給你》的白雪、中劇《誰憐天下慈母心》的海君、中劇《別愛我》的飛揚、中劇《天使情人》的小靜、中劇《紅十字方隊》的江男、中劇《綠蘿花》的伊蕊、臺劇《木棉花的春天》的如涵、日劇《血疑》的幸子、日劇《在世界中心呼喚愛》的廣瀨亞紀、韓劇《天涯海角》的韓曉希、韓劇《藍色生死戀》的恩熙、韓劇《相愛的話就像他們》的李孝利、韓劇《美麗的日子》的蓮秀、韓劇《連理枝》的可愛女人、韓劇《泡沫愛情》的燕珠、韓劇《愛在哈佛》的秀茵、日劇《1 公升的眼淚》的白血病少女、日劇《同一屋簷下》的小雪。她們正值青春年華，美麗熱情，往往在熱戀中突然發現得病，或者患病後開始與男主人公纏綿悱惻的戀愛，而後撒手人寰，空餘深情的戀人苦苦追思。二、父母寵愛的幼女。如中劇《左右》的女兒角色、中劇《血玲瓏》的女兒角色、韓劇《美妙人生》的小莘菲、韓劇《尚道，我們上學去！》的寶莉。這些孩子角色幾乎絕大部分是女兒，無論家境如何，都是父母手心裏的寶貝，形象天真可愛，性格有種大人氣的成熟，特別體貼懂事，幾乎沒有要賴頂撞等頑劣行為。三、血緣關係中至親。如中劇《貧嘴張大民的幸福生活》的妹妹白雪、中劇《親兄熱弟》中的三弟、韓劇《禮物》中的妻子，韓劇《玻璃鞋》中的父親李善宇等。四、年輕男性戀人。小說《山楂樹之戀》的老三、中劇《午夜陽光》的祐和、1996 年意大利電影《偷香》亞歷克斯。白血病人角色男女老少身份各異，但在一點保持一致，就是與家庭成員和戀人朋友關係親密。通過以上列舉，我們可以發現白血病的隱喻中隱含了性別特徵和年齡特徵：這麼多白血病人角色中僅有三個男性，剩下的全是幼年至二十多歲的女性。這和現實中白血病的發病性別年齡範圍是極為不符合的。但是在文化中是符合邏輯的，白血病不是男性的病，而是富有女性特質的。

　　傳播媒體也在對現實中的白血病人進行著敘事建構。在這些媒體新聞中為白血病附加的隱喻涵義對大眾有強大的影響。例如，2007 年 12 月 12 日《浙江在線》新聞《15 歲少年輟學打工為父還債患白血病仍信守承諾》；

〔註20〕中國電視劇簡稱「中劇」，日本電視劇簡稱「日劇」，以此類推

2008 年 7 月 23 日《現代快報》《英國 8 歲白血病男童臨終前舉行婚禮》；
2009 年 2 月 22 日《法制晚報》新聞《女孩患白血病男友不離棄葬禮上爲其
披婚紗》；2009 年 2 月 25 日《新京報》新聞《美 9 歲白血病女孩與 7 歲病友
舉行「臨終婚禮」》，這些新聞都有配發富有直觀力的淒美動人的照片。這些
「現實版」的白血病純眞情感故事的加強了白血病與其隱喻意義關係的一體
化。

其次，「白血病」的名字本身的隱喻建構。

醫學角度來定義的話，白血病是造血系統的惡性疾病，也稱「血癌」。之
所以說它也是癌症，因爲白血病具有與其他惡性癌瘤的共同特點。即：1，白
血病細胞也可以無限制地增生；2，白血病細胞也可以無阻攔地侵犯人體的各
種臟器，影響臟器功能，導致全身衰竭而死亡；但在上述繁多的關於白血病
人的敘事中，它幾乎從來沒有被稱之爲癌過。這種關於稱呼的選擇透漏出微
妙的意味：對於被賦予的隱喻意義來說，白血病絕對不能是癌症。癌症人格
是抑鬱陰沉的，是情感壓抑的，是冷漠邪惡的，是引發暴力的。癌症象徵的
意義太過可怕和沉重，「那些似乎冷酷、無情、損人利己之事則被類比爲癌症。
癌症從來被看作災禍；在隱喻意義上，癌症是一種內在的野蠻狀態。……癌
症一般不被認爲是一種適合浪漫人格的疾病，這也許是因爲毫無浪漫可言的
抑鬱之感業已驅散那種有關憂鬱的浪漫觀念。」〔註 21〕稱之爲血癌則任何浪
漫意味都會消失殆盡。「白」與「血」二字的組合，在非專業人士的普通人第
一印象中喚起兩種意象：首先是白色的血液，血液本身經常帶有暴力驚悚色
彩，但是當那層暴虐的紅色消失，成爲純潔無辜的白色時，白色血液沒有了
令人恐怖與不安的能力，讓人安謐。一度「藍色血液」作爲血統高貴的表現
成爲貴族的代稱，而白色血液比藍色血液還要純潔、無辜，它也不具備藍色
的「有色目光」背後的階級差別，只有嬰兒般的純眞。其次會喚起白色與紅
色的組合景象。純潔白色的襯托下，紅色不是血腥之紅而是熱情、熱烈之紅。
這些意象使白血病籠罩著一種憂傷與熱烈並存的詭異之美。雖然，這一名字
的來源並不是那麼優美：100 多年前西歐 Bennett 和 Virchow 發現一位貧血、
肝脾腫大的病人，血液抽出放置一段時間後，發現裏面有一層黃白色「膿樣

〔註21〕〔美〕蘇珊・桑塔格：《疾病的隱喻》，程巍譯，上海：上海譯文出版社，2003
年，第 46，56 頁。

物」，全爲白細胞，故稱白血病。白血病的症狀少見明顯的潰爛，只是身體的活力降低；同時對於當代已經具有基礎醫學常識的大眾來說，白血病的無傳染性也是能夠隱喻純潔優雅的必要之一，不會帶來強制隔離，也不會帶來愛人親人的恐懼，很難想像乙肝、霍亂這些傳染性極強、身體表徵可怕的疾病能夠塑造一位柔美的少女形象。白血病自身症狀也十分適合被賦予楚楚動人的少女角色。

二、白血病作爲符碼蘊含的隱喻

在某些方面上，白血病是在當下東方流行文化中的隱喻如同十九世紀西方文化的肺結核隱喻的化身。它們在病理學上有著類似的症狀：發熱，面色蒼白，日漸消瘦的身體。有著類似的隱喻意義：憂鬱、浪漫的，優雅的，富於激情的，是對個性的提升，而不是癌症意味著對個性的貶損。在文化隱喻上，發熱和消瘦，按照蘇珊桑塔格《疾病的隱喻》的說法，這是一種燃燒，「它加速了生命，照亮了生命，使生命超凡脫俗」〔註22〕。與結核病不同的幾點隱喻是：一、白血病在高貴這一層意義上稍遜，也更加沒有冒犯性而「惹人憐愛」。白血病不像結核病是屬於貴族的、上流的病，白血病也「適合」窮孩子、出身平凡的少女。二、白血病與性欲改變的症狀無關，儘管關於白血病少女的敘事中，也常有熱戀的戀愛關係存在，但是沒有肉欲，甚至沒有明顯的性欲描繪，是純粹的柏拉圖式的昇華了的精神之愛。三、白血病不像結核病那麼拔高到超凡脫俗的地步，流行文化中的白血病人很少有才華絕倫的人物，事業平平甚至完全沒有事業，工作性質平凡，兒童白血病人形象也不用有像自閉症那樣的神童色彩存在。白血病是富可親的鄰家女孩氣質的，不像結核病如同遠在雲端之上的公主散發的凜冽氣質。

被建構起來的白血病人的典型意象是單薄瘦弱的身體、清秀的面容、時常含著淚的大眼睛，蒼白但不青白的面色，這些都符合了東方傳統對古典女體美的想像。患病時候的主人公著雪白飄逸的病服，面容蒼白，清純可人，在嚴重病發和彌留之際形象依舊保持美麗，沒有可怕的腐臭氣息，沒有骷髏般的身體，沒有顏面盡失的痛苦呻吟，彌漫著優雅的哀傷氣氛，是一種早逝

〔註22〕〔美〕蘇珊・桑塔格：《疾病的隱喻》，程巍譯，上海：上海譯文出版社，2003年，第 14 頁。

的花蕾般美麗惆悵的情調。童年期和青春期女性的生活重心無疑在家人和戀人關係上。因此，愛情與親情關係是圍繞在白血病人身邊的重要情節。病人擁有巨大的情感力量，他們追求的終極目的是情感價值。他們爲了愛人和親人可以作出許多人少能至的行爲，同時，他們的愛人和親人也同樣作出感天動地的回報之舉。那種情感之強烈，甚至往往對他們的病情起了負面作用，但是他們認爲遲早一死，爲了感情的圓滿，不惜以病情與死亡奏出情感的最高音。這種短暫又極致的情感強度往往使對方終身難忘，難以再體驗同樣美好的情感。這種僅僅產生於愛和病矛盾的悲傷浪漫基調，因其單一而強烈。此類電視劇的氛圍如同一首熱烈的抒情詩或者浪漫主義小說，給觀眾以強大的心理衝擊。

現有醫學研究至今未明白血病的確切病因，但許多因素被認爲與白血病的發生有關，主要包括病毒、遺傳因素、放射、化學毒物或藥物等綜合因素。對比劇情來看，白血病劇中除了《血疑》中幸子是因爲生化輻射而染病，但之後的劇情發展並未對生化污染進行批判甚至不再提起此原因，一直著重的是患病後的情節發展；其他各個劇則根本毫無原因毫無徵兆的讓白血病如空降兵一般降臨在主人公身上。在東西方文化中，疾病都具有一個基本隱喻就是作爲對罪責、過錯的懲罰；其次作爲邪惡、不協調、紊亂、被污染被侵入的標誌，疾病對應著某種人格特質。但是白血病因其無原因而不帶有任何懲罰和應有後果的意味，它是一個純粹事件，或者說一個元事件，一切情節都圍繞著它展開，而它自身則是無須證明的合法存在。對比其它關於癌症的敘事文本中，常有患者情感備受打擊、壓抑的起因階段，癌症也常常被描繪是有漫長潛伏期的，癌症被推理爲患者角色人格缺陷、道德惡化的結果。因此，白血病在言情敘事中的無因性和突發性凸顯了病人角色所遭遇不公平命運的悲劇色彩，進而強化其無辜純潔的特質，喚出觀眾的同情與悲憫感受。

三、白血病編碼的成功和大眾的認可

1975 年日本的《血疑》之後至今，中國兩岸三地和日韓的電視劇一再重敘白血病言情故事。這麼多以白血病敘事爲主題的言情劇已經有模式化傾向，審美價值因雷同而嚴重下降，但是仍有數部電視劇的收視率維持了相當高的水準比如《藍色生死戀》在韓國 KBS 臺首播的時候一路從 30%繼續走高

到令人驚歎的 54.4%的收視率，還被香港亞視視爲保證收視率的法寶；《愛在哈佛》以 17%的收視率在播出時期排冠軍位置；《美妙人生》收視率雖然一般，但劇中飾演小配角白血病女兒的文根英在中韓兩地聲名鵲起；《美麗的日子》在日本 NHK 臺播出時第一集就達罕見的到 10.2%。收視率高雖然不一定就意味著藝術價值高，但是證明了模式化的白血病主題的悲情劇依然具有強大吸引力。風行原因有歷史文化的因素。中日韓地區共同浸淫的中國古典美學感傷傳統的深層影響，都有對纖弱病態女性美一派的愛好慣性，滋生對「早夭的美麗少女」這一惆悵意象的迷戀。其次原因是日本最早、其次中國港臺、韓國、中國大陸經歷的經濟發展帶給人們社會環境、生活方式、情感關係的變動，用馬克思的話來說，就是「一切堅固的東西都煙消雲散了」。現代工業社會、消費社會帶給人的疏離感、變動感，加劇了人們對情感的需要和推崇。但是，反諷的一點是對情感的需求卻由消費文化工業製造的商品來完成。

但是，最重要一點的是自戀主義者的需求。自戀主義者對情感滿足無窮無盡的欲望是「悲情戲獨尊」局面的中流砥柱。原因有：一、自戀主義者對他人的貶低以及對其他人的漠不關心使他們的個人生活變的索然無味，強化了他對空虛的主觀感受，因此他們「如饑似渴地想用感情經歷來填補內心的空虛」〔註 23〕。但是自戀主義者又沒有能力在現實中建立真正的持久的親密關係、交流感情和關注，因此自戀主義者在悲情白血病主題故事中尋找替代性的情感滿足。二、自戀主義者對自己的特殊評價，對自我個性的標榜使得他們具有對戲劇性、「浪漫性」的嗜好。渴望不平凡是自戀主義者最平凡的特徵。白血病元素使言情劇的張力加大，處於一種極端狀態，從而蒙上一層「自以爲是的不凡」光輝。三、自戀主義者與模式化極端化言情劇的惡性循環。自戀主義者的對私人生活的重視和實質上幾乎被破壞殆盡的狀況的矛盾使他們沉溺於誇大親密關係的影視劇，同時被潛移默化，對親密關係的要求和想像變的更加誇大、扭曲和不真實。這個惡性循環也是悲情劇越來越誇張、極端的原因。自戀主義者的欲望就是對達不到的欲望。

最後，以現實事例來看白血病的成功的悲情、無辜隱喻建構在現實中具備的感召力之大，並且她怎樣被一個病態自戀者利用，繼而大眾在隱喻參與

〔註23〕〔美〕克里斯多夫·拉斯奇，《自戀主義文化》，陳紅雯、呂明譯，上海：上
　　　　海文化出版社，1988 年，第 43 頁。

的感召下，在對親密關係的失望和對親密關係的誇大理想想像的落差驅使下，盲目尋求淺薄刺激的自我滿足。但是現實最後給了大眾一個血腥的拒絕。

南京報業網報導，林明與周春梅 04 年開始戀愛。08 年周考上大學後，兩人分手。林無法接受自己被拋棄的事實，先後向周父發了 50 條恐嚇短信。聯絡不上周的林，決定求助網友。林在某知名網站發帖，謊稱：四川女孩周春梅因家境貧困、無力上學，林明身兼數職供她讀書，不料，她考入某大學後，非但知恩不報，還四處散佈謠言，說林對她心懷不軌，現今，林已身患白血病，懇求網友熱心相助使其在生命最後一刻見這位美麗卻沒有良心的女孩一面。這個帖子，立即在網上掀起了軒然大波，並迅速在多家網站流傳開來。網民紛紛義憤填膺跟帖慰問林明，痛罵周的不仁不義。短短幾天後，周的各項詳細信息均被熱心網友公佈出來。她的詳細學校、家庭住址、照片、手機號、QQ 號甚至寢室號等個人資料都曝光於網上。周還被眾多不明真相的網民稱為「史上最不義的女大學生」。林明順利得到了周的具體地址。08 年 10 月21 日，林明從周的學校附近，買了一把水果刀，同時買了 88 朵玫瑰，說「如果她真要背叛我，我就殺了她，都不活了」。次日晚，林周相見，周依然拒絕了。林明連刺數刀，周當場死亡。

林明具有病態自戀者的特徵，極端的自我為中心，把同為獨立主體的女友視為實現個人欲望的滿足物，一旦需求被拒絕，就用暴力迫使對方臣服自我的欲望，那怕以毀滅對方的方式來維護自我的自尊。自戀者善於塑造理想自我形象，白血病和其隱喻讓林明為自己描繪的無辜癡情悲劇形象更加成功，成功贏取了網友的信任。當自戀主義時代的大眾作為解讀者發現，這齣現實的白血病愛情故事存在著缺憾，這缺憾令他們回憶起自我在親密關係中被拋棄的痛苦回憶：對於自尊感不穩定的自戀主義者來說，自我評價在兩極搖擺，在回憶自我的被拋感時，他們絕對不會回憶起被愛的那個自我，在現實回憶與理想誇大的親密關係的落差中，對林明這一角色產生了代入感，繼而把被拒絕的愛轉換為的侵凌性轉移到那個「周」身上，渴望看到林對周的斥責和懲罰，滿足被拋棄被拒絕的自我。對於觀眾而言，這是一次自身扮演的白血病悲情愛情故事，在自我想像中，完成自我對理想自我的自戀式認同。但是這一次，他們終於發現自我認同的鏡象自我——也就是網上的林明、聲稱自己身患白血病的悲情的、無辜的、善良的林明——是虛幻的。

第三節　消費治療

一、妝　容

　　左為曬傷妝：據說曬傷妝的靈感源於高原日光在藏族姑娘的兩腮上留下的曬傷痕迹。以毛刷在兩頰上掃出粉紅地帶，酷似過度日光浴留下的曬傷痕迹。曬傷妝曾在 06 年第 78 屆奧斯卡獲最佳化妝獎〔註24〕。中為傷痕妝：眼睛周圍用淡紫色撲過，嘴唇和脖子用偏暗的紫色和豆沙色畫出瘀血痕迹。一個受過傷害卻又漠不在乎的表情。右同為傷痕妝：妝容在身體，手腕用血紅色畫出斷腕的傷口，胸前到腹部一道還在流血的歪歪扭扭的傷口，模特配合出冷酷陰鬱的表情。

二、喪屍風格婚紗攝影

　　左、中為新娘，右為新郎。這是一對臺灣新婚夫婦所拍攝的喪屍（Zombie）

〔註24〕http：//news.mdbchina.com/persons/72647/news/

風格的婚紗照。這種風格與電影《鬼娃新娘》、《僵屍新娘》中詭異邪魅的新娘形象有著極大關係。蒼白的妝面，眼睛周圍用煙薰手法勾畫出喪屍死亡氣息的下陷感，或者唇邊用口紅畫出流出的點點血迹。婚紗則是故意割破損壞的頹敗風格，捧花以骷髏頭代替，也有新郎會裝上吸血鬼式的獠牙。

三、紋　身

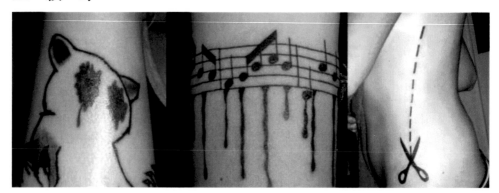

　　紋身是指刺破皮膚而在創口敷用顏料使身上帶有永久性花紋。左為小臂紋上的自己挖去眼球的小熊（動漫中常見這種自我切割眼睛、耳朵的小熊、兔子等形象），中為大臂紋上的五線譜在流血的圖案，右為模仿外科手術剪開線路的圖案。血腥暴力風格的紋身圖案在熱愛地下搖滾、哥特重金屬風格音樂的青少年中風行，例如滴血的眼睛、翻轉裂開的傷口這種圖案較為常見。可參考中國地網論壇的紋身板塊〔註25〕。

四、立體修飾

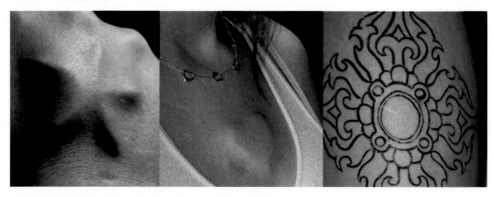

〔註25〕http：//bbs.democn.com/forum-39-1.html

　　左、中為體內植入，將用於整容的矽膠材料雕成指定圖案植入皮下，傷口癒合後會出現立體效果。右為割皮。與紋身不同，割皮是更為深刻、直接的裝飾軀體方法：在身上繪出圖案，再用手術器材割開、剝離與圖案相同的真皮層皮膚，加用抗感染藥物，癒合好的傷口顏色會根據個人體質不同而有不同的效果，傷痕也會根據剝離的深淺有不同程度的凸起，顏色會偏紅且略深於正常的膚色。由於沒有添加任何色料，具有不同於紋身的簡潔、自然、含蓄風格。

五、護士與病人服飾

　　左和右是一位國內的時尚創意師許仙人（Jovixu）所設計，在名為「BadTaste」淘寶店（地址為 http://shop36535419.taobao.com/）裏出售的護士風格的服裝，創意師自己充當模特。該店曾獲 2008 年《FUN》《Milk》雜誌、2009 年《周末畫報》、《女友》、《1626》雜誌推薦，說明「醫與病」美學風格已被許多時尚雜誌認可和推崇。中間圖是一些日本女孩。她們愛好裝扮成日文意為「傷娃」風格的造型：外傷手術後的女病人形象，一隻眼睛和手部、胳膊纏上紗布，甚至打上石膏。

六、醫學風格 T 恤圖案

　　左為模仿匕首插入背部的 T 恤圖案，非常逼真。右為創意師許仙人（淘寶店地址同上）設計的示範搶救病人的胸壓協助呼吸動作 T 恤圖案，印有該圖案的 T 恤很快銷售完畢。正如有人形容，「T 恤衫最精彩的部分永遠在圖案，……但無論如何人們都是用這些圖案或文字表達著自己的情緒。透過 T 恤上的圖形即使穿著者保持沉默，我們仍可以洞察到穿 T 恤的人的靈魂和信仰。」〔註26〕

七、人體首飾

　　左為用一根極細的線弔著一顆做成眼淚型的鑽石簇的隱形眼鏡，帶上去的效果如同眼中淚光閃爍，由德國設計師 Erick Klarenbeek 創意。日本時尚界人群也喜愛以閃光銀色眼線液繪出隱約流出的淚迹、睫毛上黏上假淚珠、以粉紅色眼影在眼下暈染等營造出楚楚可憐的妝容。中、右為人髮耳環，用真

〔註26〕 胡彤，《T 恤圖案流行文化漫談》，《藝苑》，2006 年第 8 期。

人的頭髮手工製作，是首飾品牌 Bijules NYC 的產品，價位為 268 美元一對。

八、玩具、日常用品、主題商店

　　左為眼球形狀的臺燈，中為分屍娃娃玩偶，右為斷指造型 U 盤。醫與病美學趣味玩具和日用品是最為多見的，其它造型還有藥箱、聽診器、針筒、輸液瓶、醫學課人體模型等。北京三里屯北街 3.3 大廈四層 4025 號就是一家專售醫與病風格衣著、玩具的店，招牌為「醫院服裝店」。店的 Logo 是一個紅十字和兩個小人符號，以告知男女服裝均有，價位為 150 元至 1000 元。店內風格完全與醫院類似，售貨女孩身穿可愛的護士服裝，飲料糖果都裝在藥瓶內，部分服飾來自店主原創。該店的理念是：「傷口不一定只有藥品才可以治癒，在這裡，精緻的物質也可以滲透生活，讓傷口得到治療。」

九、動漫作品

　　上左《Nursie》、上右《Pillbaby》、下中《Susie》、下右《Pinktransfusion》皆是移居日本的英國藝術家 Trevor Brown 的噴繪（airbrush painting）作品。他經常為 Cult〔註 27〕風格的唱片封套、電影、書籍設計圖案，畫作先期流行於英國地下音樂界，畫作中幾乎都是死亡、手術場景以及帶著傷口，青腫的皮膚然而又因此而無比性感的女孩形象，讓人不安而又充滿魅惑力，是一種帶有性意味的毀滅美學。後期則明顯有濃厚的日本插畫和漫畫的影響，特點是以唯美可愛的畫風體現著黑暗、傷病、虐待，畫中形象多見校園制服女孩、護士及暴力色情因素。上中是日本藝術家奈良美智（Yoshitomo Nara）的手繪漫畫，名為《腮腺炎》，畫中卡通女孩形象常被愛好者稱為「邪惡娃娃」、「小惡女」，表情從未微笑過，都是不屑、蔑視的、邪惡又帶有一絲憂傷。下左是國內創意師許仙人的象素畫《東森醫院》。1986 年出生的許仙人訪問中一些話可以作為當下探析青少年群體心態的一點依據：「90 年代的幸福和 80 年代的幸福就像中國和歐美的有錢人」，「我在被傷害的那一刻總是才思泉湧，精神奕奕」，「我暴食，厭食，我抽煙，戒煙，整夜整夜不睡，我早睡早起，我是黑，亦是白，我冷漠，我熱情，我是史上第一個最完美的人格分裂」，「有一些人喜歡新鮮冷門的東西。一旦這個事物變得流行，他們就會漸漸疏離；他們並不是真的喜歡，只想證明自己品味獨到。」「看黃色吃綠色，是我認為最健康的生活方式」〔註 28〕。

十、個性商品消費成為治療方法

　　醫與病文化已經發展為一種美學風格，在那些賣點為凸顯消費者「個性」

〔註 27〕參見引論之三對 Cult 電影的解釋。
〔註 28〕http：//www.jovixu.com

的設計類商品中經常被採用。從以上例證來看，這種風格突出在：一、非常私人化、身體化，極度內縮的視點；二、受傷害、受切割甚至是自我傷害、切割的軀體；三、享受、玩弄、展示、漠視、接受傷害、破碎和痛苦的表情和氛圍；四、形象童稚玩偶化。這種美學風格是個性冷酷的，甚至是陰鬱黑暗的、詭異血腥的，卻又是甜美、天真和古怪的。綜合以上醫與病美學風格的商品來看，其目標受眾是 70 年代中期後出生的人群，這部分人群也是大眾文化的主流消費群體。

這種風格和 70 後（包括 80 後、90 後）的集體處境是分不開的。他們出生時，社會大環境起了本質改變，斷裂的歷史對於他們來說只是一個商品化的「懷舊」，由於對過去時代認同感缺失，他們也完全喪失了集體烏托邦夢想帶來的歸屬感和安全感。70 後生活在一個對過去興趣索然、對未來無力的當下，他們逃避政治、逃避一切以「複數稱呼、抽象概念」為特徵的活動。他們立足於虛無流動的私人沙灘上，進行海市蜃樓的自我建構，玩味於私人情緒來抵禦絕望，因此稱他們是自戀一代是恰如其分的。他們的對於虛擬疼痛的自我表達、自我欣賞以獲得自我治癒隱含了強烈的意義虛無和焦慮感。

70 年代中後期至今出生的孩子的童年與成長期有著獨特體驗，引論已有論述：代溝深化，自我完善的一群，因此「自我」分外重要。合理挫折不足，百善孝為先的傳統腐朽意識形態導致子女獨立人格的缺失。中國大陸主流家庭中，父母之愛是一種自戀之愛，而不是拉康所謂的積極之愛。自戀之愛的突出特徵就是把孩子視為父母「自我」的重生，是實現父母理想「自我」的工具，因此，父母之愛的剝奪性成為必然的結果。因此，70 後人群主體所感受到的那種來源不明的傷害感、虛無感、分裂感就成為了普遍存在的感受。那是主體被「自我」——源頭上是他人即父母的「自我」奴役，製造出了這種混亂的、矛盾的、脆弱的情緒。當主體進入青春期，開始集中遭遇涉及到「我是誰」的自我意識的重大問題如升學、擇業、戀愛、就業等，無力和痛苦感開始凸顯，以「受傷」為主題的殘酷青春之說因此誕生。70 後的「受傷」本質上是自（自我）殘，於是他們通過漠視忽略甚至玩味享受痛苦或將其美學化來消除這種痛苦。這是治療的第一個方法，痛苦通過想像、審美得到痊癒。因此，動漫中出現出現了手部纏著厚厚繃帶的小女孩，可愛甜美，面無表情的專心享受棒棒糖；胸口貼著創可貼的娃娃拿著藥片和膠囊嬉耍等怪異矛盾的形象、行為。這些行為其實是 70 後在玩耍「受傷」主題的消費遊戲，

是一種通過把痛苦美學化而獲得的想像治癒。

　　治療的第二個方法是，痛苦變為「個性」商品，通過對這些商品的消費認同從而得到療慰。他們選擇傷病風格的妝容、服飾來直接雕刻自身，如畫一個淚痕妝面、紋一個虛擬流血的傷口；買一個護士帽戴上等；選擇高像素畫作設為個人電腦的桌面，截取動漫中人物或精靈妖怪臉部做聊天工具、BBS的代表頭像，購買各種可以凸顯個性、給予心理滿足的日用品、玩具，從這些時尚符號消費中彰顯「個性」和他人區分。然而這種「個性」追求本質上是一種尋求同類的認同（雖然「認同」也包含區分之意）大於區分的意義。文化工業「取消了人們之間的真實差別、使人們及產品都同質化，並同時開啟了區分鑒別統治的一種工業壟斷性集中。這類似於宗教運動或社會運動，它們是在自身的原始衝動消退後才建立起了教堂或制度。在這裡也是如此，對差異的崇拜正是建立在差別喪失之基礎上的。」〔註29〕70 後把痛苦轉化為一種「個性」消費，獲取的更多是認同和歸屬感，安全感不足的焦慮因此在消費中得以緩解。

〔註29〕〔法〕讓·波德里亞，《消費社會》，劉成富譯，南京：南京大學出版社，2006年，第59頁。

結　語

　　克里斯多夫・拉斯奇的著作《自戀主義文化》以梅蘭妮和拉康的心理學
對自戀的分析爲基礎，將人的精神問題和社會文化的變化結合在一起，爲自
戀主義提供了社會心理學上的解釋。拉斯奇指出「人類一直都是自私的，集
體也一直以本民族爲中心，但給這些特性貼上心理分析的標簽是不會有任何
結果的。然而，作爲心理病態最突出形式的性格紊亂現象的出現，以及這一
發展所反映的性格結構的變化，都產生於我們社會的文化所經歷的十分具體
的變化——產生於官僚主義、偶像的激增、精神治療的意識形態、內心生活
的理性化、對消費的狂熱，最後還產生於家庭生活的變化和不斷變化的社會
化模式。」〔註1〕。他批評自戀主義的氣氛已經腐蝕了整個西方文明而上昇成
爲當代西方文化中的核心心理特徵。

　　對比中國當下時代來看，「生活從未像今天這樣被劇烈地撕裂著。物化市
場的魔域中，生存已在照亮了宗法土地的理性之光的陰影中斷爲兩截：一種
是人與物最佳配置方式的競爭世界中懸臨於空中的成功人士（過去叫布爾喬
亞），另一種則是跌落底層的弱勢眾生（過去叫普羅泰利特）。在第一種人那
裡，『他』會是開寶馬，擁美人，戶頭金錢無數，學術頭銜官品具備，在象徵
關係舞臺的重重射燈打探下，詩意地『在』著。而在第二種人那裡，功成名
就的『他』成了『我』奮鬥的鏡象，這神化了的另一個『他』就應該是『我』。
這種『他』對『我』的理想性自居，使羸弱的『我們』更加舉步維艱，一次
又一次，我們攀爬，滑倒，再攀爬——一如加繆筆下那個荒謬而不屈的西西

〔註1〕〔美〕克里斯多夫・拉斯奇，《自戀主義文化》，陳紅雯　呂明譯，上海：上海
　　　文化出版社，1988年，第37頁。

弗斯。『我』，永遠向上舉著不斷落下的存在巨石。當然，如果沒有拉康所罵的想像和象徵關係的織入，人的存在也就真的沒有了。然而拉康之罵對那些無法認清自己的人卻又不見得是一種謬論。遺憾的是，這樣的人恐怕佔了多數，因此拉康之罵對於我們又會是過於真實的存在。」〔註2〕

在拉康的鏡象自戀理論下以疾病敘事作為時代的症狀，對它進行解讀可以剝離出那些暗藏著的意向、掙扎和絕望。我發現，正如前述拉斯奇與學者張一兵所批判的那樣，浮華迷人的鏡象撩撥著人們的欲望，卻從不可能得到真正的滿足。將魯迅先生的話套用一下可以說明原因：「欲望之為虛妄，正與鏡象相同。」自戀的根本危害不在於它的反動性而在於它的腐朽性，不在於它的攻擊性，而在於它的迷幻性。對比奧威爾和赫胥黎兩種對人類社會發展的悲觀預測，我們發現可能成為現實的並非奧威爾的 1984 式預言，而是赫胥黎的「美麗新世界」式預言，「老大哥」並沒有成心監視我們，而是我們自己心甘情願地一直注視著他，根本就不需要什麼看守人、大門或「真理部」。拉康有一個很形象對自戀主義者的比喻：「我們接待的正是這樣一個令人動容的受害者。他逃避開牢籠，不負責任，又違反了將現代人拘於最可怕的社會苦役的苛令。我們的日常工作就是要以一種默默的兄弟之情來為這個虛無的存在開啟一條新的意義之路，要完成這個任務，我們總是力不從心。」〔註3〕

儘管「力不從心」，儘管清高的拉康一直宣稱「我想說我不抱任何希望……尤其不抱被人理解的希望」，但拉康一生頑強的精神分析實踐又宣告了這句話的不成立。再次引用魯迅先生的原句：「絕望之為虛妄，正與希望相同」，在自我和他者的關係中，魯迅看到無物之陣可怕的消解力量，從徹底的絕望徹悟進而超越自我選擇的有限性，如同《過客》裏的過客知其不可為而為之，「反抗絕望」，「於無所希望中得救」。借鑒拉康雖片面卻又因此而深刻入骨的自戀批判，幫助人們有力的破除「自我」的遮蔽和「認同對象」的虛幻。這不是引導人走向悲觀的虛無，而是讓人多一種清醒，以正確的認識自己，認真對待人類存在中的種種物化和異化之自我疏遠，自省生命中的能指之漂浮和本己的不可能性。正如齊澤克所說，拉康的症候是我們這些主

〔註 2〕張一兵，《不可能存在之真──拉康哲學映像》，北京：商務印書館，2006 年，第 2 頁。

〔註 3〕〔法〕拉康，《拉康選集》，褚孝泉譯，上海：上海三聯書店，2000 年，第 121 頁。

體「避免發瘋」的方式。如此這般，這個世界上大抵會少一些不自知的瘋狂和看似正常的精神疾病。

參考文獻

一、各類作品

（一）出版小說與網絡小說

1. 安妮寶貝，《七年》，《告別薇安》，海口：南海出版公司，2000 年出版。

2. 安妮寶貝，《生命是幻覺》，《告別薇安》，海口：南海出版公司，2000 年出版。

3. 郭敬明，《幻城》，瀋陽：春風文藝出版社，2003 年出版。

4. 落落，《年華是無效信》，瀋陽：春風文藝出版社，2005 年出版。

5. 王小波，《東宮‧西宮》，西安：陝西師範大學出版社，2005 年出版。

6. 張悅然，《水仙已乘鯉魚去》，北京：作家出版社，2005 年出版。

7. 小瀧，《心塵——解剖教室系列》，北京：中國電影出版社，2005 年出版。

8. 馬克‧海登，《深夜小狗神秘習題》，林靜華譯，長沙：湖南文藝出版社，2005 年出版。

9. 賽寧，《珍珠飯店》，北京：中國青年出版社，2005 年出版。

10. 飛藍飄雪，《這輩子，我愛定你了》，瀋陽：春風文藝出版社，2006 年出版。

11. 今何在，《悟空傳》，北京：二十一世紀出版社，2006 年出版。

12. 饒雪漫，《沙漏》，北京：當代世界出版社，2007 年出版。

13. 2008 年 9 月份雜誌《漫女生》刊登的小說《我親愛的豬，請你試著仰望天空》。

14. 王雨辰，《異聞錄》，西安：陝西師範大學出版社，2007 年出版。

15. 艾米，《山楂樹之戀》，南京：江蘇文藝出版社，2007 年出版。

16. 郭敬明，《悲傷逆流成河》，北京：長江文藝出版社，2007 年出版。

17. 飛煙，《夜凝夕》，北京：北京燕山出版社，2009 年出版。

18. 王雨辰（sensken），《每夜一個鬼故事》，
    http：//www.lcread.com/bookPage/48242/index.html

19. 成剛、沉醉天、莊秦，《整容殺機》，http：//post.baidu.com/f 抬 kz=78306434

20. 裟欏雙樹，《妖異人間之整容》，
    http：//msn.qidian.com/ShowBook.aspx 抬 bookid=25421。

21. 一山唯白曉、蘇亦容，《花毒》，http：//tieba.baidu.com/f 抬 kz=245644609

22. 貓郎君，《整容》，
    http：//cache.tianya.cn/techforum/Content/16/607546.shtml

23. 金陵釉，《整容社》，
    http：//www.tianya.cn/techforum/content/16/610911.shtml

24. 袁爵爺，《偏方：美容禁區》，http：//www.tianya.cn/new/techforum/
    Content.asp 抬 idItem=16&idArticle=61178 年

25. 顏漢，《暴食症者的臆想與墮落史》
    http：//article.rongshuxia.com/viewart.rs 抬 aid=3669781

26. 摩絲，《美女》，http：//edu.sina.com.cn/l/3298.html

27. 欣欣君，《肥妞翻身大作戰》，http：//post.baidu.com/f 抬 kz=90594194

28. 一井凡心，《戀愛暴食症》，http：//www.zhongcai.com/jczp/318.htm

29. 王蘭芬，《寂寞殺死一頭恐龍》，
    http：//vip.book.sina.com.cn/book/index_38648.html

30. 倦若晨曦，《暴食》，http：//www.guigushi1.cn/thread-67671-1-1.html

31. 月依紜，《你要減肥藥嗎絕對有效》，
    http：//forum.bjcg.com/read-htm-tid-5285131.html

32. 小之的黑仔，《減肥三部曲》，
    http：//cache.tianya.cn/techforum/content/16/587911.shtml
    http：//cache.tianya.cn/techforum/content/16/587915.shtml
    http：//cache.tianya.cn/techforum/content/16/587919.shtml

33. 紫玉簪，《瘦身》，
    http：//cache.tianya.cn/techforum/content/16/560573.shtml

34. esko，《美容》，
    http：//cache.tianya.cn/techforum/content/16/568957.shtml

35. 阿羅邏，《減肥》，

http：//cache.tianya.cn/techforum/content/16/588237.shtml

36. 綠菱紫依，《減肥》，
http：//cache.tianya.cn/techforum/content/16/588775.shtml

37. qxg004，《B 座 013 號》，
http：//www.cuiweiju.com/files/article/html/18/18980/422256.html

38. 紫緋，《厭食》，http：//cache.tianya.cn/techforum/content/16/602524.shtml

39. 小汗，《醫生杜明》，
http：//cache.tianya.cn/techforum/content/16/394637.shtml

40. 泪泉，《失憶新娘》，http：//club.chinaren.com/128920578.html

41. 蔡梵，《十九歲的傷》，http：//vip.book.sina.com.cn/book/index_13331.html

42. 飛燕歸來，《性奴女人》，http：//vip.book.sina.com.cn/book/抬 book=17311

43. 上官紅，《虐戀之易變的愛》，http：//novel.hongxiu.com/a/82973/

44. 西北偏北，《安全戒備》，
http：//bbbs.jjwxc.net/onebook.php 抬 novelid=112666&chapterid=32。

45. 江菲，《暖床冷奴》，http：//www.novelking.com.cn/bookinfo/13/13579.htm

46. 高飛燕，《情魅豔後》，
http：//www.lcread.com/bookPage/56495/56495dr.html

47. 風塵飄零，《閹割》http：//article.hongxiu.com/a/2005-12-18/1014481.shtml

48. 軒安宜，《女兒經》，http：//novel.hongxiu.com/a/9781/

49. 墮落芒果，《鑰匙》，http：//www.17k.com/html/bookAbout.htm 抬 bid=22643

50. 冷風無奈，《償夙今生》，http：//www.qidian.com/book/57013.asp

51. 黑暗中凝聚，《姬的時代》，http：//www.17k.com/list/14943.html

52. 曉光夕雨，《原只想靜靜的生活著》，
http：//www.yuanwen.com/book10/10449.html

53. 若月寒，《今生在一起》，http：//www.qidian.com/Book/123245.aspx

54. 邪月藍，《超能女警》，http：//www.qidian.com/Book/172322.aspx

55. 伯倫希爾，《異世界女神傳》http：//www.qidian.com/book/21350.aspx

56. 冷風無奈，《今天開始女生》，http：//www.qidian.com/Book/77088.aspx

57. 伯倫希爾，《夜明珠》，http：//www.qidian.com/book/46378.aspx

58. 山水無間，《血豔奪目》，
http：//www.17k.com/html/bookAbout.htm 抬 bid=33789。

59. 香裏冰，《後悔》，http：//www.qidian.com/Book/177849.aspx

60. flower，《我的傳奇故事之月亮惹的禍》，
http：//www.qidian.com/book/39720.aspx

61. 木本無心，《戀愛手記》，http：//www.qidian.com/Book/14646.aspx

62. 木言小榭，《靈魂互換之我的野蠻對頭》，
    http：//www.qidian.com/Book/109542.aspx

63. 愛笑的竹子，《絕色童話》，http：//www.qidian.com/book/38310.aspx

64. 某L，《現代情人》，http：//www.qidian.com/Book/76868.aspx

65. 上玄日，《再生少女》，http：//www.qidian.com/book/41870.aspx

66. Albus，《性別遊戲》，http：//www.qidian.com/Book/64882.aspx

67. 七夜茶，《逆流而下》，http：//www.qidian.com/book/39812.aspx

68. 冷風無奈，《男校的雌孔雀》，http：//www.qidian.com/book/106632.aspx

69. 冰霧，《少年美女》，http：//www.qidian.com/Book/51356.aspx

70. 雲追風，《男女搭錯線》，http：//www.qidian.com/book/51480.aspx

71. 牙刷兒，《變身記》，http：//www.qidian.com/book/42731.aspx

72. 晴了，《意亂情迷》，http：//www.qidian.com/book/53413.aspx

73. 翟毓，《生命證詞》，http：//www.qidian.com/Book/175026.aspx

74. 智勇無雙，《女神的宿命》，http：//www.qidian.com/Book/23783.aspx

75. 持家真難，《七星墜之戀》，http：//www.qidian.com/book/120252.aspx

76. 小寶寶，《變身貓貓》，http：//www.mx99.com/Book/4861/Index.html

77. 幽魂，《非常變身奏鳴曲》，
    http：//www.17k.com/html/bookAbout.htm 抬 bid=13133

78. 夜雲輕，《群狼谷》，http：//www.qidian.com/book/4891.aspx

79. 余思哲，《能和你合唱嗎》，http：//www.qidian.com/Book/100958.aspx

80. 我愛喝牛奶，《說不出的淡淡愛》，
    http：//www.qidian.com/Book/79646.aspx

81. 草弦，《變身後遺證（原魔若離枝）》，
    http：//www.qidian.com/book/1052302.aspx

82. 半島鐵盒，《人妖之牛逼風雲實錄》，
    http：//www.qidian.com/Book/34160.aspx

83. 修宇，《變身筆記》，http：//www.qidian.com/Book/92453.aspx

84. 一個字厲害，《變身之雅典娜也邪惡》，
    http：//www.qidian.com/Book/78269.aspx

85. 風吹天南，《愛的詛咒》，http：//www.qidian.com/Book/32782.aspx

86. 黑玲瓏，《學生天使》，http：//www.qidian.com/book/123305.aspx

87. 麥克風，《變身之網遊法師》，http：//www.qidian.com/book/1003763.aspx

88. 小崔，《朱槿莊園》，http：//www.qidian.com/Book/104271.aspx

89. 小崔，《變身 DA》，http：//www.qidian.com/Book/56962.aspx

90. 小崔，《da 家族》，http：//www.qidian.com/book/87857.aspx

91. 小崔，《莉莉斯的女兒》，http：//www.qidian.com/book/36976.aspx

92. 破軍王戟，《異界變身狂想曲》，http：//www.qidian.com/book/34626.aspx

93. 永恒熾天使，《優游暗羽》，http：//www.qidian.com/book/1031257.aspx

94. 鬱悶的傻瓜，《轉世聖女》，http：//www.qidian.com/Book/77122.aspx

95. 劍師後，《綠樓夢》，http：//www.qidian.com/Book/80763.aspx

96. 半子雙月，《交換》，http：//www.qidian.com/Book/88065.aspx

97. 劍師後，《夢幻變身曲》，http：//www.qidian.com/Book/60420.aspx

98. 江燁，《追獵者》，http：//www.qidian.com/Book/123370.aspx

99. 卜印繽，《踏歌行》，http：//www.qidian.com/Book/7328.aspx

100. 邪月藍，《幸福的終點》，http：//www.qidian.com/book/97738.aspx

101. 天涯夢逍遙，《風雪戰記》，http：//www.qidian.com/book/58652.aspx

102. 星雨楓，《雙面遊神》，http：//www.qidian.com/Book/93012.aspx

103. 愛你四分之一，《一生的承諾》，http：//www.qidian.com/Book/32556.aspx

104. 夏雨，《變身傳說》，http：//www.qidian.com/book/42393.aspx

105. 肥天神豬，《變身異界行》，http：//www.qidian.com/Book/112247.aspx

106. 莽玉，《別無選擇》，http：//www.qidian.com/book/29297.aspx

107. 持家眞難，《守衛者的冬天》，http：//www.qidian.com/Book/89801.aspx

108. 茄子，《旅行者的故事》，http：//www.qidian.com/Book/74599.aspx

109. 夢墟，《想不到名字的故事 http：//www.qidian.com/book/8050.aspx

110. 悲傷小提琴，《情繫瑪珐 —— 異界變身女孩》，
     http：//www.qidian.com/Book/38601.aspx

111. 教主，《難道我就是公主》，http：//www.qidian.com/book/25815.aspx

112. 笨呆賤熊，《尋路者》，http：//www.qidian.com/Book/146784.aspx

113. 邪惡者，《最終審判》，http：//www.qidian.com/Book/22551.aspx

114. Bright 狐狸，《幻羽神話》，http：//www.qidian.com/Book/26785.aspx

115. ailifer，《變身死神》，http：//www.qidian.com/book/1024385.aspx

116. 巨石陣，《大劍同人之天生銀瞳》，
     http：//www.qidian.com/Book/134582.aspx

117. 古蘭色回憶，《死神之白羽》，http：//www.qidian.com/book/189566.aspx

118. 焰閃，《魂玉》，http：//www.qidian.com/Book/121402.aspx

119. 御我，《二分之一王子》，http：//www.qidian.com/book/11943.aspx

120. 亞亞，《變身曲》，http：//www.qidian.com/Book/83820.aspx

121. 余宛宛，《ITALY 狂情曲》，http：//www.qidian.com/book/27207.aspx

122. 雲追風，《聖天使物語》，http：//www.qidian.com/book/34400.aspx

123. 驚夢炫奇，《諸神樂章》，
     http：//www.cuiweiju.com/modules/article/articleinfo.php 抬 id=30351

124. 御雪之殤，《都市變身之後》，http：//www.qidian.com/book/1117476.aspx

125. 近墨，《我居然變成了女的》，
     http：//www.jjwxc.net/onebook.php 抬 novelid=402126。

126. QZH1982，《別把眉兒皺》，http：//www.qidian.com/book/1112652.aspx

127. 落英夢雪，《與愛無緣》，http：//www.qidian.com/Book/120869.aspx

128. 玉壺冰心，《錯亂的人生》，http：//www.qidian.com/Book/88710.aspx

129. 遺失的牛奶，《變身那點破事》，
     http：//www.qidian.com/book/1042818.aspx

130. 書蟲變，《半路女兒》，http：//www.qidian.com/Book/1016364.aspx

131. 多彩顏色，《魚兒記》，http：//www.qidian.com/book/1087277.aspx

132. 蕭哲夫，《我本佳人》，http：//www.qidian.com/book/40337.aspx

133. 雷歐納德，《變身傳》，http：//www.qidian.com/Book/51593.aspx

134. 小夢如煙，《特種兵之變身》，http：//www.qidian.com/Book/1085409.aspx

135. 十口十人，《灰玲》，http：//www.qidian.com/book/1075250.aspx

136. 污鏡，《春季的相逢》，http：//www.qidian.com/book/28847.aspx

137. 褪逝的記憶，《星流》，http：//www.qidian.com/book/1117655.aspx

138. 可樂 01，《性謎意亂》，http：//www.qidian.com/book/1029855.aspx

139. 殘翅落羽，《愛你的資格》，http：//www.qidian.com/Book/131402.aspx

140. 安娜魯西亞，《空域》，http：//www.qidian.com/Book/1071180.aspx

141. 某 L，《絕色情戀》，http：//www.qidian.com/Book/179927.aspx

142. 皇甫紫晴，《奇迹女孩》，http：//www.qidian.com/Book/143363.aspx

143. 甄翎，《麗人爸爸》，http：//www.qidian.com/Book/93200.aspx

144. 水無月白，《代理見習天使》，http：//www.qidian.com/Book/178646.aspx

145. 寫一本書 9172749，《殷狼》，http：//www.qidian.com/Book/169639.aspx

146. 雪幻狐，《就是愛寵你》，http：//www.toshu.cn/thread-19720-1-1.html

147. 允在之交歡，《金小在和他的黑道叔叔》，
     http：//www.joustar.com/ShowCatalog.aspx 抬 BookID=719050

148. neleta,《誘瞳》, http：//tieba.baidu.com/f 抬 kz=470816266,司御天、司寒月。

149. i 白‧白白,《我是你爸爸!》,
http：//www.jjwxc.net/onebook.php 抬 novelid=49399

150. Byw,《德與行之間》, http：//www.sh000.com/thread-270957-1-1.html

151. 瘋貓一隻,《禁忌之袖塵篇》,
http：//www.jjwxc.net/onebook.php 抬 novelid=167706

152. 蝶雨晨萱,《冷情皇子》,
http：//www.jjwxc.net/onebook.php 抬 novelid=406483

153. riccabong,《爹爹不是人》,
http：//www.jjwxc.net/onebook.php 抬 novelid=138303

154. riccabong,《兒子不是人》,
http：//www.jjwxc.net/onebook.php 抬 novelid=13833 年

155. WR,《我天使般可愛的鋼琴學生》,
http：//tieba.baidu.com/f 抬 kz=184032302

156. x ■假純[T],《上帝說,下輩子你還是我弟弟》,
http：//www.du8.com/books/outqqqq127163.shtml

157. 失名,《寶貝今年 14 歲》, http：//tieba.baidu.com/f 抬 kz=525926323

158. sadansnow,《年輕房東小房客》, http：//tieba.baidu.com/f 抬 kz=141499422

159. annom,《弟弟的驚喜》, http：//www.27txt.com/txt-xx/15/txt-14371.htm

160. 軒轅巫巫,《寶寶養成計劃》, http：//www.txtxz.com/read.php 抬 tid=53414

161. 虛之幻,《凱樂的故事》
http：//www.jjwxc.net/onebook.php 抬 novelid=156085&chapterid=45

162. 冬蟲,《小小的少爺》, http：//www.27txt.com/txt-xx/15/txt-5857.htm

163. 冬蟲,《海市蜃樓》, http：//www.27txt.com/txt-xx/15/txt-5857.htm

164. 冬蟲,《貢品》,
http：//bbs5.xilu.com/cgi-bin/bbs/view 抬 forum=blly&message=2093

165. 冬蟲,《「小小」抵押品》,
http：//bbs5.xilu.com/cgi-bin/bbs/view 抬 forum=blly&message=2095

166. 冬蟲,《洋洋很快樂》,
http：//bbs1.xilu.com/cgi-bin/bbs/view 抬 forum=baomao&message=1889

167. 冬蟲,《夜三少和小奴才》,
http：//bbs5.xilu.com/cgi-bin/bbs/view 抬 forum=blly&message=2095

168. 冬蟲,《萬能寶寶》,
http：//bbs5.xilu.com/cgi-bin/bbs/view 抬 forum=blly&message=2081

169. 白白，《惡人自有惡人疼》，http：//bbs.txt55.com/read.php 抬 tid=27550

170. 墨紫，《娘娘》，http：//tieba.baidu.com/f 抬 kz=137976521。

171. 水戀月影，《爸爸的「新娘」》，http：//tieba.baidu.com/f 抬 kz=413992292

172. 狂逸，《我的明星老豆》，http：//tieba.baidu.com/f 抬 kz=515320321

173. 狂逸，《我的跟屁蟲阿爹》，http：//tieba.baidu.com/f 抬 kz=516234586

174. umpvoice，《無花果》
http：//www.ziteyy.com/dnovelread.php 抬 tid=1301&page=1

175. umpvoice，《熵閣雙龍》，http：//tieba.baidu.com/f 抬 kz=12348343 年

176. 天籟紙鳶，《天神右翼》，
http：//www.jjwxc.net/onebook.php 抬 novelid=134762

177. 天水若雲，《小小玩童》，http：//www.harrisherd.com/cgi-bin/nph-proxy.cgi/
000100A/http/board5.cgiworld.net/view.cgi　　　　　　　　　抬
id=hanhaige&now=15&jd=-1&ino=29&tmp_no=203

178. 夏日驕陽，《獸樣亂》，
http：bbs5.xilu.com/cgi-bin/bbs/view 抬 forum=blly&message=209 年

179. 風搖影移，《我的寶貝》，
http：//bbs5.xilu.com/cgi-bin/bbs/view 抬 forum=blly&message=2099

180. HALF12，《危險》，
http：//bbs5.xilu.com/cgi-bin/bbs/view 抬 forum=blly&message=2096

181. chanmin1984，《戀童》，
http：//bbs5.xilu.com/cgi-bin/bbs/view 抬 forum=bltutu&message=3186

182. 清寧，《戀童》，
http://vipbbs.xilu.com/cgi-bin/bbs/view 抬 forum=icyangel0&message=6758

183. 天蓬，《五歲惡魔》，
http://vipbbs.xilu.com/cgi-bin/bbs/view 抬 forum=icyangel0&message=8029

184. 暗夜白花，《狄人春秋》，http：//bbs13.xilu.com/cgi-bin/bbs/view 抬 forum=
danmeiyuan&message=56231

185. 鬥の枷藍，《染童》，
http：//bbs5.xilu.com/cgi-bin/bbs/view 抬 forum=bltutu&message=3338

186. 傀儡偶師，《撿個娃娃來愛》，
http：//bbs15.xilu.com/cgi-bin/bbs/view 抬 forum=qiuzhiwu&message=1133

187. 老安，《戀屍》，
http：//www.shulu.net/files/article/html/17/17251/2665162.html

188. 斬浪劍，《戀屍》，http：//book.qukanshu.com/artinfo/2992.html

189. 孤燈人，《戀屍怪談》，

http：//www.xiaoshuo.com/readindex/index_0011026673.html

190. 四國鎮魂，《戀屍》，http：//www.cuiweiju.com/cwjinfo/61/61369.htm

191. 迷戀 LSD，《戀屍成癖》，
http：//html.hjsm.tom.com/html/book/47/930/content.htm

192. 草本精華，《戀屍癖》，http：//tieba.baidu.com/f 抬 kz=48156255。

193. 夜雨無聲，《麒麟契約者》，http：//www.readnovel.com/novel/41576/19.html

194. 又是一年芳草綠，《五月春天》，
http：//novel.hongxiu.com/a/69051/index.shtml

195. 心若心隱，《背叛的代價：陰齒》，
http：//msn.hongxiu.com/n/a/84432/pinglun.shtml

196. 心若心隱，《復仇交易：陰齒》，
http：//www.yixia.net/kehuanxiaoshuo/335160/

197. 心若心隱，《厄運襲來：陰齒》，
http：//bookapp.book.qq.com/origin/workintro/514/work_1980930.shtml

198. 上山，《未來陰齒》，http：//www.jjwxc.net/onebook.php 抬 novelid=344052

199. 熾翼千羽，《傾城》，http：//www.jjwxc.net/onebook.php 抬 novelid=95443

200. 羅蜜歐，《與虎謀皮》，http：//www.jjwxc.net/onebook.php 抬 novelid=41900

201. 落花伶依，《霸王妖姬》，http：//www.jjwxc.net/onebook.php 抬 novelid=99841

202. 阿刁，《虞美人》，http：//www.jjwxc.net/onebook.php 抬 novelid=5900

203. 木之音，《沉淪》，http：//www.jjwxc.net/onebook.php 抬 novelid=89073

204. 輝夜姬，《愛我還是他》，http：//www.jjwxc.net/onebook.php 抬 novelid=66594

205. Linko，《咒虐》，http：//www.jjwxc.net/onebook.php 抬 novelid=5368

206. 藍色調，《花祭》，http：//www.jjwxc.net/onebook.php 抬 novelid=93442

207. RMLL，《戀欲遊戲》，http：//www.jjwxc.net/onebook.php 抬 novelid=19539

208. 縈繞，《墮落之後》，http：//www.jjwxc.net/onebook.php 抬 novelid=1265 年

209. 悄然無聲，《捨棄》，http：//www.paipaitxt.com/read-htm-tid-4570644-keyword-%C5%B0%C1%B5.html

（二）雜　誌

1. 《Alice》，主編：hansey、落落。

2. 《HANA》，主編：hansey。

3. 《鯉》，主編：張悅然。

4. 《最小說》，主編：郭敬明。

5. 《最女生》，主編：饒雪漫。

（三）漫　畫

1. CMJ，《我的 JB 沒了》，http：//www.cmjokers.net

2. 許仙人，《東森醫院》，http：//www.jovixu.com

（四）電　影

1. 美國電影《飛越瘋人院》（One Flew Over the Cuckoo's Nest），1975 年。

2. 加拿大電影《失寵於上帝的孩子》（Children of a Lesser God），1986 年。

3. 美國電影《雨人》（Rain Man），1988 年。

4. 中國電影《古今大戰秦俑情》，1989 年。

5. 中國電影《黑樓孤魂》，1989 年。

6. 美國電影《性、謊言和錄像帶》（Sex, Lies and Videotape），1989 年。

7. 美國電影《沉默的羔羊》（The Silence of the Lambs），1991 年。

8. 法國電影《新橋戀人》（Les Amants du Pont-Neuf），1991 年。

9. 香港電影《人肉叉燒包》，1993 年。

10. 美國電影《情碎海倫娜》（Boxing Helena），1993 年。

11. 美國電影《阿甘正傳》（Forrest Gump），1993 年。

12. 香港電影《伊波拉病毒》（Ebola Syndrome），1996 年。

13. 美國電影《變臉》（Face Off），199 年年。

14. 香港電影《夜半兩點鐘》，1997 年。

15. 香港電影《我是誰》，1998。

16. 美國電影《記憶碎片》（Memento），2000 年。

17. 美國電影《一個頭兩個大》（Me, Myself & Irene），2000 年。

18. 日本電影《多重人格偵探》（Mpd Psycho），2000 年。

19. 德國電影《丟失陰莖的男人》（Suck My Dick），2001 年。

20. 香港電影《瘦身男女》，2001 年。

21. 韓國電影《綠洲》（Oasis），2002 年。

22. 美國電影《不一樣的爸爸》（I am Sam），2002 年。

23. 香港電影《異度空間》，2002 年。

24. 香港電影《停不了的愛》，2002 年。

25. 香港電影《見鬼》，2002 年。

26. 美國電影《諜影重重》（The Bourne Identity），2002 年。

27. 香港電影《河東獅吼》，2002 年。

28. 臺灣電影《愛情靈藥》，2002 年。

29. 中國電影《綠茶》，2003 年。

30. 美國電影《致命 ID》（Identity），2003 年。

31. 香港電影《我的失憶男友》，2003 年。

32. 美國電影《記憶裂痕》（Paycheck），2003 年。

33. 韓國電影《薔花紅蓮》（Two Sisters），2003 年。

34. 香港電影《餃子》，2004 年。

35. 美國電影《初戀 50 次》（50 First Dates），2004 年。

36. 韓國電影《我腦中的橡皮擦》（A moment to Remember），2004 年。

37. 美國電影《飛行者》（The Aviator），2004 年。

38. 中國電影《綠帽子》，2005 年。

39. 臺灣電影《深海》，2005 年。

40. 日本電影《鄰人 13 號》（鄰人十三號），2005 年。

41. 香港電影《神話》，2005 年。

42. 韓國電影《馬拉松》（Marathon），2005 年。

43. 法國電影《漫長的婚約》（Un Long Dimanche de Fiançailles），2005 年。

44. 韓國電影《歡迎來到東幕村》（Welcome to Dongmakgol），2005 年。

45. 中國電影《芳香之旅》，2006 年。

46. 韓國電影《赤腳的基奉》（Barefoot Ki-Bong），2006 年。

47. 韓國電影《Hub》（Hub），2006 年。

48. 英國電影《雪花糕療情》（Snow Cake），2006 年。

49. 韓國電影《假髮》（Gabal），2006 年。

50. 日本電影《草莓鬆餅》（Strawberry Shortcakes），2006 年。

51. 香港電影《妄想》，2006 年。

52. 韓國電影《傻瓜》（Babo），2006 年。

53. 韓國電影《灰姑娘》（Cinderella），2006 年。

54. 美國電影《玩命記憶》（Unknown），2006 年。

55. 中國電影《陶器人形》，2006 年。

56. 韓國電影《謊顏》（Time），2006 年。

57. 韓國電影《我和我的女友》（My Girl and I），2006 年。

58. 臺灣電影《流浪神狗人》，2007 年。

59. 日本電影《歡迎來到隔離病房》（クワイエットルームにようこそ），2007年。

60. 印度電影《地球上的星星》（Taare Zameen Par），2007年。

61. 美國電影《補償》（Quid Pro Quo），2007年。

62. 香港電影《男才女貌》，2007年。

63. 香港電影《野·良犬》，2007年。

64. 泰國電影《致命巧克力》（Chocolate），2008年。

65. 中國電影《深海尋人》，2008年。

66. 臺灣電影《愛的發聲練習》，2008年。

（五）電視劇

1. 日本電視劇《血疑》（赤い疑惑），1975年，29集。

2. 香港電視劇《刑事偵緝檔案3》，1997年，40集。

3. 中國電視劇《紅十字方隊》，1997年，14集。

4. 韓國電視劇《天涯海角》（Till the End of the World），1998年，18集。

5. 香港電視劇《妙手仁心》，1998年，31集。

6. 香港電視劇《創世紀》，1999年，100集。

7. 韓國電視劇《泡沫愛情》（Good Bye，My Love），1999年，16集。

8. 韓國電視劇《藍色生死戀》（가을동화），2000年，18集。

9. 中國電視劇《貧嘴張大民的幸福生活》，2000年，20集。

10. 韓國電視劇《美麗的日子》（Beautiful Days），2001年，32集。

11. 中國電視劇《情深深雨濛濛》，2001年，49集。

12. 臺灣電視劇《流星花園》，2001年，24集。

13. 中國電視劇《一級恐懼》，2001年，20集。

14. 臺灣電視劇《流星花園2》，2002年，30集。

15. 香港電視劇《戇夫成龍》，2002年，20集。

16. 中國電視劇《綠蘿花》，2002年，25集。

17. 韓國電視劇《冬日戀歌》（겨울연가），2002年，20集。

18. 韓國電視劇《玻璃鞋》（Glass Shoes），2002年，50集。

19. 韓國電視劇《大長今》（장금이），2003年，70集。

20. 韓國電視劇《禮物》（Sun Mool），2003年，20集。

21. 香港電視劇《少年張三豐》，2003年，40集。

22. 中國電視劇《我想嫁給你》，2003年，22集。

23. 韓國電視劇《尚道，我們上學去！》（Sangdoo，Let＇s go to school！），2003 年，16 集。

24. 中國電視劇《血玲瓏》，2004 年，30 集。

25. 日本電視劇《在世界中心呼喚愛》（世界の中心で、愛をさけぶ），2004 年，11 集。

26. 中國電視劇《蒲公英》，2004 年，26 集。

27. 韓國電視劇《愛在哈佛》（Love Story in Harvard），2004 年，16 集。

28. 中國電視劇《健康快車》，2004，18 集。

29. 美國電視劇《犯罪心理》（Criminal Minds），2005 年，4 季共 77 集。

30. 中國電視劇《午夜陽光》，2005 年，21 集。

31. 韓國電視劇《美妙人生》（Wonderful Life），2005 年，16 集。

32. 中國電視劇《仙劍奇俠傳》，2005，38 集。

33. 臺灣電視劇《王子變青蛙》，2005，60 集。

34. 臺灣電視劇《我愛我夫我愛子》，2006 年，20 集。

35. 中國電視劇《熱血兵團》，2006 年，20 集。

36. 中國電視劇《別愛我》，2006 年，25 集。

37. 臺灣電視劇《天使情人》，2006 年，40 集。

38. 中國電視劇《親兄熱弟》，2007 年，30 集。

39. 中國電視劇《誰憐天下慈母心》，2007 年，23 集。

40. 臺灣電視劇《木棉花的春天》，2007 年，36 集。

41. 臺灣電視劇《啞巴新娘》，2007 年，35 集。

42. 中國電視劇《大聲呼喊你回來》，2007 年，30 集。

43. 日本電視劇《我最喜歡你！！》（だいすき！！），2008 年，10 集。

44. 中國電視劇《左右》，2008 年，25 集。

45. 中國電視劇《衛生隊的故事》，2008 年，25 集。

（六）電子遊戲

1. 《無聲狂嘯》（I Have No Mouth，And I Must Scream），Cyberdream 公司 1995 年出品。

2. 《主題醫院》（Theme Hospital），Bullfrog 公司 1997 年發行。

3. 《急診室的春天》（Emergency Room），Legacy 公司 2004 年發行。

4. 《精神世界》（Psychonauts），Majesco 公司 2005 年發行。

5. 《醫院大亨》（Hospital Tycoon），Codemasters 公司 2007 年發行。

6. 《恐怖醫院》（Drug Battle），失名網友製作。

7. 《瘋狂女子醫院》手機遊戲，Sina 製作。

8. 《護士 MM 大追捕》，捷通華聲運營。

二、研究資料

（一）論　文

①博碩士學位論文

1. 于文秀，《「文化研究」思潮中的反權力話語研究》，黑龍江大學 2002 年博士學位論文。

2. 郭樹芹，《唐代涉醫文學研究》，四川大學 2004 年博士論文。

3. 梁永鋒，《疾病和畫家的藝術反規》，河南大學 2004 年碩士論文。

4. 王瓊，《知識作爲健康身體的隱喻》，陝西師範大學 2004 年碩士論文。

5. 金昕，《文學的白醫天使》，東北師範大學 2004 年碩士論文。

6. 王秋海，《反對闡釋》，首都師範大學 2004 年博士學位論文。

7. 李靜，《疾病的隱喻與療救》，山東大學 2005 年碩士論文。

8. 張豐，《中國現代文學中的「疾病」和「治療」》，北京師範大學 2005 年碩士論文。

9. 仇國梁，《凡高與徐渭——兩位瘋癲藝術家的比較》，南京師範大學大學 2005 年碩士學位論文。

10. 邵捷，《「藝術瘋子」現象質疑——兼析「藝術自殺」現象》，上海大學 2005 年碩士論文。

11. 王健，《病的敘事與身體的政治學》，華中師範大學 2005 年碩士論文。

12. 林清華，《疾病的隱喻：蔡明亮電影研究》，福建師範大學 2006 年碩士論文。

13. 范煜輝，《癲癇症和陀思妥耶夫斯基的小說創作》，廣西師範大學 2006 年碩士論文。

14. 譚光輝，《症狀的症狀：疾病隱喻與中國現代小說》，四川大學 2006 年博士論文。

15. 蘇曉芳，《論新世紀小說的大眾取向》，華中師範大學 2007 年博士學位論文。

16. 宮愛玲，《現代中國文學疾病敘事研究》，山東師範大學 2007 年博士論文。

17. 程桂婷，《論現代小說中肺病的隱喻》，蘇州大學 2007 年碩士論文。

18. 于靜，《疾病與魯迅之間的關係》，首都師範大學 2007 年碩士論文。

19. 王冬梅，《疾病隱喻與女性書寫》，曲阜師範大學 2007 年碩士論文。

②期刊發表論文

1. 維拉·波蘭特，《文學與疾病 —— 比較文學研究的一個方面》，《文藝研究》1986 年第 1 期。

2. 匿名，《英國小說與疾病》，魏玉傑譯，《外國文學評論》1994 年第 2 期。

3. 范正聲，《認同思維與意象創造》，《泰安師專學報》1996 年第 01 期。

4. 方漢文，《鏡子階段與文化心理主體認證的聯繫 —— 拉康的後現代文化心理闡釋》，《呂梁高等專科學校學報》1999 年第 3 期。

5. 王國芳，《克萊因的兒童心理結構觀述評》，《南京師大學報（社會科學版）》，2001 年第 1 期。

6. 王富仁，《悲劇精神與悲劇意識》，《江蘇社會科學》2001 年第 1 期。

7. 史敏，《文學與疾病題材關係簡論》，《安徽工業大學學報》2001 年第 04 期。

8. 黃錦秋，《林黛玉病態人格及其文化意蘊》，《哈爾濱工業大學學報》2001 年第 4 期。

9. 童俊，《精神分析學中的自戀及其自戀性障礙》，《醫學與社會》2001 年第 6 期。

10. 陳少華，《二項衝突中的毀滅》，《文學評論》2002 年第 02 期。

11. 逄增玉，《魯迅小說中的『醫學』內容和敘事》，《社會科學陣線》2003 年第 4 期。

12. 王予霞，《西方文學中的疾病與恐懼》，《外國文學研究》2003 年第 06 期。

13. 秦向榮，《心理學中自戀理論述評》，《四川精神衛生》第 17 卷第 4 期，2004 年。

14. 梅瓊林，《啓蒙的歷程：魯迅思想中的醫學思想與治療型智慧》，《學海》2004 年第 5 期。

15. 黎保榮，《魯迅小說中『病』的文化闡釋》，《晉陽學刊》2004 年第 05 期。

16. 張一兵，《從自戀到畸鏡之戀 —— 拉康鏡象理論解讀》，《天津社會科學》2004 年第 6 期。

17. 郄忠民，《疾病與文學》，《江西社會科學》2004 年第 12 期。

18. 羅婷，《克里斯特瓦的納克素斯/自戀新詮釋及文學隱喻》，《國外文學》2005 年第 1 期。

19. 車紅梅，《中國現代文學中的疾病情結》，《文藝爭鳴》2005 年第 01 期。

20. 王愛英，《外國文學活動中身心疾病的影響與表達》，《安慶師範學院學報》2005 年第 01 期。

21. 葛紅兵，《作爲隱喻的疾病》，《湘潭大學學報》2005 年第 02 期。

22. 劉聰，《疾病的隱喻與策略》，《名作欣賞》2005 年第 03 期。

23. 孫海芳，《論新時期女性文學對疾病主題的表現》，《河南社會科學》2005 年第 05 期。

24. 丁琪，《中國現代文學中的疾病意象探析》，《文藝理論與批評》2005 年第 05 期。

25. 王健，《疾病的附魅與祛魅——爲紀念蘇珊·桑塔格而作》，《醫學與哲學》2005 年第 07 期。

26. 沈杏培，《苦難與焦慮生存中的自我救贖》，《名作欣賞》2005 年第 09 期。

27. 余傑，《肺病患者的生命意識》，《社會科學論壇》2005 年第 11 期。

28. 陶東風，《大話文藝和大話文化：一種應警惕的文化心態》，《新華文摘》2005 年第 11 期。

29. 劉文，《病·思想·社會》，《學術論壇》2006 年第 2 期。

30. 韓冷，《論魯迅小說的疾病隱喻》，《連雲港職業技術學院學報》2006 年第 03 期。

31. 張巧鳳，《論疾病對患病作家的影響》，《哈爾濱學院學報》2006 年第 4 期。

32. 王應平，《疾病愛欲與文學生產》，《名作欣賞》2006 年第 04 期。

33. 胡傳吉，《吾之大患，爲吾有身》，《紅樓夢學刊》2006 年第 04 輯。

34. 陳桃、朱皕，《嬰兒面孔偏好理論模型述評》，《心理科學進展》，2006 年，第 4 期。

35. 高惠娟，《〈紅樓夢〉中的疾病主題》，《南都學壇》2006 年第 06 期。

36. 田喜娥/賀本才，《疾病隱喻與文學》，《湖南科技學院院報》2006 年第 07 期。

37. 胡彤，《T 恤圖案流行文化漫談》，《藝苑》，2006 年第 8 期。

38. 顧廣梅，《女性疾病與隱喻》，《廣西社會科學》2006 年第 09 期。

39. 朱秀峰，《中國現代文學中的結核隱喻探析》，《四川文理學院學報》2007 年第 01 期。

40. 宮愛玲，《病痛的書寫與病房的隱喻》，《瀋陽工程學院學報》2007 年第 01 期。

41. 韓冷，《海派作家筆下的肺結核病人》，《廣東社會科學》2007 年第 01 期。

42. 藍藍，《被冰雹打過的嘴》，《外國文學》2007 年第 02 期。

43. 葛紅兵，《病重的中國》，《西北師大學報》2007 年第 02 期。

44. 吳曉東，《中國現代審美主體的創生》，《中國現代文學研究叢刊》2007 年第 03 期。

45. 李劍芬，《論〈家〉中肺結核病的文化內涵》，《西江教育論從》2007 年第 03 期。

46. 姜彩燕，《疾病的隱喻與中國現代文學》，《西北大學學報》2007 年第 04 期。

47. 孫燕，《反對闡釋的文化批判向度》，《湛江師範學院學報》2007 年第 05 期。

48. 任芳，《文學與疾病的神秘鏈接》，《科教縱橫》2007 年 7 月。

49. 王菊，《魯迅小說疾病意象的文化指向》，《理論與當代》2007 年第 10 期。

50. 任葆華，《論郁達夫小說中的疾病敘事》，《電影評介》2007 年第 18 期。

（二）論　著

1. 趙樂平，《出入「命門」：中國醫學文化學導論》，上海：三聯書店，1991 年。

2. 黃俞、王旭東，《醫史與文明》，北京：中國中醫藥出版社，1993 年。

3. 王文芳，《醫院心理文化》，天津：天津社會科學出版社，1996 年。

4. 包亞明，《布爾迪厄訪談錄‧文化資本與社會煉金術》，包亞明譯，上海：上海人民出版社，199 年。

5. 劉小楓，《現代型社會理論緒論》，上海：上海三聯書店，1998 年。

6. 賀桂梅，《批評的增長與危機》，太原：山西教育出版社，1999 年。

7. 劉翔平，《尋找生命的意義：弗蘭克爾的意義治療學說》，武漢：湖北教育出版社，1999 年。

8. 戴錦華，《隱性書寫：90 年代中國文化研究》，南京：江蘇人民出版社，1999 年。

9. 余鳳高，《呻吟聲中的思索：人類疾病的背景文化》，濟南：山東畫報出版社，1999 年。

10. 羅鋼，劉象愚主編，《文化研究讀本》，北京：中國社科出版社，2000 年。

11. 余鳳高，《病魔退卻的歷程：尋求治療的背景文化》，濟南：山東畫報出版社，2001 年。

12. 劉北成，《福柯思想肖像》，上海：上海人民出版社，2001 年。

13. 劉小楓，《拯救與逍遙》，上海：上海三聯書店，2001 年。

14. 黃子平，《灰闌中的敘述》，上海：上海文藝出版社，2001 年。

15. 陳昕，《救贖與消費》，《大眾文化批評叢書》，李陀主編，南京：江蘇人民出版社，2001 年。

16. 余鳳高，《天才就是瘋子》，長沙：湖南人民出版社，2002 年。

17. 于奇智，《凝視之愛：福柯醫學歷史哲學論稿》，北京：中央編譯出版社，2002 年。

18. 桑林，《瘟疫：文明的代價》，廣州：廣東經濟出版社，2003 年。

19. 艾雲，《用身體思想》，南京：江蘇人民出版社，2003 年。

20. 林石，《疾病的隱喻》，廣州：花城出版社，2003 年。

21. 汪民安、陳永國編，《後身體文化、權力和生命政治學》，長春：吉林人民出版社，2003 年。

22. 余鳳高，《飄零的秋葉：肺結核文化史》，濟南：山東畫報出版社，2004 年。

23. 余鳳高，《瘟疫的文化史》，濟南：山東畫報出版社，2004 年。

24. 王蕾，代小琳，《霓裳神話——媒體服飾話語研究》，北京：中央編譯出版社，2004 年。

25. 劉小楓，《沉重的肉身》，北京：華夏出版社，2004 年。

26. 汪民安，《身體的文化政治學》，開封：河南大學出版社，2004 年。

27. 張沛，《隱喻的生命》，北京：北京大學出版社，2004 年。

28. 王一川主編，《大眾文化導論》，北京：高等教育出版社，2004 年。

29. 黃作，《不思之說——拉康主體理論研究》，北京：人民出版社，2005 年。

30. 汪民安，《身體、空間與後現代性政治》，南京：江蘇人民出版社，2006 年。

31. 蕭翔鴻，《陰性皮膜性快感》，臺北：正港信息文化事業有限公司，2006 年。

32. 余鳳高，《智慧的痛苦：精神病文化史》，長沙：湖南文藝出版社，2006 年。

33. 楊念群，《再造「病人」：中西醫衝突下的空間政治》，北京：中國人民大學出版社，2006 年。

34. 蔣原倫，《我聊故我在：IM，人際傳播的革命》，桂林：廣西師範大學出版社，2006 年。

35. 王逢振編，《通俗文化研究》，天津：天津人民出版社，2006 年。

36. 趙一凡、張中載、李德恩編,《西方文論關鍵詞》,北京:外語教學與研究出版社,2006年。

37. 王曉路等,《文化批評關鍵詞研究》,北京:北京大學出版社,2007年。

38. 李建軍,《我國青少年自殺問題研究》,北京:中國社會科學出版社,2007年。

39. 翟振明,《有無之間:虛擬實在的哲學探險》,北京:北京大學出版社,2007年。

40. 高亞春,《符號與象徵》,北京:人民出版社,2007年。

41. 汪民安主編,《文化研究關鍵詞》,南京:江蘇人民出版社,2007年。

42. 王長松,《尋找疾病的根源》,重慶:重慶出版社,2009年。

43. 彭吉象,《影視美學》,北京:北京大學出版社,2009年。

(三)理論論著

1. 〔法〕Jacques Lacan.The Seminars of Jacques Lacan,

2. Book I: Freud's Papers on Technique(edited by Jacques-Alain Miller),New York: Norton, 1988.

3. Book II: The Ego in Freud's Theory and in the Technique of Psychoanalysis(edited by Jacques-Alain Miller),New York: Norton, 1988.

4. Book III: The Psychoses.(edited by Jacques-Alain Miller),New York: Norton, 1993.

5. Book XI: The Four Fundamental Concepts of Psychoanalysis(edited by Jacques-Alain Miller),New York: Norton, 1978.

6. Book VII: The Ethics of Psychoanalysis(edited by Jacques-Alain Miller),New York: Norton, 1992.

7. 〔法〕Emmanual Levinas.Totality and Infinity: an Essay on Exteriority. trans. Alphonso Lings, Hague, Boston and London: Martinus Nijhhff Publishers, 1979.

8. 〔法〕Jean Baudrillard.Simulacra and Simulation, The University of Michigan Press, 1994.

9. 〔法〕阿爾都塞,《保衛馬克思》,顧良譯,北京:商務印書館,1984年。

10. 〔美〕W・C・布斯,《小說修辭學》,華明等譯,北京:北京大學出版社,1987年。

11. 〔美〕克里斯多夫・拉斯奇,《自戀主義文化》,陳紅雯,呂明譯,上海:上海文化出版社,1988年。

12. 〔法〕阿爾都塞,《意識形態和意識形態國家機器》,李迅譯,《外國電影理論文選》,上海:上海文藝出版社,1995年。

13. 〔美〕艾德華・薩伊德，《論知識分子》，單德興譯，臺北：麥田出版社，199 年。

14. 〔法〕德里達，《一種瘋狂守護著思想》，何佩群譯，上海：上海人民出版社，1997 年。

15. 〔美〕保羅・福賽爾著，《格調》，梁麗眞等譯，北京：中國社會科學出版社，1998 年。

16. 〔美〕約翰・奧尼爾，《身體形態：現代社會的五種身體》，張旭春譯，遼寧：春風文藝出版社，1999 年。

17. 〔美〕道格拉斯・凱爾納、斯蒂文・貝斯特，《後現代理論》，張志斌譯，北京：中央編譯出版社，1999 年。

18. 〔法〕拉康，《拉康選集》，褚孝泉譯，上海：上海三聯書店，2000 年。

19. 〔法〕讓・波德里亞，《仿眞與擬象》，馬海良譯，《後現代性的哲學話語》，杭州：浙江人民出版社，2000 年。

20. 〔英〕布萊恩・特納，《身體與社會》，馬海良、趙國新譯，遼寧：春風文藝出版社，2000 年。

21. 〔美〕卡倫・荷妮，《神經症與人的成長》，陳收譯，北京：國際文化出版公司，2000 年。

22. 〔美〕卡倫・荷妮，《我們時代的神經症人格》，陳收譯，北京：國際文化出版公司，2000 年。

23. 〔奧〕西格蒙德・弗洛伊德，《日常生活的精神病學》，彭麗新等譯，北京：國際文化出版公司，2000 年。

24. 〔奧〕西格蒙德・弗洛伊德，《性欲三論》，趙蕾等譯，北京：國際文化出版公司，2000 年。

25. 〔美〕約翰・費斯克，《理解大眾文化》，王曉珏、宋偉傑譯，北京：中央編譯出版社，2001 年。

26. 〔奧〕西格蒙德・弗洛伊德，《論藝術與文學》，常宏等譯，北京：國際文化出版公司，2001 年。

27. 〔奧〕西格蒙德・弗洛伊德，《詼諧及其與無意識的關係》，常宏譯，北京：國際文化出版公司，2001 年。

28. 〔德〕曼弗雷德・弗蘭克，《個體的不可消逝性》，先剛譯，北京：華夏出版社，2001 年。

29. 〔英〕安東尼・吉登斯，《親密關係的變革》，陳永國譯，北京：社會科學文獻出版社，2001 年。

30. 〔法〕米歇爾・福柯，《臨床醫學的誕生》，劉北成譯，南京：譯林出版社，2001 年。

31. 〔英〕約翰・斯道雷,《文化理論與通俗文化導論》,楊竹山譯,南京,南京大學出版社,2001 年。

32. 〔日〕福原泰平,《拉康鏡象階段》,王小峰譯,石家莊:河北教育出版社,2002 年。

33. 〔美〕馬泰・卡林內斯庫,《現代性的五副面孔》,顧愛彬、李瑞華譯,北京:商務印書館,2002 年。

34. 〔英〕齊格蒙特・鮑曼,《流動的現代性》,歐陽景根譯,上海:上海三聯書店,2002 年。

35. 〔法〕喬治・巴塔耶,《色情史》,劉暉譯,北京:商務印書館,2003 年。

36. 〔法〕米歇爾・福柯,《不正常的人》,錢翰譯,上海:上海人民出版社,2003 年。

37. 〔法〕米歇爾・福柯,《瘋癲與文明》,劉北成、楊遠嬰譯,北京:三聯書店,2003 年。

38. 〔法〕米歇爾・福柯,《規訓與懲罰》,劉北成、楊遠嬰譯,北京:三聯書店,2003 年。

39. 〔美〕馬歇爾・伯曼,《一切堅固的東西都煙消雲散了:現代性體驗》,徐大建譯,北京:商務印書館,2003 年。

40. 〔美〕蘇珊・桑塔格,《疾病的隱喻》,程巍譯,上海:上海譯文出版社,2003 年。

41. 〔美〕蘇珊・桑塔格,《反對闡釋》,程巍譯,上海:上海譯文出版社,2003 年。

42. 〔德〕貝貝爾・瓦德茨基,《女人自戀渴望承認》,陳國鵬譯,上海:上海人民出版社,2003 年。

43. 〔美〕尼爾・波茲曼:《娛樂至死》,章豔譯,桂林:廣西師範大學出版社,2004 年。

44. 〔美〕道格拉斯・凱爾納,《媒體文化:介於現代與後現代之間的文化研究、認同性與政治》,丁寧譯,北京:商務印書館,2004 年。

45. 〔德〕叔本華,《叔本華思想隨筆》,韋啓昌譯,上海:上海人民出版社2005 年。

46. 〔英〕約翰・B・湯普森,《意識形態與現代文化》,高銛譯,南京:譯林出版社,2005 年。

47. 〔英〕利薩・泰勒,《媒介研究:文本、機構與受眾》,吳靖譯,北京:北京大學出版社,2005 年。

48. 〔英〕約翰・希頓,《維特根斯坦與心理分析》,徐向東譯,北京:北京大學出版社,2005 年。

49. 〔美〕彼得・布魯克斯，《身體活：現代敘述中的欲望對象》，朱生堅譯，北京：新星出版社，2005年。

50. 〔法〕米歇爾・福柯，《性經驗史》，佘碧平譯，上海：上海人民出版社，2005年。

51. 〔法〕米歇爾・福柯，《主體解釋學》，佘碧平譯，上海：上海人民出版社，2005年。

52. 〔美〕詹姆斯・米勒，《福柯的生死愛欲》，高毅譯，上海：上海人民出版社 2005年。

53. 〔英〕菲爾・莫倫，《弗洛伊德與虛假記憶綜合症》，申雷海譯，北京：北京大學出版社，2005年。

54. 〔英〕雷蒙・威廉斯，《關鍵詞：文化與社會的詞彙》，劉建基譯，北京：三聯書店，2005年。

55. 〔法〕讓・波德里亞，《消費社會》，劉成富、全志鋼譯，南京：南京大學出版社，2006年。

56. 〔法〕讓・波德里亞，《象徵交換與死亡》，車槿山譯，南京：譯林出版社，2006年。

57. 〔日〕柄谷行人，《日本現代文學的起源》，趙京華譯，北京：三聯書店，2006年。

58. 〔奧〕西格蒙德・弗洛伊德，《達芬奇及其童年的回憶》，張傑等譯，上海：上海文化出版社，2006年。

59. 〔法〕居伊・德波，《景觀社會評論》，梁虹譯，桂林：廣西師範大學出版社，2007年。

60. 〔法〕米歇爾・福柯，《知識考古學》，謝強、馬月譯，北京：三聯書店，2007年。

61. 〔美〕凱博文，《苦痛和疾病的社會根源》郭金華譯，上海：上海三聯書店，2007年。

62. 〔英〕阿蘭・德波頓，《身份的焦慮》，陳廣興、南治國譯，上海：上海譯文出版社，2008年。

63. 〔法〕卡特琳娜・茹貝爾，《請為我寬衣：日常衣著行為心理分析》，邊靜譯，上海：東方出版中心，2009年。

64. 〔美〕羅伯特・林達，《五十分鐘的一小時》，吳陌譯，北京：世界圖書出版公司，2009年。

後　記

　　寫這篇文稿的過程，正被疾病折磨。每次復診，醫生都搖頭，「不，還不行，還要繼續治療。」多重折磨使人幾乎崩潰，尤其是在漫長病程看不到一點亮色的時候。研究疾病的隱喻，對我是一種從現實的逃脫。對著文本裏種種病痛、殘缺，我似乎的確忘卻了自己。

　　感謝我的博士生導師張志忠教授，是我學術研究的典範，張老師給予了我大量富洞見力、細緻深入的指導，但是被分散的精力、時間和被己身感受限制的思維還是留下了諸多遺憾。我的粗疏和拖延令導師辛苦不已，謝謝恩師給予的教誨、耐心和種種幫助，讓我在北京西三環度過三年愉快的博士生日子。

　　感謝讀博期間的同門、同室李彥文，謝謝你給我很多體貼、信心和開解，常常幫我帶飯，幫我還書；感謝對門的楊玲，同為大衆文化的愛好者，把預答辯的困擾解構成一種歡樂。

　　感謝臺灣的朋友 Jen 不遠萬里為我尋覓到那本關鍵的參考書，感謝 MSN 上不斷升起的綠色 ID 們，讓我任何時間都有可以傾訴的樹洞，陪我渡過每一個深夜。

　　感謝北師大的李怡教授、臺灣花木蘭出版社邱亞麗編輯、許郁翎編輯為此書的出版付出的努力。

　　最後，感謝在長春的兄長對我的有求必應和寵愛，感謝我的父親、我的母親對我一直以來的關注和呵護，沒有他們，此書難以完成。